FVA

Pablo Tusset in der Frankfurter Verlagsanstalt

DAS BESTE WAS EINEM CROISSANT PASSIEREN KANN, Roman
IM NAMEN DES SCHWEINS, Roman
SAKAMURA, CORRALES UND DIE LACHENDEN LEICHEN, Roman
OXFORD 7, Roman

PABLO TUSSET
OXFORD 7

Roman

Aus dem Spanischen von Ralph Amann

FRANKFURTER VERLAGSANSTALT

Titel der Originalausgabe:
OXFORD 7

FSC
www.fsc.org
MIX
Papier aus verantwortungsvollen Quellen
FSC® C014496

1. Auflage 2013
Deutsche Erstausgabe

Herstellung und Umschlaggestaltung: Laura J Gerlach
Satz: psb, Berlin
Druck und Bindung: GGP Media GmbH, Pößneck
Printed in Germany
ISBN: 978-3-627-00191-9

EINS

Es regnet bestialisch.

Die Wohnung ist lang und schmal, sie besitzt ein einziges Fenster zur Tagseite der Space-Station. Professor Sirhan Palaiopoulos schaut hinaus in den Regen, der wie ein Perlenvorhang vom Himmel fällt. Dieses Wetter ist nicht programmiert, die Universitätsleitung hat es ausdrücklich gewünscht, um die Demonstranten umzustimmen.

Ein Taxi hält vor dem Waldorf Astoria. Der Fahrer steigt aus, beeilt sich, um nicht nass zu werden, und öffnet den Kofferraum. Der Hotelportier verstaut das Gepäck eines Paares, beide um die hundert Jahre alt, das unter der Markise Schutz gesucht hat. Offenbar Besucher. Die Mutter eines Studenten mit ihrem Begleiter. Viele Besucher reisen überstürzt ab, zurück on Earth, aus Sorge, der Space-Port könnte wegen der Unruhen seine Abflughalle schließen.

Der Professor beobachtet die Welt draußen nicht länger, sondern schaut auf seine iWatch. Es ist 17:14 Uhr Ortszeit auf Oxford 7. Durch die Bewegung, mit der er auf die Uhr schaut, beginnt der linke Ellbogen zu schmerzen. Ein vertrauter Schmerz. Er strahlt nach kurzer Zeit vom Ellbogen bis in Brust und Schulter

aus. Atemnot, kalter Schweiß sind die Folge, panische Angst.
Time to die.
Er hatte immer gedacht, dass der Tod sich als Erschöpfung, als Apathie ankündigen würde, nicht aber als Vorspiel eines Kampfs, den er unbedingt gewinnen muss.
Er schaut wieder hinaus und sieht einige Fahrzeuge der Polizei in Richtung Campus vorbeigleiten. Die Universitätsleitung ließ bekanntgeben, dass zusätzliche eintausendfünfhundert Sicherheitskräfte eines Sondereinsatzkommandos auf der Space-Station eingetroffen sind. Im Southern Cross College berechnete jemand das Verhältnis: Auf Oxford 7 kommt jetzt eine Sicherheitskraft auf fünf Studenten.
Die vielen Gleiter und Fußgänger auf der Hauptbahn tragen nicht gerade zur Beruhigung bei. Er schaut wieder auf seine iWatch. Bereits fünfzehn Minuten Verspätung. Marcuse und Mam'zelle stecken vermutlich im Verkehrschaos auf dem Campus fest. Eigenartig nur, dass BB nicht pünktlich ist.
Einen Augenblick lang scheint Frühlingsduft durch das große Plasmafenster in die Wohnung hineinzuströmen und sich mit dem Geruch nach Eukalyptus und Medikamenten zu vermischen, der in allen Räumen in der Luft liegt. Seit Tagen erhöht der Wetterdienst die Konzentration von Ozon und Allergenen. Wahrscheinlich hat es damit etwas zu tun.
Der Professor atmet tief durch, bevor er vom Fenster wegtritt. Er steckt den Music-Chip in den an der Wand hängenden Bildschirm. Zum Prasseln des Regens ertönt Dizzy Gillespies Trompete. Ein Musiker aus dem

zwanzigsten Jahrhundert. Das Gesundheitsdepartment hatte das Verbot erlassen, ohne Kopfhörer in Wohngemeinschaften Musik zu hören, die nicht von Computern erzeugt ist. Begründet wurde es damit, dass solche Musik die akademische Leistungsfähigkeit der Passivhörer beeinträchtigen könne. Die Studentenvertretung plädierte für eine Ausnahmeregelung, sofern sich alle Mitbewohner mit ihrer Unterschrift einverstanden erklärten. Das Department für statistische Psychiatrie hatte den Antrag jedoch abgelehnt. Dies könne tendenziell zu Nötigungen führen, behaupteten sie. Wer jetzt noch Jazz ohne Kopfhörer hörte, riskierte ein Bußgeld von zweihundert Eurodollar. Immerhin fällt es der Polizei schwer, Verstößen auf die Spur zu kommen, sofern niemand zuvor Anzeige erstattet hat.

Der Professor schaut nachdenklich auf ein Poster aus echtem Papier, das neben dem Bildschirm hängt. Die Schutzfolie, in die es eingeschweißt ist, sieht fast so alt aus wie das vergilbte Poster selbst. Ein Foto aus *Casablanca*: dem zweidimensionalen Film von Michael Curtiz. Der Professor hatte diesen Film zum ersten Mal als Jugendlicher gesehen. Mehr als ein Jahrhundert ist seitdem vergangen. Der Film spielt zur Zeit des ersten Atomkriegs und erzählt von Liebe und der Treue zu einem Ideal. Kein Wunder, dass die Kids ihn sich zu eigen gemacht haben, denkt der Professor. Das Poster zeigt den Innenraum eines gut besuchten Nachtlokals aus dem zwanzigsten Jahrhundert. Im Vordergrund singt ein Musiker an einem mit Arabesken verzierten Klavier aus der Präcomputerzeit. Neben ihm steht ein ganz in Weiß gekleideter Schauspieler: Humphrey Bogart. An den Tischen sitzen viele früh gealterte Menschen, Frauen und Männer, die sehr uneinheitlich gekleidet sind. Die Frauen tragen Röcke, die Männer Jacketts und Hosen. Fast alle sehen sehr blass aus und wiegen mindestens zwanzig Newton mehr, als ihnen die Krankenversicherungen heute ohne Zusatzgebühren durchgehen lassen würden.

Der Professor geht langsam durch einen langen Flur hinüber zu dem der Nachtseite zugewandten Teil der Wohnung. Alle paar Schritte bleibt er stehen und entfernt Paraffinreste vom Boden. Der Professor gibt ein Vermögen für Paraffinkerzen aus, die er mit echtem Feuer anzündet. Ein blühender Schwarzmarkt mit Kerzen ist entstanden – trotz hoher Bußgelder. Den Kids können siebenhundert Eurodollar direkt von ihrem Familienkonto eingezogen werden, wenn sie Kerzen in ihren Wohnungen anzünden. Die Kerzen stören die Sicherheitssysteme nicht, sind aber verboten, weil sie natürlichen Kohlenwasserstoff enthalten. Die Polizei bemerkte den Verbrauch, als der Bedarf an elektromagnetischer Energie sank.

Der Professor betritt das Bad. Er muss häufig urinieren. Danach wäscht er sich ausgiebig die Hände, um beim Warten etwas scheinbar Sinnvolles zu tun. Das Stück von Dizzy Gillespie ist zu Ende, und jetzt läuft *April in Paris* in der Version von Ella Fitzgerald, einer in der Epoche von *Casablanca* berühmten Sängerin. Die Waschbeckenarmatur übertönt die ersten Takte, erst quietscht sie wie ein lebendiges Tier und spuckt dann das Desinfektionsmittel ruckweise aus. Der Professor geht langsam zurück in den Flur. In dem winzigen Eingangsbereich bleibt er vor einem echten IKEA-Möbel stehen. Er bückt sich ein wenig, um es mit den Fingerspitzen zu berühren. Das macht er öfter. Es ist ein dreieckiges Beistelltischchen aus der legendären Lack-Serie. Reiner Kohlenwasserstoff, das Etikett klebt noch immer an der Unterseite. Ein Sammler on Earth würde ein Vermögen dafür hinblättern, aber der Professor hatte es trotzdem mit nach Oxford 7 genommen, selbst auf die Gefahr hin, dass es beim Zoll beschlagnahmt wird.

Fingerknöchel klopfen gegen die Tür und schrecken ihn auf. Tock tocktock, tock tocktock. Den Rhythmus des Klopfens kennt er gut. Er versucht sich zu beeilen, bewegt sich jedoch schwerfällig.

Als er öffnet, steht BB im Türrahmen. Außer Atem. Sehr blonde, sehr kurze Haare, durchnässt vom Regen, blaue Augen, Frau. Ihr laufen dicke, schmierige Regentropfen übers Gesicht. Der Rucksack hängt mit einem Riemen über ihrer Schulter.

Sie spricht mit nordamerikanischem Akzent:

»Diese miesen Arschlöcher«, flucht sie, »sie wollen Zehn-Eurodollar-Geldstrafen auf alles feuern, was sich draußen bewegt.«

»Gegen welchen Verstoß? Sie dürfen keine Strafen verhängen, solang nicht irgendein Vergehen vorliegt«, sagt Professor Palaiopoulos.

Er spricht, besser gesagt lispelt, wegen seines bionischen Gebisses, mit griechischem Akzent.

»Verordnung zum Ausstoß gasförmiger Abfälle: Auf der nicht genehmigten Demonstration wird über die Atemwege mehr Wasserdampf ausgestoßen, als im betreffenden Gebiet zulässig ist. Das haben sie per Megaphon im Corona Australis bekanntgegeben.«

Gut möglich, dass irgendeine Bestimmung in dieser

Form tatsächlich existiert. Mittlerweile gibt es so viele Bestimmungen, dass man sie unmöglich alle kennen kann. Vermutlich hätten sie allein schon mit den Geldstrafen fürs Falschparken die Studenten im Zaum gehalten: Sie können bis zu vierhundertfünfzig Eurodollar kosten. Man sagt, dass seit dem letzten Trimester mehr Gleiter zugelassen wurden, als es Parkmöglichkeiten gibt, sodass es jeweils von den aktuellen Richtlinien der Polizei abhängt, ob man eine Strafe bekommt oder nicht. Die Universitätsleitung hat diese neue Strategie von New Berkeley übernommen. Einige Studenten, darunter wichtige Aktivisten, mussten ihre Immatrikulation rückgängig machen, um Widerstand gegen die Sanktionen zu leisten.

»Diese Schlange!«, flucht Professor Palaiopoulos. »Hast du die Instrumente dabei?«

»Ja«, sagt BB und holt ein kleines Lederetui aus ihrem Rucksack. »Wir müssen Wasser abkochen«, sagt sie.

Mam'zelle rutscht unruhig auf dem Sitz des Gleiters hin und her. Rote Haare, asymmetrische Frisur, glatt gekämmt, ringförmige Aluminiumohrringe. Frau.

Am Steuer sitzt Marcuse. Dunkle Haare, braungebrannt, kleine, auffällig schlanke Statur. Mann.

Die Verkehrslage ist nicht nur wegen des unerwarteten Regens viel komplizierter, als sie erwartet hatten. Hunderte von Studenten strömen zu Fuß oder in ihren Gleitern aus allen Richtungen auf den Campus. Es ist nicht mehr nur das übliche Verkehrschaos zu den Hauptverkehrszeiten, sondern Leute aus allen vier Vorlesungsreihen haben sich versammelt, darunter viele jüngere Professoren. Die Nebenbahnen, die zum Hauptgebäude auf den Campus führen, sind nahezu unbefahrbar. Seit einer Weile schon verschießt die Polizei keine Geldstrafen fürs Falschparken mehr. Sie erhielt dagegen die Anweisung, mit kompakten Gruppen die Hauptbahn auf den hydroponischen Grünflächen zu blockieren.

In einem unbewussten Anflug von Widerwillen streckt Mam'zelle sich auf dem Sitz und schaltet den Musikgenerator aus. In klassischem Englisch beginnt sie vor sich hin zu singen:

»*I never knew the charm of spring / I never met it face to face …*«

Sie hat einen französischen Akzent. Marcuse setzt ein und beendet die Strophe im Stil eines Louis Armstrong – ein anderer berühmter Musiker aus dem zwanzigsten Jahrhundert:

»*Till April in Paris / Whom can I run to / What have you done to my heart.*«

Marcuse hat einen britischen Akzent, den man beim Mitsingen allerdings nicht heraushört. Die beiden schauen sich an und lachen. Über ihnen zeichnet sich hinter den Himmelspaneelen Sun ab, im Modus der Abenddämmerung. Ein orangefarbener Effekt entsteht. Und wie sie die Studentenströme sehen, die trotz des Regens und trotz der Schwadronen von Sicherheitskräften unbeirrt an ihnen vorbeiziehen, glauben sie, einen magischen Moment zu erleben, den sie womöglich nie wieder vergessen werden.

Ihre Euphorie hält an, bis sie das Wohngebiet im Norden erreichen. Dort werden sie von einer Polizeikon-

trolle vor einer elektromagnetischen Schranke angehalten. Mam'zelle bleibt ruhig und überlässt es Marcuse, die Fragen zu beantworten. Marcuse ist besser darin, den Polizisten Rede und Antwort zu stehen.
»Wir kommen gerade aus einem Seminar«, sagt er ruhig.
»An welchem Institut seid ihr?«
Der Polizist fragt mit südamerikanischem Akzent. Er weiß genau, an welchen Instituten sie eingeschrieben sind: Fornax und Hounting Dogs. Das steht auf dem Bildschirm seines Geräts, mit dem er die unter ihre Haut gepflanzten Chips scannen kann. Da steht auch, dass sie vor einer halben Stunde die Kontrolle vor dem Institut der Emotionsdiplomwissenschaften und der Sexdiplomwissenschaften passierten, dass sie in einer Wohngemeinschaft in diesem Teil der Stadt leben, dass sie beide Studenten aus dem dritten Studienjahr sind und beide ein Stipendium erhalten, mit dem die Lebenshaltungskosten und die Studiengebühren gedeckt werden.
Was auch immer die Polizei von ihnen wissen wollte, sie könnte nahezu alles mit den Lesegeräten in Erfahrung bringen.
Aber die Polizisten stellen gern Fragen.
»Ich bin vom Hounting Dogs, und sie ist vom Fornax«, sagt Marcuse.
»Sind Sie nervös«, sagt der Polizist.
Weder Marcuse noch Mam'zelle sind sich sicher, ob das als Frage oder als Feststellung gemeint war.
»Nervös? Warum?«
»Ein Puls von dreiundneunzig Schlägen pro Minute«, der Polizist schaut auf den Bildschirm seines Lese-

geräts und zeichnet dann mit der Spitze des Strafgebührenverteilers die Zahl 93 nach. Mam'zelles Puls beschleunigt sich ebenfalls. Sie muss darauf vertrauen, dass die Polizei sich nicht die Mühe macht, sich ihre Daten anzusehen.

»Hmm ...«, Marcuse zögert, »ich bin mir nicht sicher, ob ich die letzte Kraftfahrzeugsteuer rechtzeitig bezahlt habe.«

Die Polizisten werden umgänglicher. Offenbar beschwichtigt es sie, wenn jemand seine Verstöße freiwillig eingesteht. Viele Studenten sind dazu bereit, weil sich die Bußgelder dann für sie um die Hälfte reduzieren. Das ist eine gute Möglichkeit, alle dazu zu bringen, sich aus Eigeninteresse selbst anzuzeigen.

»Zahlungen, die zu spät bei uns eingehen, kosten pro Tag zwanzig Eurodollar«, knurrt der Polizist.

»Sorry ...«, entschuldigt sich Marcuse.

Der Polizist sucht die betreffenden Daten heraus. Es dauert eine Weile, bis er die Datei gefunden hat.

»Sie haben Glück«, sagt er. »Dreiundsiebzig Stunden bleiben Ihnen noch, um den Betrag zu überweisen. Haben Sie den Kalender mit den Fristen für Ihre Steuerzahlungen nicht erhalten?«

»Doch, tut mir leid, heute Morgen hatten wir eine Prüfung und ...«

Die Polizisten interessieren sich nicht für Marcuses Prüfungen. Mit einem Mal wirken sie eher gelangweilt.

»Gut, fahren Sie weiter, und achten Sie künftig etwas gewissenhafter auf die Bezahlung Ihrer Steuern.«

Die elektromagnetische Schranke verschwindet, und der Gleiter schaltet die automatische Geschwindigkeitssteuerung des Wohnbezirks ein.

Mam'zelle und Marcuse atmen tief ein und langsam wieder aus.
Beiden zittern die Knie.
Mam'zelle presst die Oberschenkel fest aneinander.
»Puh, ich glaube, mich hat das ein bisschen erregt«, sagt sie.

Rick Blaine landete vor etwa fünf Stunden auf Oxford 7 und erhielt eine der letzten Landegenehmigungen im Zeitfenster am Vormittag. Hektisches Treiben herrscht seitdem in den Abflughallen. Mehrere Hundertjährige drängten ihn, sie mit seinem Shuttle zurück on Earth zu bringen. Sogar die Summe von fünfhundert Eurodollar über dem offiziellen Tarif hatte ihm jemand geboten. Viel weniger als das, was sie ihm bezahlen würden, wenn er noch ein paar Stunden wartete. Aber das ist nicht nur eine Frage des Geldes: Früher oder später muss man sich für einen Gefallen revanchieren, und sei es siebzig Jahre später.
Rick hatte eine Panne vorgetäuscht, um sich während des kurzen Aufenthalts die ganze Anlegeprozedur zu ersparen. Die Kosten für einen Landeplatz kann er so außerdem über die Versicherung abrechnen. Die gefälschte Versicherungsnummer hat ihm jemand von Solar MetLife besorgt, der ihm noch einen Gefallen schuldig gewesen war.
Am frühen Abend verspürt er keine Lust mehr, im Maschinenraum zu hocken und so zu tun, als würde er etwas reparieren. Er schwitzt. Solange sein Space-Shuttle auf der Wartungsrampe steht, kann er sich nicht ein-

mal ein Pfeifchen in der Passagierkabine gönnen. Und wegen der Lautsprecherdurchsagen war an eine Siesta nicht zu denken. Außerdem stört ihn das Bauchkorsett, das er in der Öffentlichkeit immer trägt, um nicht aufzufallen. Die Universitäts-Space-Stations mag er nicht. Dieses Vokabular, das die Studenten von heute mit einem Mal wieder benutzen: Kompromiss, Freiheit, Widerstand gegen das System. Er hatte die Nachrichten von den Unruhen auf New Berkeley gehört. Alle haben die Nachrichten gehört. Die Studenten schreien ihre Parolen und liefern sich auf den Space-Stations des gesamten akademischen Rings Kämpfe mit den Sicherheitskräften. Eine gewisse Sympathie mag man für die protestierenden Studenten hegen, aber in seinem Alter weiß man einfach, dass sich das, was die Studenten das »System« nennen – einmal dahingestellt, was genau sie damit meinen –, bescheißen und benutzen, nicht aber in die Knie zwingen lässt. Schon gar nicht in direkter Konfrontation.

Gelangweilte Dreißigjährige aus reichem Hause.

Kleinkinder.

Er hofft, die Angelegenheit so schnell wie möglich hinter sich bringen zu können.

Vereinbart ist, dass er Punkt acht Uhr an einem bestimmten Ort ist, in der White Hart Tavern, und dort wartet. Bis dahin ist noch Zeit. Mit dem zuständigen Polizisten an der Wartungsrampe, der seine Schicht gerade begonnen hat, hat er gesprochen. Er kann sein Space-Shuttle unbesorgt stehen lassen und sich auf den schmalen Bahnen rund um den Space-Port auf die Suche nach der Bar machen. Vielleicht findet er auf dem Weg noch eine mit Raucherraum. Zu seiner Zeit als Student gab es solche Clubs. Damals hatte er mit Haschisch und Kokain gedealt. Seit die Haschisch- und Marihuana-Sprays in den Apotheken verkauft werden, raucht es niemand mehr. Und seit es Kokainpräparate als Tabletten gegen den Husten gibt, zieht sich niemand mehr das Zeug durch die Nase rein. Sie trinken lieber Speedy Ragweed. Und rauchen lieber Tabak. Rauchen Tabak und zünden sich diese stinkenden Paraffinkerzen an.

Allein bei dem Gedanken an Tabak befeuchten sich seine Nasenschleimhäute voller Vorfreude auf die starke Wirkung der Alkaloide. Auf diesen köstlichen Rausch, den sie ihm sofort verschaffen konnten.

Die Nikotin-Entzugserscheinungen sorgen dafür, dass er sich sofort auf den Weg macht.

Draußen vor dem Space-Port regnet es so stark, dass es seiner Meinung nach nicht ins gewöhnliche meteorologische Programm passt. Er läuft durch die Fußgängerzone rund um den Space-Port. Dreckig, labyrinthisch, ziemlich tot unter der Woche: typische Nachtseite einer Universitäts-Space-Station. Überall billige Buden, in denen man sich in virtuelle Realitäten begeben kann. Dann wieder eine Kneipe neben der anderen. Rick bleibt vor den dunklen Türen eines Etablissements stehen, das ultraviolett beleuchtet ist. »Sweet Dreams« heißt der Schuppen. Ein Plakat kündigt das neue erotische Programm für Jugendliche an. *Five o'clock*: Lust auf einen Tee mit Freundinnen deiner Mutter? Für das Anal-Special der Woche wirbt ein anderes Plakat: ein Besuch beim Proktologen.

Rick geht weiter. Eher zufällig, als er um die Ecke biegt, entdeckt er ein Schild mit dem weißen Hirsch, nach

dem die Bar, die er sucht, benannt ist. Der Hirsch hüpft auf einem umgefallenen Baumstamm immer im Kreis. Darunter leuchtet auf dem Display in Laufschrift ein alter Spruch der Protestbewegung:
»Die Barrikade versperrt die Straße, öffnet aber den Weg.«
Rick kann sich beim Eintreten ein Schmunzeln nicht verkneifen.

Mam'zelle und Marcuse haben endlich die Wohnung erreicht, es ist 17:34 Uhr, viel später als geplant. BB öffnet die Tür, hinter ihr Professor Palaiopoulos.
»Wir haben es nicht früher geschafft, die Anfahrt vom Campus war ...«
Der Professor unterbricht Mam'zelles Entschuldigungen.
»Macht euch keine Sorgen. Wir dürfen jetzt keine Zeit verlieren. Hast du die Memory-Kapsel mitgebracht?«, fragt er Marcuse.
»Ja«, sagt Marcuse und klopft auf seine Hosentasche.
Sie gehen hinüber in das große Zimmer. Auf dem Tisch liegen auf einer weißen Kompresse bereits die chirurgischen Instrumente bereit, die BB mit kochendem Wasser sterilisiert hat. Ein altes Besteck aus der Glasvitrine, die bei den Mediziningenieuren steht. Das Schloss ließ sich mit einem Laserstift leichter knacken als gedacht. Authentische Instrumente, die früher in der Chirurgie verwendet wurden: Wundhaken, Skalpelle, Retraktoren, Klemmen, gerade und abgerundete Dissektionsscheren, Pinzetten mit und ohne Zähne ...

Mam'zelle schaut sie sich mit sichtlichem Unbehagen an.
»Sehen aus wie Küchenbesteck. Hast du mit so etwas schon mal gearbeitet?«
»Im ersten Trimester, als wir Roborowskis seziert haben«, sagt BB. »Die Instrumente waren aus recycelbaren Materialien, sind im Prinzip aber gleich.«
»Tote Roborowskis?«
»In aller Regel haben sie das nicht überlebt ... Dir schneide ich aber auch nicht den Bauch von unten bis oben auf. Professor, Sie dürfen jetzt als Einziger Alkohol trinken. Möchten Sie noch ein paar Schnäpse? Das würde die anästhesierende Wirkung der Eiswürfel unterstützen.«
Sirhan Palaiopoulos schüttelt den Kopf. Marcuse und Mam'zelle schauen BB forschend an.
»Bei euch tut es nicht so weh, versprochen. Jetzt macht mich nicht schon nervös, bevor es überhaupt losgeht.«
»Kann ich vorher masturbieren gehen, wäre das okay?«, fragt Mam'zelle. »Um mich etwas zu entspannen.«
Der Professor klatscht zweimal in die Hände, als wolle er wie vor seinen Veranstaltungen zur Präcomputerisierten Kinematographie um Ruhe bitten.
»Los, wir dürfen keine Zeit mehr verlieren. Wir wissen alle, was jetzt zu tun ist!«, ruft er.
BB stellt die Desinfektionslampe auf und öffnet eine Packung mit sterilen Handschuhen. Dann rückt sie zwei Stühle vom Tisch und schaltet die Lampe an. Nachdem Marcuse, Mam'zelle und der Professor im Bad waren und sich gründlich die Hände und vor allem ihren linken Arm gewaschen haben, desinfizieren sie die Hautpartien mit antiseptischem Licht. Marcuse

holt aus der Gefriertruhe die Eiswürfel, die bereits in Beuteln portioniert sind. Alle drei legen sich einen Beutel in die Armbeuge und winkeln den Arm an. Sie versuchen sich zu entspannen, während ein Stück mit arhythmischen Percussions und atonalen Kontrabassläufen von Charles Mingus läuft.
BB streift sich die Gummihandschuhe über und streckt die Hände in die Höhe.
»Kann mal jemand andere Musik machen, bitte? Ihr könnt nicht von mir verlangen, bei so einem Lärm mit einem Stahlskalpell herumzuoperieren.«
Marcuse schaut sich die Playlist an und sucht nach einem ruhigeren, langsameren Stück.
Die Stimme von Sarah Vaughan mischt sich unter das Prasseln des Unwetters:

Don't know why, there's no sun up in the sky
Stormy weather, since my man and I ain't together
Keeps raining all the time.

Zuerst ist der Professor dran. BB schneidet die Haut seines Unterarms etwa fünf Millimeter ein. Der Professor schaut an die Decke. Er spürt fast nichts. Die Spannung der Haut sorgt dafür, dass die Wunde aufreißt und Blut herausquillt. BB trocknet die Stelle mit einem osmotischen Tupfer. Sobald die Blutung gestillt ist, wechselt sie die Klinge im Skalpell und dreht sich zu Mam'zelle um. An ihrem Arm vollführt sie den gleichen Schnitt. Als auch diese Wunde trocken ist, legt sie das Skalpell auf die Kompresse zurück und nimmt sich eine der Pinzetten. Mam'zelle möchte sich ihre Wunde nicht ansehen. BB stochert mit der Pinzette darin herum, bis sie den unter der Haut eingepflanzten Chip erwischt hat. Er hat etwa den Umfang einer Linse, an der allerdings winzige Titanfüßchen hängen, die wie eine Zecke in den glatten Beugemuskel gekrallt sind. BB hält den Chip mit der Pinzette fest. Sie strahlt ihn mit antiseptischem Licht ab, bis die silberne Farbe unter dem Blut wieder zum Vorschein kommt. Danach wechselt sie die Pinzette.

»Bereit?«, fragt sie den Professor.

Zustimmendes Gemurmel. Der Professor schaut weiterhin an die Decke.

»Gut, dann wollen wir.«

Mit äußerster Sorgfalt führt BB Mam'zelles Chip in die kleine offene Wunde am Arm des Professors ein. Mit der Pinzette spürt sie den anderen Chip, der dort bereits liegt, und fixiert den neuen direkt daneben. Sie drückt ein wenig, damit die Titaniumfüßchen sich fest ins Muskelgewebe beißen. Sofort fließt wieder Blut, und BB versorgt die Wunde. Danach legt der Professor sich den Eisbeutel wieder auf den rot gewordenen Verband, um die Wunde zu kühlen.

Als Nächstes wird Mam'zelles Wunde genäht. BB kann sich eine gewisse Theatralik nicht verkneifen und wischt sich mit dem Armrücken über die Stirn – so wie sie es in alten Filmen bei vor Konzentration schwitzenden Chirurgen gesehen hat.

»Gut: Diesen Schnitt kann ich mit einem Stich nähen, das würde ich mit einem gefüllten Truthahn auch nicht anders machen. Hey! Was zum Teufel ist in dich gefahren?«

Die Frage richtet sich an Marcuse, der den Fehler begangen hat, ihr über die Schulter zu schauen.

Wie andere akademische Satelliten auch, etwa New Berkeley oder Sorbonne Réseau, verlor Oxford 7 schon vor Jahrzehnten nahezu jegliche Bindung an die Heimatuniversität on Earth. Gleichwohl ist der Sozialrat auf dem Campus im Aldous-Huxley-Tower untergebracht, der noch immer nach dem berühmten Studenten der Heimatuniversität benannt ist. Fast fünfzig Stockwerke ist der Turm hoch, steht mitten auf dem Campus im hydroponischen Park. Von den oberen zehn Stockwerken bietet sich ein Blick über fast die gesamte Tagesseite der Space-Station sowie auf einen schmalen Streifen der Nachtseite. Die Grenze zwischen beiden Seiten wird fein säuberlich von einem breiten Bogen markiert, jenseits des Bogens werden die Straßen und Gebäude mit elektromagnetischen Lampen beleuchtet. Schaut man auf die Nachtseite, sieht man Earth und Moon am Himmel stehen. Earth sieht aus wie eine überdimensional große blaue Traube, Moon ist klein, schimmert gelblich weiß und sieht aus wie eine im Universum schwebende weiße Bohne. Das Licht von Sun wird auf der anderen Seite des Bogens von Himmelspaneelen gefiltert, und sobald es sich im Wasser bricht, das aus den Sprühköpfen herabregnet, entsteht dort ein zarter Regenbogen. Oben vom Turm aus kann man die verschiedenen Colleges des Campus erkennen – sowie einen immer größer werdenden dunklen Pulk: die Studenten, die sich im Park versammeln. Sie schwärmen an den akkurat in Form eines Rechtecks auf dem Rasen postierten Polizeieinheiten vorbei.

Die Rektorin, Emily Deckard, steht mit verschränkten Armen am Fenster und muss bei dem Anblick an die

trügerischen Perspektiven von Eschers Kunstwerken denken.
Tausende von Zwergen laufen über einen surrealen Ort.
Sie dreht sich vom Fenster weg und geht ins Bad.
»Optionen«, ruft sie und schaut in den Spiegel. Ihr Akzent ist nahezu unmerklich nordamerikanisch.
Die Stimme eines Computers ertönt.
»Prüfen Sie links im Nacken die Krawattenschleife.«
Ein kleines Bild von ihrem Nacken erscheint auf der spiegelnden Oberfläche. An einer Stelle schaut die blaue Krawatte ein wenig unter dem blütenweißen nanotechnischen Hemdkragen hervor. Die Rektorin bringt den Krawattenknoten in Ordnung. Ein grünes Licht leuchtet auf, und das kleine Bild verschwindet dann mit einem Ping.
»Parfüm«, ruft sie, »individuelle Komposition: Entschlossenheit, Kraft«, sie überlegt kurz, »Gefahr. Dauer: für zwei Stunden. Korrektur: für vier Stunden. Mittlere Konzentration. Keine weiteren Kriterien.«
Das Parfüm des Tages wird zusammengestellt. Drei Sekunden später rieselt der Duft aus einem Zerstäuber an der Decke herab. Die Rektorin streckt mit geschlossenen Augen die Arme aus und schnuppert. Zitrusfrucht, Leder ... und ein leicht fauliger Geruch, wohl künstlicher Moschus.
Sie geht wieder hinüber in den großen Raum ihres Arbeitsbereichs.
»Kommunikator!«, ruft sie laut. »Privatsekretär.«
»Jawohl, Rektorin«, antwortet eine weitere körperlose, diesmal eindeutig menschliche, männliche Stimme.
»Sind alle eingetroffen?«

»Bis jetzt noch nicht. Der Gewerkschaftsdelegierte fehlt noch.«
»Aha. Wir haben lange genug gewartet. Dann fangen wir ohne ihn an. Ich bin in zwei Minuten im Konferenzraum.«
Zufrieden lauscht sie ihren Schritten auf dem Korridor: klack, klack, klack, klack. Den alten Teppichboden hatte sie als eine ihrer ersten Amtshandlungen durch einen Natursteinboden ersetzen lassen, der stets frisch poliert wird. Allein schon der Klang dieses wunderbaren Materials schmeichelt ihren Schritten. Einige Mitarbeiter waren verwundert, als eine Superdoktorin und Emotionsingenieurin eine Veränderung vornehmen ließ, die auf den ersten Blick so wenig mit Psychologie zu tun hatte. Sie verbuchten dies eher als sündhaft teuren ästhetischen Spleen.
Ihre Schritte auf diesem Boden sind schnell, nie aber so schnell, dass die Rektorin ihren Gang auf dem Weg in den Konferenzraum vor den sich automatisch öffnenden Stahltüren verlangsamen müsste. Auf diese Weise, klack, klack, klack, klack, betritt sie ihn mit angemessener Natürlichkeit und erinnert an einen Kometen auf seiner Laufbahn. Messerscharf, unerbittlich und heute leicht nach Zitrusfrucht, Leder und Moschus duftend.
»Guten Tag«, begrüßt sie die Anwesenden.
Sie bleibt erst stehen, als sie den Stuhl mit der höchsten Rückenlehne erreicht hat und Platz nimmt. Mit dem Zeigefinger berührt sie den Tisch, um den Bildschirm zu aktivieren. Einige stehen noch herum, plaudern miteinander oder schauen durch die Fensterscheiben hinaus auf die Demonstration. Alle begrüßen sie.

In dem Stimmengewirr, allgemeinen Stühlerücken und Umhergelaufe ist kaum ein Wort zu verstehen.
Als alle ihre Plätze eingenommen haben und es ruhig geworden ist, legt die Rektorin ihre Fingerkuppen aneinander, winkelt die Arme an und stützt die Ellbogen auf dem Tisch ab.
»Also gut«, beginnt sie, »dies ist keine gewöhnliche Sitzung, und daher haben wir keine Tagesordnung, aber wie Sie sich gewiss vorstellen können, sind wir wegen der illegalen Studentendemonstrationen auf dem Campus hier zusammengekommen. Falls Sie keine Bemerkungen oder Fragen haben, erläutere ich Ihnen die von uns bisher ergriffenen Maßnahmen. Gibt es dazu noch irgendwelche Fragen?«
Der Studentenvertreter ist ein achtunddreißigjähriger junger Mann. Name: Leroy Torres. Hautfarbe: weiß. Trilby-Hut aus gelbem Gamsleder. Er hebt seine Hand. Sein Akzent ist südamerikanisch, argentinisch.
»Einige Kommilitonen haben mir berichtet, dass an mehreren Colleges über Lautsprecher angedroht wurde, ohne weiteres unbegrenzt Geldstrafen zu verteilen, und das wäre, nur damit das klar ist ...«
Die Rektorin bringt ihn mit einer Bewegung der linken Hand zum Schweigen.
»Auf Fragen dieser Art gehe ich dann ein, wenn ich die Beschlüsse erläutert habe. Voraussichtlich dürften sie sich bis dahin von selbst erledigt haben. Wenn Sie erlauben, würde ich Sie daher noch um etwas Geduld bitten. Gibt es weitere Fragen?«
Schweigen. Nur ein leises Schnauben von Leroy Torres ist zu hören und ein Räuspern des Professorenvertreters. Name: Karl Marsalis. Lehrstuhl am Institut für

Präcomputer-Heavy-Metal. Er sieht aus wie alle seine Slide-Guitar-Studenten mit den Nietenarmbändern und seiner nanotechnischen Lederjacke.

»Okay«, die Rektorin berührt mit dem Zeigefinger mehrfach den Bildschirm, bevor sie erneut die Fingerkuppen aneinanderpresst. »Um die Sicherheit unserer Studenten zu gewährleisten, mussten wir wegen der Vorfälle eine ganze Reihe von Vorkehrungen treffen. Ich gehe sie jetzt schnell der Reihe nach durch.

Erstens: Wie bereits bekanntgegeben wurde, haben wir unsere Sondereinsatzkommandos mit eintausendfünfhundert privaten Sicherheitskräften verstärkt, solange die Situation dies erforderlich macht. Die anfallenden Kosten werden wir in vollem Umfang auf die Studiengebühren im nächsten Trimester umlegen. Mit Ausnahme von ...«

»Was?«, ruft Leroy Torres. »Das sind Sondereinsatzkommandos. Sie fordern eintausendfünfhundert zusätzliche Sicherheitskräfte an und lassen sie sich von uns bezahlen?«

Die Rektorin hält inne und schaut, ohne die Fingerkuppen auseinanderzunehmen, den Delegierten an. Dadurch fühlt der junge Mann sich aufgefordert, weiterzureden:

»Das können Sie nicht ... Sie können uns doch solche Kosten nicht eins zu eins aufdrücken. Das ist ... Das wäre ... Die Verantwortung für die derzeitige Situation trägt die Universitätsleitung, da handelt es sich nicht um laufende Kosten, die Sie legal auf uns umlegen können ...«

Gerade als es Torres gelingt, seinen Protest in eine logische Form zu bringen, unterbricht ihn die Rektorin.

»Wenn mich nicht alles täuscht, haben Sie nie ein Jurastudium absolviert. Bevor Sie sich also herausnehmen, uns allen zu erklären, wozu eine Universitätsleitung gesetzlich befugt ist und wozu nicht, darf ich Ihnen versichern, dass ich mich in diesen Fragen kompetent beraten lasse. Unabhängig davon möchte ich Sie daran erinnern, Ausführungen dieser Art zurückzustellen, bis der richtige Zeitpunkt für Fragen und kritische Einwände gekommen ist.«

Die Rektorin lässt den Blick im Raum umherschweifen. Fast alle schauen sich auf die Fingerspitzen oder sonst wohin, niemand aber sieht die Rektorin oder den Studentenvertreter an. Leroy Torres schüttelt den Kopf und lässt die Schultern hängen. Karl Marsalis klopft ihm einmal unauffällig auf den Rücken. Ob er ihn um Geduld bitten will, bis zum Ende ihrer Ausführungen zu warten, oder ihn über die Demütigung hinwegtrösten will, wird nicht ganz klar.

Die Rektorin führt ihre Aufzählung weiter fort:

»Gut, Punkt zwei ...«

Am auffälligsten in der White Hart Tavern ist neben den unzähligen Fotos von alten zweidimensionalen Filmen, die mittlerweile überall wieder in Mode gekommen sind, ein riesiges Graffito an der Wand gegenüber der Theke. Eine Sicherheitskraft ist dort in der beeindruckenden Ausrüstung der Sondereinsatzkommandos dargestellt. Helm, Atemschutzmaske, Fiberglaspanzer, Militärstiefel. Bedrohlich bewegt er sich mit leicht angewinkelten Knien vorwärts. Mit dem Geld-

strafen-Emissionsgerät zielt er präzise auf den Betrachter.
»In Gold we trust« ist in klassischem Englisch unter die Stiefel gesprayt.
Rick Blaine schmunzelt erneut und macht es sich auf einem hydraulischen Barhocker bequem. Er ist der einzige Gast. Der Barmann steht hinter der Theke und schaut konzentriert auf den Bildschirm seiner Kasse. Präcomputermusik läuft. Irgendein Blues. Rick kann die Stimme des Sängers nicht erkennen. Muddy Waters? Als der Barmann endlich bemerkt, dass er Kundschaft bekommen hat, geht er übertrieben entschlossen auf ihn zu. Er wirkt gereizt, hat ein derbes Aussehen. Um die hundert Jahre dürfte er sein, in einem Alter also, in dem die Eingriffe plastischer Chirurgen an ihre Grenzen stoßen und kräftig mit Schminke nachgeholfen wird.
»Nicht schon wieder, haben Sie verstanden? Man kann mir nicht jede Woche einen Prüfer auf den Hals hetzen. Im Quality-Time-Department habe ich schon angerufen. Meine Steuern sind pünktlich bezahlt, und für die letzte Geldstrafe habe ich Ratenzahlung beantragt ...«
Er hat einen britischen, walisischen Akzent. Rick hebt die Arme:
»Immer mit der Ruhe, mein Freund. Ich will nur was trinken ...«
Er hat einen spanischen Akzent. Der Barmann scheint ihm nicht zuzuhören:
»... was kann ich denn dafür, dass hier irgendwer Tabak an die Kids vertickt hat, verstanden? Ich habe alle vorgeschriebenen Warnschilder hier und sie alle aufgestellt. Sie können mir gar nichts.«

Er zeigt auf einige Schilder, die mit dem Stempel der Ministerien der Westlichen Union versehen sind: *Das Hören nicht genehmigter, handwerklicher Musik kann zu folgenschweren emotionalen Störungen führen.*
»Machen wir uns nichts vor, mein Freund«, sagt Rick, »die können uns immer am Arsch kriegen. Zum Beispiel hier: Die Getränkewerbung an der Wand ist nicht in normalisiertem Englisch geschrieben.«
Rick zeigt mit dem Daumen nach hinten auf das Graffito. *In Gold we trust.*
»Hören Sie, das ist keine Werbung. Ein paar Kids haben das gesprayt ... Reine Deko ... Freie Kunst ... Dafür muss man keine Gebühren zahlen!«
»Ah, ja? Und wie kann man da sicher sein, wenn es nicht in normalisiertem Englisch geschrieben ist?«
Der Barmann stutzt.
»Mann, dass das keine Werbung ist, sieht doch ein Blinder. Anders schreiben würde man ja bloß ...«
Rick fällt ihm ins Wort:
»Ganz ruhig, war bloß ein Scherz, okay? Ich bin kein Inspektor. Hätte nur langsam gern was zu trinken, weiter nichts ...«
Um letzte Zweifel zu beseitigen, krempelt er sich die Ärmel hoch und zeigt ihm eine kleine Narbe am Unterarm.
Den Barmann scheint das fürs Erste zu beruhigen.
»Sie wären nicht der erste Steuerprüfer in Zivil, der mit so einer Narbe ankommt«, sagt er.
»Junge, Junge ... Sehe ich etwa aus wie ein Steuerprüfer?«
Der Barmann schaut ihn zwei Sekunden lang eindringlich an.
»Ehrlich gesagt: ja ...! Und bei dem Graffito handelt es

sich nicht um irgendwelche Werbung, sondern um freie Kunst, verstanden? Ordnungswidrigkeiten werden Sie nicht finden, auch wenn Sie hier noch so lange herumschnüffeln.«

Rick lächelt. Er weiß natürlich, dass er einschüchternd wie einer von der Verwaltungspolizei wirken kann. Er kultiviert das sogar ein wenig. Das Geheimnis besteht darin, sich so gewöhnlich anzuziehen und zu schminken wie möglich und ein wenig teilnahmslos zu tun. Zum Beispiel mit einem lockeren Krawattenknoten oder dick aufgetragenem Lidschatten ... Es muss normal wirken. Das leichte Übergewicht, das man trotz seines Bauchkorsetts an Wangen und Hals erkennen kann, hilft selbstverständlich auch.

»Jetzt aber genug: Gib mir ein kleines Bier. Also wenn ich ein Steuerprüfer wäre, dann könnten Sie mich jetzt übrigens wegen Alkohols im Dienst anzeigen«, sagt er.

Der Barmann ist noch immer nicht ganz beruhigt.

»Haben Sie Ihre Krankenversicherungskarte dabei? Nehmen Sie es nicht persönlich, aber die muss ich mir von allen zeigen lassen.«

»Klar«, sagt Rick.

Aus der Innentasche seiner Jacke holt er die SolarMetLife-Karte mit der gefälschten Versicherungsnummer hervor.

Der Barmann geht weg und zieht sie durch das Lesegerät. Auf dem Bildschirm an der Kasse erscheinen die Bestimmungen der Versicherungspolice und auch der Alkoholspiegel, der von ihr gedeckt wird. Er kann ein Pfeifen nicht unterdrücken, als er die Zulässigkeit liest: 0,3 Gramm Alkohol pro Liter Blut. Danach schenkt er ihm das winzige Bierglas bis obenhin voll.

»Auf die heißen Holzhasen«, ruft Rick ihm seinen Trinkspruch zu.

Mit zwei Fingern hält er das Gläschen und schlürft ein wenig.

»Nur so aus Neugier«, sagt der Barmann, »wie hoch ist der monatliche Beitrag, um sich so einen Alkoholspiegel leisten zu dürfen?«

»Weiß ich nicht mehr«, sagt Rick. »Schätzungsweise ein Greenpepper.«

»Übergewicht inklusive?«, fragt er.

»Zehn Prozent über den empfohlenen Richtwerten. Ich glaube, ich habe die Gefäß- und Herzrisikofaktoren gleich als Package genommen: Alkoholspiegel von 0,3, Bluthochdruck bis 16-10 und zehn Prozent Übergewicht.«

Der Barmann denkt über die Zahlen nach.

»Wenn ich mir eine Krankenversicherungspolice für tausend Eurodollar im Monat leisten könnte, würde ich nur Übergewicht nehmen. Ich kann diese verfluchten Fitnessstudios nicht mehr sehen. Dreimal in der Woche habe ich eine Stunde Aerobic. Obligatorische Empfehlung ...«

»Ja, ja ... Sagen Sie, mal unter uns, gibt es hier niemanden, der mir ein halbes Pfeifchen besorgen könnte? Ich saß gerade fünf Stunden im Shuttle auf der Reise von Earth hierher und danach noch mal fünf im Hangar der Abflughalle wegen eines Schadens, der nicht mal wirklich einer war.«

»Bleibt unter uns: Heute werden Sie nirgends irgendetwas bekommen. Die Kids proben die Revolte. Haben Sie die Lokalnachrichten nicht gehört?«

»Ich höre selten Nachrichten. Sie deprimieren mich.«

»Sie haben zu einer großen Demonstration auf dem Campus aufgerufen. Deshalb ist es hier so leer.« Er macht eine Pause. »Beim Financial Department habe ich bereits unregelmäßige Einkünfte angemeldet, wegen höherer Gewalt, verstehen Sie ...?«

Vier Chips, BBs mit eingerechnet, den sie sich selbst mit Hilfe von Mam'zelle entfernt hat, muss sie im Arm des Professors unterbringen. Der Schnitt über seinem Beugemuskel muss zwangsläufig länger sein und mit drei Stichen genäht werden. Am schmerzhaftesten ist der zweite Stich.

Der Professor versucht, sich nichts anmerken zu lassen. Als alles vorbei ist, stehen ihm Tränen in den Augen, und er atmet schwer. Ihm ist schwindlig. Den Eisbeutel, den ihm BB gegeben hat, hält er sich an die Stirn.

»Alles okay«, sagt er kurzatmig. »Erzählt Alonso nicht gleich, was ihr plant, er wird irgendwann selbst darauf kommen, einverstanden? Und lasst euch auch nicht von ihm übers Ohr hauen. Er wird versuchen, euch unter jedem beliebigen Vorwand mehr Geld abzuknöpfen ... Vor allem aber dürft ihr nicht vergessen anzurufen, sobald ihr Franz von Assisi ausfindig gemacht habt. Ich werde auf euren Anruf warten. Was noch ...? Habt ihr genug Kleingeld zusammenbekommen?«

BB holt einen Beutel hervor, in dem Münzen klimpern. »Die haben wir bei den Studenten im Corona Australis gesammelt.«

»Okay, wir haben uns gestern schon voneinander verabschiedet. Jetzt macht, dass ihr hier rauskommt. Ihr seid viel zu spät dran.«

Marcuse nähert sich dem Professor.

»Falls Sie festgenommen werden sollten, dann spielen Sie bitte nicht den Helden. Versuchen Sie sie eine Zeit lang zu beschäftigen, mehr nicht.«

Der Professor versucht zu lächeln, aber es gelingt ihm nicht wirklich.

»Hältst mich wohl für einen dieser Helden aus den alten Filmen? Sie brauchen mir bloß die Folterwerkzeuge zu zeigen, und schon gebe ich euch die Schuld für alles, was sie euch in die Schuhe schieben wollen, inklusive des Bestechungsversuchs, um die Prüfung in Filmdialogen zu bestehen.«

»Ja, ja, das können Sie Ihrer Großmutter erzählen. Hoffen wir, dass es nicht dazu kommt«, sagt Mam'zelle.

»Ah ja? Wie war der Monolog von Roy Batty am Ende ...«

Die Kids intonieren gemeinsam in klassischem Englisch:

»I've seen things you people wouldn't believe / Attack ships on fire off the shoulder of Orion / I watched C-beams glitter in the dark near the Tannhauser Gate / All those moments will be lost in time, like tears in rain ... / Time to die.«

»Einverstanden, dann werde ich euch der versuchten Steuerhinterziehung beschuldigen. Und jetzt verschwindet endlich, bevor ich es mir anders überlege und euch drei durchfallen lasse.«

Die Kids verlassen die Wohnung, während ihre drei Chips vom Arm des Professors aus weiter Informationen an den Verstärker auf der Space-Station senden –

und von dort zur Polizei und den Krankenversicherungen.
Vor ihnen liegt der gefährliche, ein Kilometer lange Weg zum Space-Port. Auf einer Space-Station, deren Infrastruktur auf Gleiter ausgerichtet ist, ist es nicht leicht, außerhalb der Fußgängerzonen eine solche Strecke zu Fuß zurückzulegen.

Die Rektorin Deckard hat die Bekanntgabe ihres Maßnahmenkatalogs beendet und unter anderem auch die unbegrenzte Verhängung von Zehn-Eurodollar-Strafgeldern aufgrund der massiven Konzentration von Atemluft gerechtfertigt.
»... all diese Punkte werden nun in Übereinstimmung mit den geltenden rechtlichen Rahmenrichtlinien diesem Gremium zur Abstimmung vorgelegt, nachdem Sie Gelegenheit zu kritischen Einwänden erhalten haben.«
Leroy Torres hebt sofort die Hand, aber die Rektorin erteilt zuerst dem Vertreter der Handelskammer das Wort. Er ist das älteste Mitglied der Universitätsleitung und trägt einen konservativen, gradexblauen Anzug und schminkt sich mit magentafarbenem Lidschatten. Er hat einen slawischen Akzent.
»Haben Sie an die Handelseinbußen aufgrund des wegen der anhaltenden Unruhen eingeschränkten Konsumverhaltens gedacht? Wir dürfen nicht vergessen, dass die Beauftragten von Red Bull und Speedy Ragweed bereits ihre Bedenken zu einem Sponsoring für das kommende Semester zum Ausdruck gebracht haben ...«

Dieses Thema interessiert den Schatzmeister und den Vertreter aus dem Finanzministerium offenbar ebenfalls. Der Schatzmeister trägt keine Krawatte, sondern eine Schleife. Grün mit weißen Punkten. Dem Mann aus dem Finanzministerium schaut ein weißes Taschentuch aus der Jacketttasche hervor. Seine Krawatte ist grün, weiß und rot gestreift.

»Ich meine mich zu erinnern, dass wir dieses Thema in einer der vorherigen Sitzungen bereits besprochen haben«, sagt die Rektorin Deckard. Sie schiebt dabei Ordner auf ihrem Bildschirm hin und her.

»Hier ist es ...: ›Auf Antrag des Vertreters der Handelskammer werden die Werbeflächen der Firmen Red Bull und Speedy Ragweed in der Aula um zwanzig Prozent erweitert und als Wahlfächer die Unternehmensgeschichte von Coca-Cola und die Unternehmensgeschichte von Apple in den Lehrplan der Geschichtswissenschaften aufgenommen. Absolventen können sich für eine erfolgreiche Teilnahme hundert Punkte anrechnen lassen.‹ Ich dachte, Sie so verstanden zu haben, dass die Vertreter der Unternehmen damit zufrieden seien ...«

»Das gleicht die Einnahmenverluste im Abverkauf nicht aus«, sagt der Vertreter der Handelskammer.

»Auch die Verluste bei den Steuereinnahmen nicht«, wendet der Vertreter des Finanzministeriums ein. Er hat einen italienischen Akzent.

»Auch den Unternehmern unserer Space-Station hilft das nicht weiter«, fährt der Vertreter der Handelskammer fort. »Die Hotels auf dem Campus stehen leer, die Restaurants und die Luxuskabinen virtueller Realität auf dem Campus sind nicht ausgelastet. Die Mütter der Studenten reisen mit ihren Begleitern fluchtartig ab ...«

Die Rektorin Deckard lehnt sich in ihrem Stuhl mit der hohen Rückenlehne zurück, legt die Fingerkuppen aneinander und stützt die Ellbogen auf den Tisch. Einen Augenblick lang scheint sie über eine Antwort nachzudenken, formuliert dann aber eine Gegenfrage:

»Wussten Sie, dass eine zusätzliche private Sicherheitskraft in der Regel zwischen sechzig bis hundert Prozent ihres Einkommens für Unterkunft, Essen und Freizeitvergnügen ausgibt, gerade auch in den exklusiveren Kabinen virtueller Realität?«

Die Vertreter der Handelskammer, des Finanzministeriums und der Schatzmeister schauen sich an. Sie versuchen zu erraten, worauf die Rektorin hinauswill.

»Schauen Sie«, fährt sie fort, »der tägliche Nettoverdienst jeder privaten Sicherheitskraft liegt bei hundert Eurodollar. Multipliziert man diese Summe mit tausendfünfhundert, kommt man auf hundertfünfzigtausend Eurodollar pro Tag, und wir wissen, dass sie durchschnittlich achtzig Prozent davon auf unserer Space-Station ausgeben werden, das heißt ...«

»Hundertzwanzigtausend Eurodollar«, ruft der Schatzmeister mit schottischem Akzent.

»Und multiplizieren Sie diesen Betrag wiederum mit der Anzahl der Tage, an denen sie ihren Dienst verrichten ...«, fährt die Rektorin fort.

Der Vertreter der Handelskammer versteht, was der Rektorin vorschwebt. Das ist in der Tat kein schlechtes Geschäft, vor allem an den Wochentagen, an denen die Zahl der anwesenden Mütter von Studenten in der Regel überschaubar ist.

Leroy Torres unterbricht die Herrschaften beim Kopfrechnen.
»Das ist unglaublich: Sie glauben noch immer, dass Sie mit Ihren Maßnahmen noch Geld verdienen?«, poltert er. »Haben Sie daran gedacht, was passiert, wenn die Studenten, die unbegrenzte Geldstrafen erhalten, sich im nächsten Trimester die Studiengebühren nicht mehr leisten können? Womit machen die Aktionäre dann ihren Gewinn, falls es so weit kommen sollte?«
Der Schatzmeister findet die Lösung:
»Offenbar sind Ihnen die Regeln einer Rednerliste ebenso unvertraut wie die Anzahl der Immatrikulationsanträge, die wir jedes Semester erhalten«, sagt er. »Wir könnten es uns sogar leisten, alle unsere Studenten von der Universität zu schicken, und hätten im nächsten Semester trotzdem wieder alle Studienplätze voll belegt.«
»Sie wissen genau, dass dies nicht passieren würde«, sagt Torres, diesmal selbstsicher. »Realistisch ist, dass die Studenten weniger Veranstaltungen belegen können, und damit sinken Ihre Einnahmen.«
Das kurze Schweigen, das entsteht, beendet die Rektorin mit bedächtiger Stimme.
»Allerdings hätten die Studenten dann mehr freie Zeit und würden mehr Geld auf der Space-Station ausgeben«, sagt sie. »Wollten Sie uns zu Beginn der Sitzung nicht Ihre Einschätzung mitteilen, was Universitätsleitungen tun und lassen dürfen? War es so? Gut, jetzt ist der richtige Zeitpunkt dafür, wir sind ganz Ohr ...«
Dreimal hintereinander nimmt die Rektorin ihre Fingerkuppen auseinander und führt sie wieder zusam-

men. Leroy Torres schüttelt den gesenkten Kopf. Um das Schweigen zu brechen, ergreift Professor Karl Marsalis das Wort:
»Ich möchte klarstellen, dass die Lehrkräfte den in diesem Gremium geplanten Maßnahmen nicht zustimmen werden.«
Er hat einen karibischen Akzent und dreht an seinem Nietenarmband herum.
»Okay, das ist ihr gutes Recht«, sagt die Rektorin. »Da es keine weiteren Fragen und Einwände gibt, kommen wir jetzt zur Abstimmung.«

Die Kids wollen auf direktestem Weg die Nachtseite der Space-Station erreichen, weil sie dort wegen der Konzentration des Aufgebots auf dem Campus mit weniger Polizeipräsenz rechnen. Dafür müssen sie allerdings die Nebenbahnen verlassen und durch die zur Instandhaltung angelegten unterirdischen Gänge laufen.
BB leuchtet mit einer Lampe in die Öffnung eines Gangs hinein.
Sie schaut hinein.
»Scheiße«, ruft sie.
Man kann sich nicht vorstellen, wer auf die Idee kam, ein gewöhnliches Rattenpärchen mit auf eine Universitäts-Space-Station zu nehmen. Vielleicht wurden sie an Bord eines Lebensmittel-Shuttles eingeschleppt. Danach pflanzten sie sich fort, bis sich die ersten, besser an die Gegebenheiten adaptierten Rattenarten herausbildeten. Da es nichts zu nagen gibt und ihre Ernäh-

rung allein aus passierten organischen Abfällen besteht, haben sich ihre Zähne zurückgebildet, stattdessen bildeten sich rosige Unterlippen aus, mit denen sie die warme, kalorienarme Suppe, die durch die Kanalisation fließt, schlürfen können. Auch die Krallen nutzten ihnen nichts mehr und ihr Fell nahm eine blaugraue Farbe an, die ihnen hilft, sich besser zu tarnen. Dämmerungsaktiv immerhin sind sie geblieben, und an der Oberfläche sind sie auf Oxford 7 mit Ausnahme der Nachtseite nur selten zu sehen. Geblieben ist auch der tief verwurzelte Ekel, den sie bei Menschen bis hin zur Phobie auslösen können. Mit den widerlichen Saugschnauzen jetzt mehr denn je.

»Damit haben wir nicht gerechnet«, sagt BB und fuchtelt mit der Lampe umher, um sie zu verscheuchen.

»Was ist denn?«, fragt Marcuse, der als Letzter hinter Mam'zelle läuft.

»Nichts.«

»Sind das Ratten? Gibt es hier Ratten?«

»Nein, hier gibt es keine Ratten. Die hauen doch vorm Licht ab ...«

»Wenn sie abhauen, müssen sie da sein ... Gibt es hier Ratten? Sag's mir, ich denke nicht daran, da hineinzusteigen, wenn du es mir nicht sagst ...«

»Also gut, kann schon sein, dass es ein paar Ratten gibt«, sagt Mam'zelle und dreht sich zu ihm um. »Die Ratten hier auf der Space-Station sind harmlos, sie sind wie große Roborowskis.«

»Ich kann das nicht«, sagt Marcuse.

»Doch, das schaffst du.«

»Nein, auf keinen Fall. Ich kann sie mir nicht einmal in zweidimensionalen Filmen ansehen.«

»Mach die Augen zu, und gut ist. BB geht vorneweg, du gehst hinter ihr her und hältst dich an ihrer Schulter fest, und ich bleib dicht hinter dir.«
Marcuse schüttelt den Kopf und schlägt imaginäre Wesen von sich weg.
»Ich krieg das nicht hin. Echt. Ich kann das nicht ...«
BB muss sich einschalten.
»Hör mir gut zu. Wäre es nach mir gegangen, wäre ein Weichei wie du nie im Leben bei so einer Geschichte dabei, und wären wir nicht auf dich angewiesen, würde ich dir einen Arschtritt verpassen und das Ding mit Mam'zelle alleine schaukeln. Wir brauchen dich aber, kapiert? Also wirst du jetzt in dieses Loch steigen, bevor ich dich an den Eiern packe und eigenhändig über die Ratten schleife. Hast du verstanden?«
Glücklicherweise braucht es nicht so viel, um Marcuse zu überzeugen.

Sobald sich das Schwindelgefühl gelegt hat, setzt Professor Palaiopoulos sich im Stuhl auf, um bequemer reden zu können.
»Lokale Kommunikation«, ruft er. »Essen Take-away, die Auswahl, bitte, nach Beliebtheit.«
Die künstlich klingende Stimme des Kommunikationssystems zählt auf:
»Nr. 1: McDonald's, Nr. 2: Vegetable Burger King, Nr. 3: Pizza Hut, Nr. 4: Universal Fried Chicken Substitute, Nr. 5: Won Tong Express, Nr. 6: Food & Style ...«
»Food & Style«, ruft der Professor laut. »Verbinden!«

Eine weitere künstliche Stimme betet den üblichen Gesundheitssermon herunter:
»Die Vertretung des Gesundheitsministeriums der Westlichen Konföderation erinnert daran, dass die falsche Wahl an Nahrungsmitteln schwere Herz- und Gefäßerkrankungen zur Folge haben kann.«
Direkt im Anschluss an die Predigt kommt ein Hinweis vom Polizeirevier:
»Wir möchten Sie darüber informieren, dass dieses Gespräch als ›Öffentlich‹ eingestuft wird. Es kann daher im Zusammenhang von Steuerfragen ausgewertet werden wie auch zur Wahrung der öffentlichen Sicherheit oder für Werbezwecke.«
Dann endlich hört man eine menschliche Stimme:
»Food & Style auf Oxford 7, Platz 5, ich bin ganz für Sie da. Womit können wir Ihnen dienen?«
Südamerikanischer Akzent.
»Tja ... mal sehen ... Ich weiß noch nicht genau«, sagt der Professor. »Wir sitzen hier zu viert zusammen, haben etwas zu feiern. Könnten Sie uns aus Ihrem Angebot Kostproben für vier Personen zusammenstellen?«
»Tut mir leid, mein Herr, wir bieten leider nur ganze Gerichte an. Dürfen wir Ihnen eine interaktive Speisekarte zukommen lassen? Oder soll ich Ihnen die zehn beliebtesten Delikatessen des Tages der Reihenfolge nach vorlesen oder doch lieber die zehn kalorienärmsten Gerichte oder lieber die zehn Gerichte, die mit gesunden Inhaltsstoffen den jeweiligen Tagesbedarf am effizientesten decken ...?«
»Lesen Sie einfach mal die zehn beliebtesten Delikatessen vor, bitte ...«

»Sofort, mein Herr ... Da haben wir den Macintosh-Salat mit knackigen Keimen, Dashi mit Miso-Kaviar, Austernblätter mit Kräutern aus dem Languedoc, Würfel vom Spargeleis an Flachssamen ...«
»Warten Sie, ich habe eine Idee. Da wir hier zu viert zusammensitzen, hätten wir gern die acht Gerichte, die am häufigsten bestellt werden. Dann können ja alle von allem etwas probieren. Wäre das möglich?«
»Selbstverständlich, mein Herr. Möchten Sie auch etwas zu trinken bestellen?«
»Einen Augenblick, da muss ich mal nachfragen. Gespräch halten, bitte!«
Der Professor schaut an die Decke, zählt bis zehn und lässt ein paar weitere Sekunden verstreichen.
»Gespräch fortführen, bitte! Ja, wir hätten gern drei Speedy Ragweed und eine Coca-Cola. Drei plus eins. Haben Sie verstanden?«
»Dreimal, einmal, korrekt. Möchten Sie, dass wir die Reste abholen, oder übernehmen Sie das Recycling?«
»Das übernehmen wir.«
»Möchten Sie Ihre Krankenversicherungspolice noch in irgendeinem Punkt ändern? Höhere Cholesterin-, Natrium- oder Glukosewerte ...?«
»Nein, danke, ich denke, das wird nicht nötig sein.«
»Dann hätten wir ... sechsundzwanzig Eurodollar inklusive Steuern. Dürfen wir die Summe vom Chip einziehen?«
»Ja, kein Problem.«
»Wir danken Ihnen, dass Sie Food & Style Ihr Vertrauen geschenkt haben. Auf Ihr Gourmet-Menü dürfen Sie sich in einer Viertelstunde zu Hause freuen. Wir wünschen Ihnen noch einen wunderschönen Abend.«

Der Professor lässt sich mit schmerzverzerrtem Gesicht wieder in den Sessel fallen. Der Musik-Player spielt gerade ein Stück mit Ben Webster am Saxophon.
»Blues for Bill Basie, 1958«, sagt er vor sich hin.

Die Abstimmung im Konferenzraum ergibt neun Stimmen für die von der Rektorin Deckard vorgeschlagenen Maßnahmen und zwei Gegenstimmen, die von Leroy Torres, dem Studentenvertreter, und Karl Marsalis, dem Delegierten der Professoren.
Als die Sitzung bis auf weiteres beendet ist, gehen beide hinunter zu Starbucks ins zehnte Stockwerk und bestellen sich zwei Büchsen Speedy Ragweed, in der Voraussicht, die ganze Nacht wach bleiben zu müssen.
»Du wärest kein schlechter Schauspieler, weißt du?«, sagt Marsalis. »Es wirkte echt so, als wärest du empört.«
Torres nimmt einen großen Schluck von dem erdig riechenden, mit transgenem Ginseng angereicherten Getränk.
»Bin mir nicht sicher ... Manchmal habe ich das Gefühl, dass die Deckard noch abgezockter ist, als sie aussieht«, sagt er.
»Mach dir keine Sorgen. Ich glaube, sie hat nicht den leisesten Verdacht geschöpft.«
Torres trinkt noch einen Schluck aus seiner Büchse.
»Du warst auf jeden Fall auch nicht schlecht ...«
»Na ja, meine Rolle war leichter.«
Torres streicht sich mit dem Finger über den Unterarm, bis er den subkutanen Chip spürt.

»Meinst du, bei Palaio ist alles glattgelaufen?«, fragt er leise.
»Bestimmt. BB weiß genau, was sie tut.«
Plötzlich werden die Demonstranten lauter.
»Ich glaube, jetzt geht's los«, sagt Marsalis.
Beide gehen ans Plasmafenster, das sich unter dem Druck ihrer Köpfe leicht verformt. Zehn Stockwerke tiefer singen die Studenten laut. Man versteht sie zwar kaum, die Melodie aber ist sogar auf die Distanz und trotz der Schalldämmung sofort zu erkennen:

Yet we get a trifle weary / With Mr. Einstein's theory ...

Weitere Gäste treten ebenfalls ans Fenster, um hinunterzuschauen. Die meisten sehen aus wie Angestellte der Universitätsleitung, auch ein paar der Professoren sind darunter, die jünger als achtzig Jahre sind. Plötzlich singen einige Gäste im Starbucks lauthals mit. Nicht viele, aber doch genug, um trotz der elektronischen Musik, die im Café läuft, das Lied klar und deutlich zu erkennen.
Das Crescendo erreicht beim Refrain seinen Höhepunkt. Leroy Torres, Karl Marsalis und vielleicht noch ein Dutzend andere trauen sich, aus voller Kehle mitzusingen:

You must remember this
A kiss is just a kiss
A sigh is just a sigh
The fundamental things apply
As time goes by.

Um 18:26 Ortszeit auf Oxford 7 betreten zwei Hausmeister in ihren roten Overalls nach beendeter Schicht die White Hart Tavern. Niemand geht auf Rick zu, um ihm Tabak anzubieten. Er hat bereits sechs Shots intus und fragt sich, wie viel Bier er noch trinken darf.
Er steht vom Barhocker auf und geht zum Messgerät. Die zahlungspflichtige Maschine läuft über den subkutanen Chip, eine Kreditkarte oder mit den selten gewordenen Eurodollar-Münzen, die alle Welt zu ergattern versucht. Digitale Spuren mag er keine hinterlassen, seine Münzen will er auch nicht ausgeben – falls doch noch irgendein Tabakdealer vorbeikommt. Also fragt er den Barmann, ob er eine Münze für ihn habe. Geschäfte dieser Art werden eigentlich besteuert, daher schüttelt dieser vorsichtshalber erst einmal den Kopf.
»Wenn ich hier eine Münze aus der Kasse nehme, kostet mich das dreiundachtzig Cent extra allein wegen des Grenzsteuersatzes«, sagt er. »Dabei wissen Sie genauso gut wie ich, dass eine Münze zehnmal mehr wert ist.«
Rick bietet an, zehn Eurodollar auf seine Rechnung zu nehmen. Der Barmann öffnet daraufhin die Kasse, holt eine Münze heraus und legt sie auf die Theke. Rick nimmt sie und richtet sofort zwei Finger auf den Barmann, als ziele er mit einem Emissionsgerät auf dessen Chip.
»Verkackt, mein Lieber, illegale Geschäfte, das hat hier jeder gesehen«, sagt er.
Der Barmann dreht sich zu ihm um.
»Ich habe Ihnen rein gar nichts verkauft, verstanden? Die Münze habe ich aus Versehen mal auf der Theke liegen lassen, und dann haben Sie ...«

»Scherz! Wenn ich Steuerprüfer wäre, hätte ich mich eben doch selbst strafbar gemacht, als ich ein illegales Geschäft vorgeschlagen habe«, sagt Rick, zwinkert ihm zu und senkt die Hand.
Die Münze wirft er in die Maschine und rückt sich das Armband am Handgelenk zurecht. Sekunden später zeigt das Messgerät sein Ergebnis an. Die flimmernden Zahlen sind horrende Harnsäure-, Transaminasen- und Cholesterinwerte. Rick ist gespannt, für wie alt ihn die Maschine hält. 109 Jahre. 18 Jahre älter. Dann sucht er gleich den Alkoholwert: 2,4. Im Kopf versucht er, den Dreisatz zu lösen: 2,4 bei sechs Shots Bier ist gleich 3,0 bei ...
Er fragt den Barmann:
»2,4 habe ich jetzt, wie viele Biere kann ich noch trinken, ohne über 3,0 zu kommen ...?«
Der Barmann ist zickig.
»Komm schon«, sagt Rick, »war Spaß. Oder haben Sie keinen Humor?«
Der Barmann antwortet lustlos:
»Zwei Shots dürfen Sie sich noch genehmigen.«
»Dann zapfen Sie mir gleich mal den ersten, auf Ihr Wohl.«
Während Rick einige Schlucke trinkt, betreten drei Studenten das Lokal. Rick mustert sie. Schon auf den ersten Blick sehen sie interessanter aus als die beiden Männer in ihren roten Overalls. Zwei Studentinnen und ein Student. Drei Kids eigentlich noch, alle unter vierzig. Wie Tabakdealer sehen sie nicht gerade aus, erwecken aber auch nicht den Eindruck, als seien sie in den Laden gekommen, um einfach was zu trinken. Am meisten Power von den dreien strahlt die blonde Stu-

dentin aus, helle Haut, blaue Augen, als wäre sie einem alten zweidimensionalen Ölgemälde entstiegen.
»Shuttle on Earth gefällig?«, fragt Rick und schaut ihr in die Augen.
»Möglich«, sagt BB. »Kommt darauf an, wer Sie schickt.«
»Palaiopoulos hat mich beauftragt. Ich bin euer Mann. Ich warte hier schon eine ganze Weile.«
»Dann können wir ja gleich los«, sagt sie.
»Augenblick noch, ein Bier darf ich nämlich noch trinken.«
BB mustert ihn einen Augenblick lang von oben bis unten.
»Beeilen Sie sich, wir warten draußen.«
Rick trinkt in einem Zug das Bier aus, das noch vor ihm steht, und bestellt gleichzeitig mit der anderen Hand den letzten Shot. Dann reicht er dem Barmann die Solar-MetLife-Karte rüber. Beim Abbuchen des Betrags vergisst dieser keineswegs die verabredeten zehn Eurodollar. Zum Abschied stellt ihm der Barmann ein eiskaltes, bis an den Rand mit schäumendem Bier gefülltes Glas vor die Nase. Rick hält es mit zwei Fingern und freut sich schon auf die nächsten Schlucke.
Da kommt ihm plötzlich der Barmann in die Quere:
»Augenblick ... Ich glaube, ich habe mich vorhin verrechnet: Vierundzwanzig durch sechs ergibt vier. Sie durften also nur noch einen Shot trinken. Mit diesem Gläschen hier würden Sie Ihren maximalen Grenzwert bereits überschreiten ...«
»Scheiße«, flucht Rick, nimmt das Glas vom Mund und stellt es geräuschvoll auf dem Tresen wieder ab. »Hätten Sie das nicht früher sagen können?«

»Mein Freund, was ist denn? Haben Sie etwa keinen Sinn für Scherze?« Der Barmann grinst über beide Ohren und zielt mit zwei Fingern auf Rick, als halte er ein Geldstrafen-Emissionsgerät in der Hand.

Im 47. Stockwerk des Huxley-Towers sind die Stimmen der Studenten nicht mehr zu hören.

Die Rektorin Deckard sitzt mit dem Schatzmeister und dem Sicherheitschef in ihrem Arbeitszimmer. Der Sicherheitschef ist hundertzwanzig Jahre alt, er trägt Uniform und ist nach den Vorschriften für Polizisten geschminkt: schwarze Nägel und Lidschatten, kein Rot auf den Lippen, sondern nur Lipgloss.

»Sie haben angefangen zu singen«, sagt er und schaut auf das Display seiner iWatch. »Wir könnten sie mit elektronischer Musik beschallen, bis ihre Stimmen nicht mehr zu hören sind ...«

»Lassen wir ihnen doch den Spaß, im strömenden Regen zu singen«, sagt die Rektorin.

»Solche Gesänge sind in der Regel das Vorspiel ihrer Aktionen, damit bringen sie sich in Stimmung.«

»Das ist im Moment meine geringste Sorge. Ich fürchte, wir haben etwas übersehen.«

»Wenn wir sie mit Strafgebühren zuballern, sind sie innerhalb von fünf Minuten verschwunden, da bin ich mir sicher«, sagt der Schatzmeister. Er rückt sich den Krawattenknoten zurecht. »Ich denke, da müssen wir uns keine Gedanken machen.«

Der Sicherheitschef nickt. Mit einer Hand tastet er nach seinem Emissionsgerät an der rechten Hüfte. Vor etwa fünfzig Jahren hat er es zum letzten Mal benutzt. Die Bewegung aber verlernt man nie. Damals verdiente er sein Geld als private Sicherheitskraft in Sondereinsatzkommandos.

»Die Demonstration bereitet mir keine größeren Sorgen«, sagt die Rektorin Deckard. »Aber dieser Student ... Torres ... und der Delegierte der Professoren ...«

»Torres?«, fragt der Schatzmeister. »Torres ist doch sofort eingebrochen, als wir ihm eins auf den Deckel gegeben haben, und Marsalis wirkte auch nicht übermäßig kämpferisch.«

»Trotzdem: Wie dieser Torres da mit gesenktem Kopf und hängenden Schultern dahockte. Das war verdächtig. Gleich zwei Mal übrigens. Da ist was faul.«

Sowohl dem Schatzmeister wie auch dem Sicherheitschef fehlt das nötige Gespür für Emotionstechniken, das ihre Rektorin in überbordendem Maß besitzt.

»Und ...?«, fragt der Schatzmeister.

»Basic-Körpersprache: Kopf senken und Schultern hängen lassen sind ein Zeichen für Unterwürfigkeit, für Gehorsam ...«

»Na, umso besser: Wo liegt dann das Problem?«, fragt der Schatzmeister.

Die Rektorin holt Luft und atmet langsam aus, bevor sie es erklärt:

»Das Problem ist, dass jeder Schwachkopf weiß, dass es ein Zeichen der Unterwürfigkeit ist, den Kopf zu senken. Gleichwohl würde kein normaler Mensch dies zum Ausdruck bringen wollen, wenn er von Gegnern besiegt wurde, die er hasst. Die normale Reaktion wäre genau entgegengesetzt: Man versucht, sich souverän zu geben, ein Bild der Würde abzugeben, von Kraft ... Unter normalen Umständen würde ein typischer Studentenführer mich jederzeit herausfordern wollen.«

»Na schön«, sagt der Schatzmeister. »Vielleicht war er von der Rolle, weil er wusste, dass er keine Chance hatte, das Spiel zu gewinnen.«

»Das ist es nicht ... Er spielte uns etwas vor: Er wollte, dass wir glaubten, alle Trümpfe in der Hand zu halten, und wenn er das gemacht hat, dann weil er etwas Wichtiges zu verbergen hat, etwas, das er unter allen Umständen geheim halten möchte. Er ist intelligent genug, sich scheinbar öffentlich geschlagen zu geben, aber nicht schlau genug, die Rolle wirklich überzeugend zu spielen.«

Der Sicherheitschef legt seine Hand wieder auf seine Hüfte:

»Sie wollen damit sagen, dass die Studenten etwas planen, was wir nicht unter Kontrolle haben?«, fragt er.

»Nein. Ich meine damit, dass die Demonstration nur ein Ablenkungsmanöver ist. Und wir haben keine Ahnung, was sich an anderer Stelle gerade zusammenbraut.«

ZWEI

BB gibt das Tempo auf dem Weg zu den Abflughallen vor. Einen Meter vor Mam'zelle und Marcuse geht sie voran, zwei Meter vor Rick Blaine. Der Regen prasselt noch immer auf den porösen Boden und wird sofort von ihm verschluckt. Große Tropfen platschen geräuschvoll auf, verschwinden. Der Boden sieht aus, als würde er kochen.

Rick ist völlig außer Puste und stellt alle möglichen Fragen, bloß um ein wenig das Tempo zu drosseln.

»Äh, wer von euch fliegt eigentlich mit?«

Die drei Kids schauen sich an, ohne stehen zu bleiben.

»Wir fliegen alle drei«, sagt BB laut, um den Regen zu übertönen.

Rick bleibt abrupt stehen. Eine Hand hält er sich schützend über die Augen, damit ihm die Schminke nicht noch mehr verläuft.

»Ausgemacht waren zwei Passagiere, nicht drei.«

BB ist ihm mittlerweile mehrere Meter voraus. Sie bleibt stehen und dreht sich zu ihm um.

»Eins, zwei, drei«, dabei zeigt sie auf ihre beiden Begleiter und sich. »Abgemacht waren drei Passagiere, ein Shuttle on Earth, Astroport Barcelona und keine Fragen. Okay?«

»Im Grunde geht mich das alles ja auch gar nichts an, und ich will mich keineswegs einmischen. Ausgemacht waren aber trotzdem nun mal zweitausend Eurodollar für zwei Passagiere nach Barcelona. Ein Greenpepper pro Nase ...«

»Die Vorauszahlung belief sich auf dreitausend Eurodollar«, sagt BB. Mittlerweile sind sie alle mitten auf der schmalen, tertiären Bahn stehen geblieben. »Ich war dabei, als Professor Palaiopoulos Ihnen das Geld überwiesen hat. Den Code des Belegs habe ich übrigens dabei, falls Sie ihn noch mal sehen wollen.«

Rick rudert mit den Händen durch die Luft.

»Gut möglich, vielleicht waren es dreitausend ... Meine Sekretärin kann sich ja auch mal täuschen. Ganz sicher aber bin ich, dass nur zwei Passagiere vereinbart waren. Zwei, das weiß ich genau, weil man es sich kinderleicht merken kann.« Er streckt zwei Finger in die Höhe.

BB hebt drei Finger:

»Drei Greenpepper für drei Passagiere nach Barcelona. Das ist sowieso schon voll überteuert. Falls Sie uns nicht mitnehmen wollen, können wir die Überweisung ja gern stornieren. Jedes andere Shuttle nimmt uns für fünfhundert Eurodollar mit.«

BB geht wieder voran, Mam'zelle und Marcuse laufen hinter ihr her. Rick nutzt die Gelegenheit, um noch einen Augenblick zu verschnaufen.

»Aber ihr werdet niemanden finden, der euch mitnimmt, ohne euch einige unangenehme Fragen zu stellen«, sagt er, brüllt es fast, um den Regen zu übertönen. »Nie im Leben werdet ihr ein Shuttle bekommen, das ...«

Die Kids sind längst außer Hörweite. »Scheiße«, zischt Rick und legt wieder einen Zahn zu, um sie nicht ganz aus dem Blick zu verlieren. Er muss sich gehörig sputen, um sie wieder einzuholen.

»Also gut, dann sagen wir eben: drei Passagiere ... Wenn ihr wüsstet, wie viel Geld mir wegen euch durch die Lappen geht. Einem überaus spendablen Kunden musste ich absagen, bloß um mit euch rechtzeitig ... Nun wartet doch mal bitte kurz. Also echt. Warum rennt ihr denn hier lang, als hätten wir die Pest an den Hacken? Ich habe eine Lumbalverletzung an der Ferse ...«

»Und dazu noch ’ne Hirnamputation am Arsch, ne?«, fragt Mam’zelle.

»He, he, he, für wen hältst du dich eigentlich? Für ’ne angehende Medizinigenieurin, oder was?«

Je näher sie den Hallen des Space-Ports kommen, desto schneller laufen sie, um unter dem breiten Vordach Schutz zu finden. In Leuchtschrift steht auf dem großen Display: *Shuttles on Earth*. Im Space-Port drängen sich die Menschen. Aus den Taxis, die dicht hintereinander vor dem Gebäude ankommen, steigen Fluggäste aus. In der Regel sind es Paare, um die hundert Jahre alt, mit Gepäck. Fast alle tragen sommerliche Kleidung und weichen penibel den Pfützen aus, die sich an einigen Stellen vor dem Space-Port gebildet haben. Polizisten sind keine zu sehen. Die Eingangstüren öffnen sich automatisch. Der Innenraum wird von elektromagnetischen Fackeln hell ausgeleuchtet. Die meisten Reisenden setzen sogleich ihre Fotobrillen auf, kaum dass sie den Space-Port betreten.

»Wieso haben wir es jetzt mit einem Mal nicht mehr eilig, wenn man mal fragen darf?«, sagt Rick, dem sofort auffällt, dass die Kids sich unter dem Vordach herumdrücken und zögern, hineinzugehen.

»Wir können nicht durch die Chip-Kontrolle«, sagt Marcuse und fasst sich reflexhaft mit einer Hand an den noch immer schmerzenden Arm.
»Wieso denn? Habt ihr eure Krankenversicherungen nicht bezahlt?«
BB dreht sich zu ihm um und gibt sich große Mühe, keinen Deut weniger selbstsicher zu wirken als zuvor.
»Professor Palaiopoulos wollte unbedingt, dass wir mit Ihnen reisen, weil er hoffte, dass Sie uns an der Chipkontrolle vorbeischmuggeln können.«
»Was? ... Ich soll meine Shuttle-Lizenz für euch aufs Spiel setzen ... Für lächerliche drei Greenpepper?«
»Eine ungelernte Arbeitskraft verdient drei lächerliche Greenpepper in sechs Monaten. Nur mal so am Rande«, sagt BB. »Und viele Leute müssen ein ganzes Jahr mit drei lächerlichen Greenpeppern auskommen.«
»Mit dem feinen Unterschied, dass ich weder eine ungelernte Arbeitskraft bin noch irgendwelche Sozialhilfe beziehe. Ich bin mein eigener Herr und biete einen seriösen Shuttle-Service an. Normalerweise habe ich es mit zahlungskräftiger Kundschaft zu tun.«
»Zahlungskräftig wie die Tabakdealer?«, fragt Mam'zelle.
»Das geht euch gar nichts an. Ich mag es übrigens mindestens genauso wenig, wenn man mir Fragen stellt wie ihr, schon gar nicht durch solche Rotznasen unter vierzig Jahren.«
Die Antwort bleibt BB überlassen.
»Von diesen Rotznasen werden Sie nicht einen Cent einstreichen, wenn es Ihnen nicht gelingt, uns an den Kontrollen vorbei zu Ihrem Shuttle zu manövrieren. So einfach ist das.«

Rick entfernt sich ein paar Schritte. Den Kids dreht er den Rücken zu und rauft sich seine schwarz gefärbten, glanzlosen Haare.
»Ich wusste es«, sagt er zu sich selbst, allerdings so laut, dass sie ihn verstehen können. »Ich wusste, dass es ein Fehler ist, sich mit minderjährigen Scheißstudenten einzulassen.«
BB will gerade reagieren, als ihr Marcuse wortlos zu verstehen gibt, dass es besser ist, ihm das jetzt zu überlassen.
»Professor Palaiopoulos hält große Stücke auf Sie und ist felsenfest davon überzeugt, dass Sie die einzige Person auf der Welt sind, die es schaffen kann, uns unauffällig aus dieser Space-Station herauszubekommen, ohne auch nur die leiseste Aufmerksamkeit zu erregen«, sagt er. »Wenn Ihnen das zu heiß ist, kann ich das bestens verstehen. Ist ja auch nicht leicht.«
Rick reagiert nicht.
»Wir könnten uns auch auf eine Gefahrenzulage einigen. Jetzt, da Sie schon extra für uns hierhergekommen sind. Was halten Sie davon, wenn wir Ihnen tausend Eurodollar zusätzlich dafür bezahlen?«
Mam'zelle und BB schauen Marcuse empört an. Er schaut beschwichtigend und beschwörend zurück.
»Mehr können wir Ihnen leider beim besten Willen nicht geben. Das ist unheimlich viel Geld für uns, so viel wie unsere Studiengebühren für ein ganzes Trimester ...«
Rick dreht sich zu ihm um.
»Habe ich mit irgendeinem Wort gesagt, dass wir das nicht hinbekommen? Ich habe bloß gesagt, dass so eine Aktion nicht im verabredeten Preis inbegriffen war ...«

Er macht eine Pause und schaut ihnen fest in die Augen.
»Bei allem, was recht ist: Ihr habt ja nicht mal Gepäck dabei. Wie wollt ihr denn Oxford 7 unauffällig verlassen, wenn ihr ausseht wie Möchtegernrevolutionäre und dann auch noch ohne Gepäck unterwegs seid, keinen Chip mehr habt und noch nicht einmal eine Krankenversicherungskarte? Normalerweise kostet so etwas mindestens fünfhundert Eurodollar extra pro Nase.«
»Ja, sicher, kann ich verstehen«, sagt Marcuse. »Professor Palaiopoulos trug uns übrigens auf, Sie sehr herzlich von ihm zu grüßen: Er hält große Stücke auf Sie und hat uns viel von Ihnen erzählt ...«
Rick streckt eine Hand nach unten.
»Halt jetzt einfach mal die Klappe und lass mich kurz nachdenken, sei so gut.«
Er geht einige Schritte weg, kehrt den Kids erneut den Rücken zu. Dann bleibt er stehen, stemmt die Hände in die Hüften. Einen Moment lang beobachtet er die Taxis, den dichten Regen, der im Licht der Fackeln stimmungsvoll glänzt. Mam'zelle ballt eine Faust und streckt Marcuse bewundernd den ausgestreckten Daumen entgegen. BB macht das Gleiche. Marcuse bedankt sich mit einer Geste, die so viel besagt wie: war doch kein Kunststück.
Als Rick sich wieder zu ihnen umdreht, setzen die drei Kids eine Miene auf, als könnten sie kein Wässerchen trüben. Mit offenem Jackett, den Händen in den Hüften, schaut er ihnen nacheinander ins Gesicht. Kommt auf sie zu, bleibt einen halben Meter vor ihnen stehen und deutet mit dem Zeigefinger auf ihre Nasenspitzen.

»Du«, sagt er zu Marcuse, »schaust bitte gleich wieder wie ein frisch geschlüpftes Küken aus der Wäsche. So lange, wie ich es dir sage. Das hattest du ja eben perfekt drauf.«
Er zeigt auf Mam'zelle.
»Du bist halt sehr auffällig. Kannst du bitte alles dafür tun, ein wenig zu schrumpfen, unscheinbarer zu werden, so zu tun, als wärest du unsichtbar? Bliebe noch die Kecke hier«, er zeigt auf BB. »Du spielst einfach immer mit, bleib schön vorwitzig. Weißt schon, was ich meine, ne?«
BB nickt.
»Wie die kleinen Entlein lauft ihr bitte immer hinter mir her, verstanden?«
Alle drei nicken.
»Okay, zuerst müssen wir hier durch diese Schranken durch. Denkt bitte einmal kurz nach: Habt ihr noch Gegenstände aus Metall dabei, Flüssigkeiten oder irgendetwas aus natürlichem Kohlenwasserstoff?«
Die drei schütteln den Kopf.
»Besteht die Möglichkeit, dass jemand von euch zu viel Alkohol im Blut hat?«
Die drei schütteln wieder den Kopf. Rick schaut noch einmal allen in die Augen.
»Ich sag euch was: Falls hier irgendetwas schiefläuft, kenne ich euch nicht, ist das klar?«
Die drei nicken.
»Okay, los.«
Rick passiert als Erster die elektromagnetischen Schranken. Die elektronische Musik in der Halle plätschert beruhigend vor sich hin. Vom Prasseln des Regens ist nichts mehr zu hören. Rick bewegt sich im Rhythmus

der Musik. Weder zu schnell noch zu langsam. Mit den drei Entlein im Rücken läuft er dicht an der Wand entlang, um sich von der Masse der Reisenden fernzuhalten, die direkt auf die Sicherheitskontrollen zustreben. Dann dreht er eine scharfe Kurve und hält sich in der Nähe einer eingezogenen Wand, die die riesige Halle in zwei Abschnitte teilt. Dort stoppen er und sein kleines Komitee kurz ab.

»Achtung, jetzt wird's ernst«, sagt er.

Plötzlich nimmt er Fahrt auf, läuft immer schneller, bis sie die Mitte der Halle erreichen. Die Kids beeilen sich, dicht hinter ihm zu bleiben. In großen Schritten geht es weiter, sie nähern sich den Reisenden, die mit ihrem Gepäck vor der ersten Sicherheitskontrolle warten, kreuzen fünf Schlangen vor den Kontrollen; erstes Chaos macht sich breit, weil Reisende sie immer wieder durchlassen müssen.

»Polizei«, schreit er, als sie nur noch wenige Meter von der Sicherheitskontrolle Nummer sechs entfernt sind. »Polizei, bitte ...«

Einer der Polizisten legt eine Hand ans Emissionsgerät und gibt Rick mit der anderen Hand zu verstehen, dass er und die Kids sofort stehen bleiben sollen.

»Sie haben vier Koffer aufgegeben und nicht drei. Dann müssen sie mir wohl auch die Gebühren für vier Koffer bezahlen, das ist doch wohl selbstverständlich. Egal, ob der Koffer groß oder klein ist. Vier Koffer sind und bleiben vier Koffer.«

Er dreht sich zu BB um und fuchtelt mit dem Zeigefinger vor ihrer Nase herum. »Vier Koffer sind vier Koffer und nicht drei ...«

»Langsam, langsam«, sagt der Polizist.

»Könnten Sie uns bitte zum Stellplatz begleiten«, sagt Rick. »Seien Sie so gut, mein Herr. Ich habe vier Gepäckstücke in mein Shuttle eingeladen. Bitte überzeugen Sie sich doch selbst ...«

»Das ist doch lächerlich. Alles wegen eines blöden kleinen Necessaires«, schimpft BB und zeigt dem Polizisten mit beiden Händen, wie winzig klein das Köfferchen ist und dass kein Mensch bereit wäre, für so wenig Gepäck so viel Geld zu bezahlen.

»Ist doch scheißegal ... Auch wenn Sie es noch zehnmal sagen«, insistiert Rick. »Vier Gepäckstücke sind vier Gepäckstücke, egal ob das Gepäckstück sich Koffer, Necessaire oder *Je t'aime mon amour* schimpft. Das ist doch nicht so schwer zu verstehen.«

»Einen Moment mal, bitte«, sagt der Polizist. Sein Kollege, der auf einem Stuhl vor dem Bildschirm des Scanners sitzt, schaut schon immer häufiger hinüber zu den Streithähnen und vernachlässigt dadurch seine wichtigen Aufgaben bei der Kontrolle.

»Hören Sie«, sagt Rick, »entweder Sie schauen sich das jetzt persönlich mit uns an und sprechen ein Machtwort, oder Sie sind so gut und rufen schleunigst einen Inspektor. Vielleicht wäre das sowieso am besten. Rufen Sie doch bitte sofort einen Inspektor! So etwas habe ich ja noch nie erlebt. Vier Gepäckstücke sind und bleiben vier Gepäckstücke. Da gibt es doch keine zwei Meinungen ...«

Der Polizist bittet seinen Kollegen, einen Knopf zu drücken, um den zuständigen Inspektor zu verständigen. Rick hat sich bei der Gelegenheit bereits auf die andere Seite der roten Sicherheitslinie gemogelt, ohne dass Alarm ausgelöst worden wäre. Nun packt er den

Polizisten immer wieder am Arm, um ihn dazu aufzufordern, ihn höchstpersönlich bis zu seinem Shuttle zu begleiten.
»Seien Sie bitte so gut und warten Sie hier einen Augenblick. Beruhigen Sie sich doch, bitte«, sagt der Polizist, dessen Körper sich sichtlich verspannt, weil ihm die Geschichte ungeheuer auf die Nerven geht. »Und ohne Boardingkarte können Sie hier auch gar nicht durch ...«
Rick weicht wenige Zentimeter zurück.
»Wir sind vorhin durch die Sicherheitskontrolle dort drüben gegangen. Unsere Boardingkarten liegen im Shuttle. Alles ist eingeladen. Wir sind längst startklar. Deshalb sage ich doch die ganze Zeit: Ich verlange, dass uns ein Polizist begleitet, um hier mal ein Machtwort zu sprechen, damit wir endlich loskönnen. Besser noch ein Inspektor. Ist mir eigentlich egal. Vier Gepäckstücke habe ich eingeladen – von wegen drei: Vier Koffer sind ...«
»Ich denke überhaupt nicht daran, für etwas zu bezahlen, das es nicht gibt«, zischt BB, die sich zusammen mit Marcuse und Mam'zelle ebenfalls über die rote Linie gemogelt hat.
Die Reisenden in der Schlange werden zunehmend ungehaltener, weil es bei ihnen nicht mehr vorwärtsgeht. In einiger Entfernung hinter den Kontrollen bewegen sich zwei Polizisten mit Emissionsgeräten und ein Inspektor in Zivil auf sie zu. Der Polizist an den Sicherheitskontrollen winkt sie heran, Rick und die Kids stürzen jedoch bereits aufgeregt auf sie zu. Der Polizist an der Kontrolle hält sie nicht zurück. Er ist froh, dass er die Nervensägen los ist. Wichtiger ist ihm, so schnell wie möglich wieder Ruhe in seine Schlange vor der

Sicherheitskontrolle zu bekommen. Immer mehr Reisende schimpfen und befürchten, dass sie ihre teuren Shuttles verpassen werden.
Bevor Rick den Inspektor anspricht, vergewissert er sich flugs, dass die Polizisten von der Sicherheitskontrolle außer Hörweite sind:
»Einen schönen guten Tag, Herr Inspektor. Könnten Sie uns vielleicht weiterhelfen und uns zeigen, wie wir zum Gate 11 PT kommen?«
»Wie bitte?«, fragt der Inspektor.
»Wir sind eigentlich schon lange startklar. Als diesem Passagier hier plötzlich schlecht wurde«, er zeigt auf Marcuse, der noch am ehesten so aussieht, als ginge es ihm zum Kotzen. »Dann sind wir wieder ausgestiegen und hier zur Ambulanz gegangen«, er zeigt auf die Tür mit dem roten Kreuz. »Dort haben sie ihm eben ein Antihistaminikum gegeben, fanden aber, dass wir guten Gewissens starten können. Und jetzt finden wir zu allem Überfluss den Weg nicht mehr zurück zum Gate 11 PT.«
Der Inspektor dreht sich um und zeigt ihnen den Weg:
»Zum 11 PT müssen Sie hier entlang, es befindet sich ganz am Ende. Von Gate 11 starten die Privat-Shuttles. Wenn Sie den blauen Schildern folgen, können Sie es eigentlich gar nicht verfehlen.«
»Vielen Dank«, sagt Rick und lächelt den Inspektor sehr freundlich an. Dann wendet er sich wieder an die Kids:
»Ihr habt ja gehört, wir müssen zu den Privat-Shuttles, hier entlang ...«
Sie verabschieden sich von den drei Polizisten und gehen in angemessenem Tempo davon. Rick pfeift vor

sich hin. Sobald sie den blau gekennzeichneten Bereich erreicht haben, kann er sich eine kleine Spitze nicht verkneifen:

»Na, lernt ihr so etwas an euren Superfakultäten, hm?«

»Auf denen muss man noch cleverer sein, sonst streichen sie einem das Stipendium nämlich schon mitten im Semester wieder«, antwortet BB.

»Aha ... Offenbar bringen sie euch nicht einmal bei, die Leistungen anderer zu würdigen. Wenn wir schon mal dabei sind: Habt ihr eigentlich auch Vornamen, oder soll ich euch mit ›Ihre Hoheiten, die neunmalklugen Studenten‹ ansprechen?«

Die Kids stellen sich vor:

»Marcuse«, »Mam'zelle«, »BB« ...

»Eigentlich fliege ich immer unter falschem Namen. Bei euch mache ich mal eine Ausnahme. Ich heiße Rick. Rick Blaine.«

»Wow, was für ein Zufall: wie Humphrey Bogart in *Casablanca*«, ruft BB in gespielter Naivität.

»Haargenau. BB wie Brigitte Bardot mit den Robben, nicht wahr?«

»Nee, wie B. B. King mit Gitarre.« BB schmunzelt.

Als sie 11 PT erreicht haben, erschauern die Kids, als sie das Plasmasegel des Shuttles vor sich sehen, dessen Kupferdrahtnetz eine riesige rotglänzende Kapuze formt. Weniger vertrauenerweckend wirkt das Shuttle selbst, eine große Scheibe, an der das Segel mit Titaniumstäben befestigt ist, als würde es an einem seltsamen Fallschirm hängen. Die Buchstaben, in denen der Name des Raumschiffs auf dem Rumpf prangt, scheinen in Höchstgeschwindigkeit zu fliehen: *Robin Redbreast II*.

Rick schaut sich das eigene Shuttle an, während er alle notwendigen Daten in den Computer am Startplatz eingibt.
»Ganz hübsch, hm ...? Das Segel ist neu. Dieses Shuttle ist noch ein echtes Northrop Grumman aus der ersten Orbiter-Serie. Mittlerweile werden sie ja leider nicht mehr gebaut ... Entschuldigt bitte, dass es drinnen nicht gerade nach Rosenwasser duftet, mir ist da vor ein paar Tagen eine Milchflasche ausgelaufen.«
»Nur mal so«, sagt Mam'zelle und schaut Rick dabei an, »wie sah denn *Robin Redbreast I* aus?«

Der Schatzmeister und der Sicherheitschef beobachten vom Fenster aus die Studentendemonstration. Am Schreibtisch sitzt die Rektorin Deckard vor dem Bildschirm und öffnet ein Dokument. Vor Wochen hatte sie es bereits überflogen, als sie einen Delegiertenwechsel genehmigte. Diesmal liest sie es sorgfältiger. Leroy Torres. Geboren on Earth im Februar 2051. Elementargrundschule on Earth. Umzug mit seiner Mutter – einer Glasfaserschweißerin – nach Yellow Grass, Zweitwohnsitz auf der kleinen landwirtschaftlichen Space-Station. Noch vor seinem 19. Geburtstag schließt er die Weiterführende Grundschule mit exzellenten Noten ab und wechselt mit einem Kunststipendium auf die Uni-Space-Station Warhol, macht dort seinen Bachelor. Mit 26 erreicht er mit Bestnoten seinen Bachelor Superior in Bildender Präcomputerkunst und schreibt sich auf Oxford 7 ein, um zweidimensionale Malerei am Corona Australis zu studieren. Erster akademischer

Grad mit 32, spezialisiert auf europäische Avantgarde im 20. Jahrhundert. Seine Wahlfächer lassen eine Vorliebe für theoretische Fragestellungen erkennen: ›Der hermetische Kubismus‹, ›Farbanalyse im Werk Chagalls‹, ›Die expressionistische Dekonstruktion des dreidimensionalen Raums‹ ...

»Wieso bloß alle die Anachronismen so lieben, immer dieses zwanzigste Jahrhundert«, rätselt Deckard für sich.

Sie schiebt das Torres-Dokument auf die eine Seite des Bildschirms und öffnet das von Karl Marsalis, dem Delegierten des Professorenkollegiums, um sich dessen Biographie genauso gründlich anzusehen: geboren auf Diotronik, Außerirdischer, private Space-Station im Silicon-Ring. Technischer Bachelor in Musik, Instrumente, Chordaphone, letzter akademischer Grad in Präcomputergitarre, Dissertation: ›Open Tunings‹ ... Seit einem Jahr außerordentlicher Professor am Lehrstuhl für Heavy Metal am Corona Australis, Schwerpunkt: Instrumentalbegleitung. Wie viele andere junge Superdoktor-Kandidaten hat er sich in Lehrveranstaltungen eingeschrieben, obwohl er selbst schon lehrt. Die Rektorin klickt die Veranstaltungen mit dem Zeigefinger auf dem Bildschirm an: Colloquium ›Heterophonie und apparente Polyphonie‹, ›Griechische Slide Guitar‹, ›Joe Satriani – Monographie‹ ... Eine Veranstaltung fällt der Rektorin auf, der einjährige Grundkurs ›Präcomputer-Kinematographie‹, Hauptfach der Audiovisuellen Geschichte. Was das zu bedeuten hat? Die einzige gattungsfremde Veranstaltungsreihe, die nichts mit Marsalis' Instrument zu tun hat, noch nicht einmal mit Musik.

Die Rektorin schaut sich noch einmal die Wahlfächer von Torres im letzten Trimester an. Bei ihm genauso: Grundkurs ›Präcomputer-Kinematographie‹.

Deckard denkt zwei Sekunden nach. Ein Kunsthistoriker und ein Spezialist für Heavy Metal interessieren sich gleichzeitig für die Ursprünge der Filmwissenschaften ... Warum nicht? Die Veranstaltung trägt zwar nicht direkt zu ihren Curricula bei, passt aber zum Trend, auf die Kunst des zwanzigsten Jahrhunderts abzufahren, Jazz zu hören und zu Hause Kerzen anzuzünden, die sich in eine ...

Plötzlich geht ihr ein Licht auf.

Höchst beweglich huschen ihre Finger über den Bildschirm. Zu der Liste der Professoren gehören die Veranstaltungen, die sie unterrichten. Den Grundkurs ›Präcomputer-Kinematographie‹ lehrt, in Wirklichkeit hatte sie das längst geahnt, Professor Sirhan Palaiopoulos.

»Aha, der Alte gibt sich also noch immer nicht geschlagen«, murmelt die Rektorin.

Sicherheitschef und Schatzmeister drehen sich gleichzeitig zu ihr um.

»Wer?«, fragt der Schatzmeister.

»Der alte Palaiopoulos. Wenn mich nicht alles täuscht, fungieren Torres und Marsalis als seine Marionetten. Den Lehrstuhl für Filmwissenschaften im Corona Australis hat er offenbar zum Hauptquartier erklärt.«

»Das kann ich mir nicht vorstellen«, sagt der Sicherheitschef. »Palaiopoulos hat große Probleme mit seinem künstlichen Herzen, und wir überwachen ihn Tag und Nacht, seit wir ihn aus allen wichtigen Gremien entfernt haben ...«

»Haben Sie einen Agenten in seine Lehrveranstaltungen eingeschleust?«, fragt Deckard.
Der Sicherheitschef antwortet nicht. Das Gesetz zur Sicherung der Lehrfreiheit verbietet die Präsenz von Sicherheitskräften in den Lehrveranstaltungen der Professoren.
Deckards Fingerkuppen klopfen gegeneinander. Sirhan Palaiopoulos. Mit ihm hat sie sich viele Kämpfe geliefert. Jetzt geht es wohl um Stolz und Eitelkeit. Eine Überraschung ist das nicht. Stolz und Eitelkeit sind Emotionen, die keine Kritik ertragen, besonders, da sie niemandem die Autorität zugestehen, diese zu äußern. Welche letzte Schlacht hat sich der Alte da bloß einfallen lassen? Sie muss gestehen, dass sie sich insgeheim darüber freut, dass er hinter den Ungereimtheiten steht. Das ist ungleich stimulierender, als sich mit Grünschnäbeln auseinandersetzen zu müssen und ihrem sehr weit gefassten Verständnis von Disziplin.
»Chef, Sie hätten doch sicher nichts dagegen, wenn ich Ihren Zugangscode nutze, um den genauen Aufenthaltsort von Professor Palaiopoulos herauszufinden?«
»Na ja, wissen Sie, streng genommen bräuchten wir dafür die Genehmigung ...«
»Der Professor hat schwerwiegende Probleme mit seinem künstlichen Herzen, nicht wahr? In dringenden medizinischen Fällen dürfen wir Auskünfte dieser Art einholen.«
»Sicher, natürlich, aber eigentlich nur, wenn sein Arzt oder seine Krankenversicherung die Information dringend braucht.«
»Ich bin mir sicher, dass unser medizinischer Direktor uns diese Einwilligung erteilen wird.«

Die Rektorin steht von ihrem Stuhl auf und zeigt auf den Bildschirm.
»Wären Sie so nett, Ihren Code einzugeben, damit ich ihn im System suchen kann, Chef?«
»Also, wenn Sie persönlich dafür garantieren, dass unser medizinischer Direktor ...«
»Chef, selbstverständlich verbürge ich mich persönlich dafür. Ich wüsste gar nicht, was es hieße, dies unpersönlich zu tun.«
Der Sicherheitschef versteht die Spitzfindigkeit nicht sogleich. Der Tonfall seiner Rektorin spricht jedoch eindeutig dafür, besser nicht noch mehr Einwände vorzubringen. Er setzt sich auf den ihm zugewiesenen Stuhl und drückt hier und dort auf den Bildschirm.
»Professor Palaiopoulos befindet sich im Wohngebiet Nord, Verschlüsselung V9 827«, sagt er. »Der Code stimmt mit seiner Adresse überein.«
Die Rektorin beugt sich vor, um sich den kleinen grünen, blinkenden Punkt mit eigenen Augen auf dem Plan anzusehen. Dicht um ihn herum befinden sich drei weitere, nicht blinkende grüne Punkte. Rechts in der Spalte sind unter dem dreidimensionalen Passfoto des locker fünfzig Jahre jünger aussehenden Professors die von seinem subkutanen Chip übertragenen Vitalfunktionen aufgeführt. Puls: 92, Blutdruck: 90:130. Die übrigen Zahlen sind verschlüsselt, damit nur Experten, also Medizingenieure, sie dechiffrieren können.
»Jetzt sollten wir uns noch anschauen, wie und wann er zuletzt die Medien der Telekommunikation genutzt hat. Selbstverständlich nur, um sicherzugehen, dass es ihm gut geht ...«

»Öffentliche Gespräche meinetwegen, für alle anderen bräuchten wir die Genehmigung ...«
»Ja klar, öffentliche Gespräche. Wären Sie so gut, die Daten aufzurufen?«
Der Sicherheitschef öffnet die entsprechenden Seiten.
»In den letzten acht Stunden liegt lediglich ein Anruf bei Food & Style vor. Das war ... vor etwa einer halben Stunde.«
»Können wir uns das Gespräch anhören, bitte?«
Dem Sicherheitschef fällt kein Grund dagegen ein. Er klickt das Gespräch an, und schon ertönt eine Stimme:
»Food & Style auf Oxford 7, Platz 5, ich bin ganz für Sie da. Womit können wir Ihnen dienen?«
Die Rektorin hört mit geschlossenen Augen aufmerksam zu. Danach denkt sie ein paar Sekunden still nach, bevor sie den Sicherheitschef bittet, die Aufnahme noch einmal abzuspielen:
»Wir sitzen hier zu viert zusammen, haben etwas zu feiern. Könnten Sie uns aus Ihrem Angebot Kostproben für vier Personen zusammenstellen?«
Die Rektorin zählt mit den Fingern mit und streckt den Daumen und Zeigefinger.
»Warten Sie, ich habe eine Idee. Da wir hier zu viert zusammensitzen, hätten wir gern die acht Gerichte, die am häufigsten bestellt werden. Dann können ja alle von allem etwas probieren. Wäre das möglich?«
Die Rektorin hebt den Mittelfinger.
»Ja, wir hätten gern drei Speedy Ragweed und eine Coca-Cola. Drei plus eins. Haben Sie verstanden?«
Die Rektorin hebt die fünf ausgestreckten Finger in die Höhe.
»Fünf Mal!«, sagt sie und schaut den Schatzmeister

nachdenklich an. »Aus welchem Grund erwähnt wohl jemand fünf Mal explizit, dass er Essen für vier Personen bestellen möchte, und dann sogar noch einmal indirekt, als er von acht Gerichten spricht?«

Der Schatzmeister findet diese Beobachtung offenbar weniger aufregend als die Rektorin.

»Na ja, um unerfreulichen Missverständnissen bei Bestellungen zuvorzukommen. Das passiert häufig, gerade bei Getränken ... Vor kurzem rufe ich zufällig bei Burger King an und ...«

»Das meine ich nicht. Das ist doch bemerkenswert: ›Wir sitzen hier zu viert zusammen, haben etwas zu feiern.‹ Wer erklärt sich denn schon so ausführlich? Wenn man sich den ganzen Anruf anhört, wird es auch noch ... redundant.«

»Er hat Besuch von drei Personen. Das stimmt alles mit den Punkten überein«, sagt der Sicherheitschef und zeigt auf die drei grünen Punkte rund um den einen blinkenden Punkt.

»Könnte man meinen ... Wir müssen jetzt nur noch kurz schauen, wer bei ihm ist«, sagt die Rektorin.

Der Sicherheitschef stammelt vor sich hin.

»Wissen Sie ... Dafür bräuchten wir eine weitere, ganz anders geartete Genehmigung, um ...«

»Ja, ja ...«, die Rektorin zeigt auf den Bildschirm. »Sagen Sie mal, der VVM-Blutwert des Professors ist doch außergewöhnlich hoch, nicht wahr?«

»Ehrlich gesagt, weiß ich nicht genau, was VVM bedeutet ...«

»Nicht schlimm. Der Wert ist jedenfalls beunruhigend hoch. Ich könnte sehr viel ruhiger schlafen, wenn wir den Wert mit dem anderer gesunder Personen vergleichen könnten. Beispielsweise mit den Werten dieser drei Punkte hier. Natürlich anonym ...«

Der Polizeichef schaut den Schatzmeister hilfesuchend an, der ihn allerdings erneut im Stich lässt.

»Der medizinische Direktor wird selbstverständlich über unsere winzigen Konsultationen lückenlos unterrichtet«, sagt die Rektorin, um seine Bedenken endgültig zu zerstreuen.

Der Sicherheitschef klickt auf einen der drei kleinen grünen Punkte, der nun sofort anstelle des kleinen grünen Punkts des Professors blinkt. Auf der Infoleiste rechts auf dem Bildschirm tut sich einiges. Auf dem Foto ist plötzlich ein junges Mädel um die dreißig mit dunkelrot gefärbten Haaren und japanischer Frisur zu sehen. Die Rektorin schaut sich die Informationen genau an, die unter dem Foto stehen: Gloria Nitouche, Studentin, Corona Australis College, Fakultät der Sexualingenieurswissenschaften.

Deckard kommt der Name irgendwie bekannt vor.

Der Sicherheitschef schaut ebenfalls auf den Bildschirm und ist erleichtert, die Rektorin beruhigen zu können.

»Schauen Sie mal, der VVM-Wert des Professors ist völlig in Ordnung. Diese junge, gesund aussehende Frau hat genau denselben Wert.«

»Was?«, fragt die Rektorin.

»Ihr VVM-Blutwert ... 243786 ist exakt so hoch wie der des Professors.«

Die Rektorin vergleicht die Zahlen. Stimmt. Auch die Zahlen oben sind identisch. Puls: 92, Blutdruck: 90:130.

»Öffnen Sie bitte die beiden Infoleisten nebeneinander«, befiehlt ihm Deckard.

Der Sicherheitschef gehorcht, und beide Leisten öffnen sich nebeneinander.
Nicht nur der Puls, der Blutdruck und der VVM-Wert eines Sirhan Palaiopoulos stimmen mit dem einer Gloria Nitouche überein, sondern jeder einzelne Blutwert auf der langen Liste.
»Öffnen Sie die Informationen der beiden weiteren Punkte«, befiehlt die Rektorin und spürt keinen Widerstand von Seiten des Sicherheitschefs mehr. Er ist zu verblüfft, zu neugierig. Zunächst öffnet sich die Infoleiste von Barbara Badland, Studentin, Fornax College, Fakultät der Medizingenieurswissenschaften. Auch diese Werte stimmen wie durch ein Wunder mit denen der beiden anderen überein.
»Das ist ja unglaublich«, sagt der Sicherheitschef. »Da sitzen drei Personen mit identischen Blutwerten an einem Tisch.«
Der Schatzmeister ist mittlerweile ebenfalls neugierig geworden und schaut auf den Bildschirm.
»Ich wette mit Ihnen um ein Abendessen im De Ville, dass die Blutwerte auf allen vier Chips identisch sind«, sagt die Rektorin.
Der Sicherheitschef klickt den verbliebenen vierten Punkt an.
Tatsächlich: Die Werte auf dem vierten Chip stimmen mit denen der anderen überein. Die Rektorin liest die Daten mit besonderem Interesse: Mijaíl Marcuse, Student, Hounting Dogs College, Fakultät der Emotionsingenieurswissenschaften. Dieser Name sagt ihr, im Unterschied zu den beiden zuvor, sofort etwas. Sie behält dies aber lieber für sich.
»Vielleicht haben sie eine ansteckende Krankheit?«,

müht sich der Sicherheitschef um eine plausible Erklärung. »Da sollten wir den medizinischen Direktor besser sofort einschalten.«

»Von wegen ansteckende Krankheiten«, sagt die Rektorin. »Vier subkutane Chips stecken in einem Arm. Das ist schon des Rätsels Lösung.«

»Moment, das ist verboten«, sagt der Sicherheitschef.

»Sicher. Lassen Sie umgehend beim Gericht einen Haftbefehl auf den Namen Sirhan Palaiopoulos ausstellen ... Und für Gloria Nitouche und die anderen gleich mit ... Wer auch immer die vier Chips im Arm hat: Ich möchte diese Person in weniger als einer halben Stunde hier bei mir im Arbeitszimmer sehen. Rufen Sie im Space-Port an, und sorgen Sie dafür, dass kein Student die Space-Station verlässt. Ach ja: Und holen Sie beim Gericht gleich die Genehmigung ein, alle Shuttles abzuhören, die heute von unserem Space-Port gestartet sind. Sobald Gefahr für die öffentliche Sicherheit im Verzug sein könnte, ist dies meines Wissens legal.«

Dann wendet sie sich an den Schatzmeister.

»Und Sie sorgen bitte umgehend dafür, dass Leroy Torres und Karl Marsalis hier erscheinen. Vermutlich befinden sie sich noch irgendwo im Turm.«

Kaum sind ihre Mitstreiter verschwunden, tritt die Rektorin Deckard ans Fenster.

Die Demonstration unten ist größer geworden. Wie ein Ameisenhaufen wimmeln die Studenten im Regen durch den Park. Von oben sieht das Gewusel fast aus wie ein kontrahierender Muskel. Unleserliche Spruchbänder und Plakate verdecken an einigen Stellen das Geschehen. Bloß auf einem Spruchband, einem sehr viel größeren, zwischen zwei hohe Bäume gespannten,

ist der Text auch aus dem letzten Stockwerk des Huxley-Towers gut zu lesen. Er ist als generelle Absichtserklärung formuliert:
»*We will fuck you, Deckard!*«
Die Rektorin schmunzelt freudlos. Dann schaut sie auf ihre iWatch. Es ist 18:54.
»Sekretariat«, ruft sie.
»Jawohl, Rektorin Deckard.«
»Verständigen Sie bitte sofort das meteorologische Service-Zentrum. Teilen Sie Folgendes mit:
›Gänsefüßchen unten
Aus Energiespargründen senken wir die Temperatur des Regens ab 19:00 Uhr um einen weiteren Grad.
Gänsefüßchen oben.‹«
Nach dem Gespräch schaut sie noch einmal aus dem Fenster und liest das Spruchband.
»Falls eure Schwänzchen nicht viel zu klein für mich sein werden ...«

Die ersten Shuttles mit durchgängigem Innenraum und ohne abgetrenntes Pilotencockpit wurden in den Orbiter-Serien gebaut – lange bevor die sphärischen Modelle aufkamen. Die Sitze stehen bei ihnen in der Form eines offenen Rings um den Kontrolltisch. Wegen des knappen Durchmessers können immer nur zwei der vier Passagiere ausgestreckt in einer vorschriftsmäßigen Position schlafen. Dagegen sind sie zum Essen, zum Arbeiten am Bildschirm oder einfach nur, um im Sitzen zu reisen, sehr bequem. Der Hygieneraum geht vom Gang ab, der in den Innenraum führt.

Gegenüber sind eine Kühlbox, ein kleiner Speiseschrank, der Trinkwassertank und die Müllbehälter in der Wand untergebracht. Dies alles nimmt ein Viertel des Shuttles ein, den Teil, an dem außen das Parabolsegel hängt. An den übrigen Wänden befinden sich hinter den Sitzen Fenster, groß genug, um einen herrlichen Ausblick zu bieten.

»Ich kann mir gar nicht vorstellen, dass eine einzige Flasche Milch so stinken kann«, sagt Mam'zelle, nachdem sie es sich im Shuttle bequem gemacht haben. »Was stinkt denn hier bloß so?«

»Die Milch ist vergoren«, sagt Rick. »Ich muss den Teppichboden in den nächsten Tagen rausnehmen und reinigen. In den ersten zehn Minuten ist es am schlimmsten, danach gewöhnt die Nase sich an den Geruch.«

»Wollen wir mal hoffen, dass man sich im Hygieneraum nicht auch erst stundenlang an den Geruch gewöhnen muss«, sagt Mam'zelle zu BB, aber natürlich haben es alle gehört.

»Der Hygieneraum riecht frischer als du«, murmelt Rick. »Dank des Raumsprays mit der Duftnote ›Die Wasserfälle von Iguazú‹, das ich on Earth gekauft habe. Es macht euch doch nichts aus, wenn ich mir die Schuhe ausziehe, nicht wahr? Ich kann Schuhe auf Reisen nicht ertragen ...«

Ominöses Schweigen.

»Nun schaut nicht so. Okay? Ich trage Einlagen aus Karbon ...«

Auf den ersten Umlaufbahnen nach dem Start schaut man aus allen Fenstern auf Oxford 7. Bald schon ist die Space-Station nur noch aus wenigen Fenstern zu sehen. Nach und nach, in dem Maße, wie die Orbitalzentrifugalkraft nachlässt, wird sie kleiner, bis Oxford 7 nur noch wie ein Maiskolben im All schwebt. Sobald die Space-Station den Blick nicht mehr verdeckt, tauchen Earth und Moon auf. Die Space-Station, die Planeten und Satelliten sind noch eine Weile zu sehen, während sich vor den Fenstern auf der gegenüberliegenden Shuttleseite gähnende Leere im dunklen Raum auftut. In ihr kommen nun scheinbar kleinere Himmelskörper zum Vorschein: weiße Sterne oder schillernde Lichtreflexe anderer Space-Stations aus dem akademischen Space-Ring. Als das Shuttle die letzte Umlaufbahn erreicht hat, machen sie sich in Richtung Earth auf den Weg.

Sobald sie Kurs genommen haben, schaltet sich ein Schwerkraftgenerator ein. Die Reisebeleuchtung geht an, und das Pilot Light erlischt. Der größte Teil des Innenraums liegt in weichem Dämmerlicht, nur die Kontrolllampen und Bildschirme leuchten grell.

»Okay, wir können uns jetzt abschnallen und es uns gemütlich machen«, sagt Rick. »Darf ich euch ein Bier kalt stellen? Geht übrigens aufs Haus.«

Erst gibt niemand einen Mucks von sich, dann sagt Mam'zelle erfreut »danke«.

Rick steckt eine riesige 0,33-Liter-Bierbüchse in die Eisbox, außerdem vier kleine Gläser, die er aus einem Schränkchen hervorholt. Er wartet, bis die Zeituhr der Box ihr Zeichen gibt. Dann holt er die Bierbüchse und die vier eisgekühlten, beschlagenen Gläser heraus.

Auf dem Kontrolltisch wird serviert.

»Auf alle beidhändigen Kühe«, ruft er, bevor er das Glas in einem Zug hinunterstürzt, um es sich sofort wieder zu füllen.

»Mögen Sie Miles Davis?«, fragt Marcuse, der sich die Playlist auf dem Bildschirm anschaut.
»Nein, Miles Davis höre ich nur, wenn ich brechen will ... Was ist los? Ihr glaubt wohl, ihr hättet die Präcomputermusik erfunden, ihr Rotzlöffel. Ich habe schon Miles Davis gehört, da seid ihr noch als Wahrscheinlichkeitswolke am Himmel geschwebt. Früher, als Studenten, haben wir nur Präcomputermusik gehört.«
»Haben Sie an der Universität studiert?«, fragt Mam'zelle mit unverhohlenem Erstaunen.
Rick hört einen Moment lang auf, Schranktüren in der Küche zu öffnen und zu schließen, und dreht sich zu ihr um:
»He, he, he, nicht so frech, Mädel!«
Marcuse klickt ein paar Titel an, von denen das erste Lied beginnt.
»*Kind of Blue, 1959.* Miles an der Trompete, John Coltrane am Tenorsaxophon, Cannonball Adderley am Altsaxophon, Paul Chambers am Bass und Bill Evans am Klavier ... Das nenne ich eine Besetzung.«
Die Kids nippen am Bier, knien sich mit dem Rücken zum Tisch auf die Sitzflächen und schauen durch die Fenster hinaus auf eine der vollautomatisierten Getreide-Space-Stations, an der sie vorbeifliegen. Die halbkugelförmige Oberfläche der Space-Station rotiert. Auf dem untersten, braunen Streifen wird frisch ausgesät, auf dem Streifen darüber keimt und sprosst es, während darüber der grüne Teppich leuchtet und obenauf, dort wo die Sonne am intensivsten scheint, eine goldgelbe Haube thront. Die Mähroboter sehen aus wie kleine schwarze Würmer, die sich immer weiter vorarbeiten und Felder rasieren.

Rick setzt sich mit einer Dose und einem Holzkistchen an den Tisch. Er öffnet das Schächtelchen und sucht sich unter den drei Pfeifen eine aus.
»Raucht ihr?«
Marcuse war die letzten zwei Tage vergeblich auf der Suche nach seinem Tabakdealer gewesen. Er genießt den Duft, der aus der Dose aufsteigt. Der Pfeifentabak verwandelt das Shuttle für sein Gefühl in einen heimeligen Ort. Er dreht sich von der Agrar-Space-Station weg und schaut zum Tisch.
»Ab und zu«, sagt er bedachtsam.
»Rauschmittel sollte man jeden Tag genießen, eh«, murmelt Rick, während er sich eine Pfeife stopft.
»Ist das Kistchen aus Holz?«, fragt Marcuse.
»Ja, aus Heidekrautwurzelholz.«
»Ich dreh normalerweise Zigaretten ...«
»Bah, das Kraut schmeckt doch wie ein Stoppelacker.«
Die Mädels drehen sich ebenfalls zum Tisch um und nippen an ihrem Bier. Während Rick den runden Pfeifenkopf mit seinem Zeigefinger stopft, schnuppert Marcuse am Tabak.
»Wow«, sagt er.
Die Mädels wollen auch mal riechen. Marcuse reicht ihnen die Dose. Beide halten ihre Nasen über den Dosenrand und ziehen die Luft ein. Der Geruch erinnert entfernt an Schokolade.
»So eine Qualität bekommst du garantiert nicht auf einer Space-Station, eh«, sagt Rick. »Euch mischen sie doch Stroh unter die vertrockneten Tabakkrümel. Das hier ist ein Burley-Tabak, der wächst noch auf echten Tabakfeldern und wird nach der Ernte nicht kleingeschnitten. Vier Prozent Nikotin hat er.«

»Wo kaufen Sie ihn?«, fragt Marcuse.
»Ich bekomme ihn direkt von einer geheimen Tabakplantage aus Kentucky«, Rick zwinkert mit einem Auge. »Aber man muss ihn zu rauchen verstehen. Schon so mancher Held wurde beim dritten Zug grün im Gesicht.«
»Was kostet ein Gramm?«
»Viel zu teuer für dich. Für mich eigentlich auch. Aber ich kenne jemanden vom Drogendezernat, der besorgt ihn mir. Ich hatte noch was gut bei ihm. Mögt ihr noch ein Bier? Keine Panik, wir haben mehr als genug Bier an Bord.«
Rick steht auf, um eine weitere Büchse kalt zu stellen. Er schenkt allen nach, sich selbst am meisten, da sein Glas schon wieder leer ist.
»Auf die uralten Uhrmachermaulwürfe«, ruft er, leert zur Hälfte das Glas und zündet sich danach sorgfältig die Pfeife an, indem er mit dem Stopfer den Tabak abtastet, während er diesem Feuer gibt. Wenig später ist er hinter den dicken, aromatischen Rauchschwaden, die vom Bildschirm angeleuchtet werden, kaum noch zu sehen. Nachdem er sich vergewissert hat, dass die Pfeife gut angegangen ist, die Glut gleichmäßig verteilt ist, reicht er Marcuse die Pfeife.
»Atme langsam, behutsam ein. Komm ja nicht auf die Idee, über Lunge zu rauchen, sonst hustest du dir die Seele aus dem Leib. Du kannst den Rauch in den Mund und in die Nase lassen, die Schleimhäute nehmen dann das Nikotin auf. Mehr nicht.«
Marcuse hält die Pfeife wie ein magisches Objekt und nimmt einen vorsichtigen Zug. Das zweite Mal zieht er forscher, dann pustet er eine Rauchwolke aus dem Mund. Er reicht die Pfeife an die rechts neben ihm sit-

zende BB weiter. BB nimmt sie in die Hand und probiert einen Zug. Sie muss leicht husten, auf ihrem Gesicht zeichnet sich eine schwer zu interpretierende Mischung aus Unbehagen und Überraschung ab, die schon bald eindeutig in pure Aversion umschlägt. Die Pfeife wandert danach weiter zu Mam'zelle. BB trinkt schnell einen Schluck Bier nach, weil sich ihr Mund trocken anfühlt.

»Bah, so muss verbrannter Kohlenwasserstoff schmecken«, sagt sie.

Mam'zelle dagegen findet Gefallen daran. Vor dem Schlafengehen raucht sie hin und wieder ein Zigarettchen, und dieses gemeinsame Ritual hier ist offenbar ganz nach ihrem Geschmack, denn sie nimmt vier, fünf genussvolle Züge hintereinander.

»Die Pfeife geht gleich aus«, sagt sie.

Rick fordert sie zurück und bearbeitet sie mit dem Pfeifenstopfer.

»Hat ja auch niemand behauptet, dass Rauchen leicht sei.«

Das Schummerlicht und der aromatische Rauch, der sich immer wieder verformt, ergänzen sich wunderbar mit der Musik von Miles Davis zu einer wohligen Atmosphäre. Die Dunkelheit draußen ist nahezu vollkommen. Für Momente nur flimmern winzige, aufglühende Lichter durch das schwarze All. Das Gefühl, durch kaum zu begreifende, unendliche Weite zu schweben, nimmt mit der Wirkung des Alkohols und des Nikotins zu. Ihr Schweigen empfinden sie daher nicht als unangenehm, sondern als stimmigen, subtilen Ausdruck für ihr unerwartet starkes momentanes Zusammengehörigkeitsgefühl.

Marcuse lässt sich tief in den Sitz fallen.
»Wo haben Sie Professor Palaiopoulos eigentlich kennengelernt?«, fragt er.
Rick schmaucht bedächtig seine Pfeife, bevor er antwortet.
»In Barcelona. Fliegt ihr zum ersten Mal dorthin?«
Die drei nicken.
»Für mich klingt das wie Samarkand …«, sagt Mam'zelle.
»Ich komme aus Barcelona, bin dort geboren. In Hospitalet, dem eigentlichen, authentischen Herzen Kataloniens … Mittlerweile hat Hospitalet nur noch einen kleinen Port zu bieten, zu seinen besten Zeiten war die Stadt ein wenig bekannter. Hospitalet war Sitz der Olympischen Spiele von 1992. Ich schwebte damals gerade durch den Bauch meiner Mutter. Sie hat mir immer von den Abschlussfeierlichkeiten der Olympiade erzählt, als ich klein war.«
Er trällert auf Spanisch:
»Amigos para siempre naino, naino, naino na …«
Nach einer kurzen Pause fährt er fort:
»Die Lokalpolitik hat sich dann leider ein paar schlimme Verfehlungen geleistet …«
»Und was haben Sie und Professor Palaiopoulos in Barcelona gemacht?«, fragt Marcuse.
»Oh, das ist eine lange Geschichte«, sagt Rick.
Mam'zelle richtet sich auf und nippt an ihrem Bier. BB schaut verloren aus dem Fenster in die Ferne, klinkt sich dann aber mit ihren Blicken auch wieder in die Unterhaltung ein. Alle schauen Rick an, der sich erst einmal das Glas füllt.
»Anfang der zehner Jahre, kurz nach dem Crash, waren

wir beide in Barcelona. Schwierige Zeiten waren das, aber das habt ihr wahrscheinlich schon tausendmal gehört ...«

»Nein, überhaupt nicht«, sagt BB. »In Geschichte haben wir in der Grundschule den Lehrplan nie geschafft und sind über 9/11 nicht hinausgekommen. Irgendwie haben die Lehrer es fertiggebracht, den Crash immer elegant zu umschiffen.«

Mam'zelle:

»War der Crash 13 eigentlich wirklich so schlimm? Hab mal gehört, dass sich die Finanztypen damals reihenweise umgebracht haben?«

Rick:

»Keine Ahnung, kann ich euch nicht sagen. Würde mich aber sehr wundern, wenn sich damals viele Finanzhaie das Leben genommen hätten ... Schlechte Laune dagegen dürfte der eine oder andere schon gehabt haben. Vor dem Crash 13 wurde jahrelang über die Finanzkrise diskutiert, auch über die Krise des Systems, trotzdem hatte komischerweise niemand damit gerechnet, dass der ganze Laden eines Tages so schnell zusammenbrechen könnte. Diese Hornochsen von Politikern haben uns aber auch nie ehrlich informiert, weil sie immer die nächsten Wahlen gewinnen wollten. Wir einfachen Bürger allerdings waren auch nicht viel besser, muss man sagen. Ehrlich gesagt interessierten wir uns mehr für Fußball als fürs Weltgeschehen ... Und wie die Geschichte dann ausgegangen ist, wisst ihr ja.«

Marcuse:

»Und was machte Professor Palaiopoulos in Barcelona?«

Rick schmaucht eine Weile seine Pfeife.

»Er kam als außerordentlicher Professor an unsere Fakultät. Vorher war er in Athen an der Universität ... Um die sechzig Jahre wird er gewesen sein, ein respektables Alter damals. Professoren seines Alters zogen eigentlich nicht mehr um die Welt, um schlecht dotierte Stellen anzunehmen. Griechenland war aber als erstes Land zusammengebrochen, und alle Griechen verließen das sinkende Schiff. Nicht nur die Leute mit Geld, auch Professoren, Intellektuelle und Künstler. Wer auch immer familiär ungebunden war, suchte seine Chance und ging ins Ausland.«
Die Kids stellen sich Professor Palaiopoulos als jungen Emigranten vor, der sich vor einer dubiosen Krise aus dem Staub macht. Die vielen zweidimensionalen Dokumentarfilme über diese Zeit, die sie gesehen haben, wirkten durch ihre notwendige Beschränkung auf die Fläche eines viereckigen Bildschirms immer irgendwie stilisiert und unecht. Wie die alten Spielfilme, in die Professor Palaiopoulos sie eingeführt hat. Eigentlich wissen sie wenig über das Leben des alten Professors, auch wenn sie seine Lehrveranstaltungen lieben und sich bisweilen zu langen Besprechungen mit ihm am Lehrstuhl der Präcomputer-Kinematographie oder auch bei ihm in seiner Wohnung getroffen haben und im Kerzenschein zusammen Jazz hörten. Gerüchte kursieren am Institut. Er besitzt Charisma, ist fast schon eine Legende. Trotzdem weiß eigentlich niemand viel über ihn. Mit der Rektorin Deckard hat er sich gleich mehrfach angelegt. Wahrscheinlich haben sie ihn auch deswegen aller Ämter enthoben – und nicht allein wegen der Probleme mit seinem künstlichen Herzen.

Die Kids hören Rick zu wie Voyeure, die sich ins Schlafzimmer des Professors geschlichen haben, in der Fotokiste wühlen und sich heimlich seine Jugendbilder ansehen.

»Haben Sie bei ihm studiert?«, fragt Mam'zelle.

»Nein. Ich kannte ihn zwar vom Sehen aus der Uni, habe ihn aber erst im Februar 2013 kennengelernt. Damals wurden den Universitäten alle staatlichen Subventionen entzogen. Von einem Tag auf den anderen beispielsweise verfünffachten sich dadurch die Studiengebühren. Als Reaktion nahmen wirklich heftige Studentenunruhen immer mehr zu. Im Vergleich dazu wirkt euer Widerstand jetzt wie eine Spielerei ...«

Marcuse schaut besorgt.

»Stimmt es, dass die Sicherheitskräfte damals mit Schlagstöcken auf Studenten einprügelten?«

»Knüppel hatten sie, mit Leder bezogen und so groß. Wenn sie einen in die Finger bekamen, fügten sie einem Blutergüsse zu, die noch tagelang schmerzten. Das war die Hölle. Sie schlugen mit aller Kraft und Brutalität zu. Ihr dürft nicht vergessen, dass wir noch über die Zeiten in Europa vor der Westlichen Union reden.«

Mam'zelle:

»Dafür ballerten sie einen nicht zu mit irgendwelchen Strafgebühren ...«

Rick:

»Strafgebühren gab es natürlich auch. Damals gab es beispielsweise Parkplätze in verschiedenen Farben. Man musste Münzen in kleine Maschinen einwerfen und kaufte sich Parkminuten. Wenn nicht, bekam man Strafzettel. Damals verteilten sie, glaub ich, auch schon die ersten Strafzettel, wenn man rauchte, obwohl der Besitz von Tabak noch nicht illegal war ... Die Effizienz mit den Strafgebühren wurde bis heute natürlich noch optimiert, und wenn es ums Geld geht, lernen sie, wie wir alle wissen, schnell dazu.«

»Was haben Sie eigentlich studiert?«, fragt Marcuse, der sich immer noch nicht so recht erklären kann, worin ein so mies geschminkter, übergewichtiger Typ wie dieser ausgebildet sein könnte. Ein Bier nach dem anderen säuft er und trinkt nur dann keinen Alkohol, wenn er an seiner geliebten narkotisierenden Pfeife saugt.

»Architektur«, sagt Rick. »Und darin war ich nicht mal schlecht.«

»Was für eine Architektur?«, fragt Mam'zelle.

»Architektur, Punkt. Der Fachbereich war noch nicht so spezialisiert. Wir machten einen Abschluss in Architektur und hätten danach ein Krankenhaus entwerfen dürfen oder eine Hundehütte.«

BB:

»Lehrte Palaiopoulos am Institut für Architektur?«

»So schlimm war es damals nicht. Ich glaube, er kam als außerordentlicher Professor bei den Kunsthistorikern unter. In Spanien herrschte eine paternalistische Sympathie für Griechen und Portugiesen. Wahrscheinlich, weil sie als einzige Westeuropäer ärmer dran waren als die Spanier.«

Marcuse:

»Und wie lernten Sie sich kennen, wenn Sie gar nicht bei ihm studiert haben ...?«

»Am 12. Februar 2013 verbrachten wir eine unvergessliche Nacht mit drei mit Handschellen gefesselten Polizisten im Kunstseminarraum. Von abends um acht Uhr bis morgens um zehn waren wir zusammen. Das verbindet.«

»Moment, die drei Polizisten lagen in Handschellen?«, fragt BB.

Rick nickt, lüftet den Tabak in der Pfeife und zündet sie wieder an. Es dauert einen Augenblick, bevor er weitererzählt.

»Wir hatten an diesem legendären Abend eine Demonstration auf dem Campus organisiert, die von den Polizisten niedergeknüppelt wurde. Sie schlugen brutal auf uns ein. Irgendwann konnten wir drei der Schläger vom Rest des Sondereinsatzkommandos isolieren. Wir waren etwa zwanzig Studenten. Unsere Gruppe trieb die Typen auf einem Parkplatz in die Enge. Dann entwaffneten wir sie und zahlten es ihnen heim. Sie bekamen eine ordentliche Abreibung. Dabei hätten es die meisten von uns auch belassen, aber ein ziemlich finsterer Kerl sprang bei uns herum, der Lust hatte, sie mit ihren eigenen Handschellen zu fesseln.

›Kommt, auf, lasst uns noch ein bisschen Spaß mit ihnen haben‹, rief er.

Der Typ war nicht von der Uni, sondern tauchte mit seiner Gang, den Systemfeinden, überall auf, wo Krawall in der Luft lag. Wir brachten die Polizisten daraufhin ins oberste Stockwerk des Hauptgebäudes, um sie vor diesen Verrückten zu schützen. Eine Geiselnahme oder Entführung hatten wir überhaupt nicht im Sinn, aber die Berichterstattung in den Nachrichten bauschte die Geschichte auf: ›Radikale Studenten entführen drei Sicherheitskräfte eines Sondereinsatzkommandos und nehmen sie als Geiseln.‹«

Rick trinkt einen Schluck Bier.
»Woher wussten die Einsatzkräfte, dass ihr die drei Polizisten in dem Gebäude festhieltet, und wieso haben sie das Gebäude trotzdem nicht gestürmt?«, fragt Marcuse.
»Versucht haben sie das schon. Unsere Kommilitonen in den Stockwerken darunter kämpften aber wie um ihr Leben und verteidigten erfolgreich die Besetzung des Hauptgebäudes. Es hatte acht Stockwerke. Aus den Fenstern wurden Stühle und Tische und alles, was nicht niet- und nagelfest war, auf die Polizisten geworfen. Vor allen Eingängen hatten wir vorher außerdem schon massive Barrikaden errichtet. Wahrscheinlich hätten wir das Gebäude trotzdem nicht halten können, wenn die Einsatzkräfte richtig für die Stürmung ausgerüstet gewesen wären. Oben, unter dem Dach, nahmen wir den drei Polizisten ihre Ausrüstung ab und waren selbst überrascht, wie jung die Typen waren. Sie waren viel jünger als die meisten von uns. Wahrscheinlich wären sie lieber Studenten gewesen wie wir, wenn sie die Wahl gehabt hätten. Daran könnt ihr ja mal denken, wenn ihr das nächste Mal irgendwelchen Polizisten den Tod an den Hals wünscht, weil sie euch mit Strafgebühren zuballern ...«
BB:
»Das Problem sind ja nicht die Ordnungskräfte, das Problem ist das System.«
»Oh ja, das System ... Wie konnte ich das bloß vergessen? Damals jedenfalls hämmerte jemand mit der Faust gegen die Tür. Ein Professor wollte zu uns. Er hatte einen seltsamen Akzent und sagte, er heiße Palaiopoulos, wobei wir den Namen offen gestanden nicht

kannten. Er erzählte uns von den Nachrichten von einer ›Entführung‹, kaum dass wir ihn hereingelassen hatten und er die drei Polizisten wie ein Häufchen Elend auf dem Boden sitzen sah.
›Seid ihr verrückt?‹, rief er. ›Wieso habt ihr denn die drei Polizisten entführt?‹
›Wir?‹, fragten wir ungläubig. ›Wir haben doch gar niemanden entführt.‹
›Das ist Freiheitsberaubung ...‹, sagte er, ›eine Straftat ... Freiheitsberaubung in drei Fällen ... Darauf stehen vier bis sechs Jahre Haft für jeden von euch ... Falls ihr auf die Schnapsidee gekommen sein solltet, sie mit irgendetwas zu erpressen, wären es sogar sechs bis zehn Jahre für jeden von euch ...‹
Wir verstanden die Welt nicht mehr: Womit hatten wir so viele Jahre Knast verdient? Uns ging so richtig der Arsch auf Grundeis. Auf einer Demonstration zusammengeschlagen zu werden oder von der Uni zu fliegen war schon schlimm genug, aber in den Knast zu wandern, das war eine einzige Horrorvision.«
»Ginge mir auch so«, sagt Marcuse und schaut seine Kommilitoninnen an.
Mam'zelle ist ganz seiner Meinung.
»Manchmal zählt Radikalität«, sagt BB, »dann muss man auch bereit sein, für die Sache in letzter Konsequenz in den Knast zu gehen.«
Rick schaut sie schief an.
»Für welche Sache, Fräulein Radikal? Wir hatten uns gehörig in die Scheiße geritten, mehr nicht, und ohne es zu wollen ... Glaubst du, die Gefängnisse on Earth sahen damals aus wie die Jail-Space-Stations heute? Mit hydroponischen Parks und Kabinen, in denen man

sich in die virtuelle Realität flüchten kann? Vergitterte Backsteingebäude waren das. Drinnen passierten die dreckigsten Geschichten, und die Lebenserwartung war viel kürzer, sodass zehn Jahre Knast etwa zwanzig Jahren heute entsprächen. Fast niemand wurde damals hundert Jahre alt ...«

»Und was passierte?«, fragt Marcuse.

Rick trinkt, raucht und lässt sich bitten.

»Aus Lautsprechern wurde uns verkündet, dass ein Unterhändler auf dem Weg zu uns sei. Ich schaute aus dem Fenster und sah, wie ein normal aussehender Typ mit hochgehaltenen Händen auf den Eingang zulief. Ein paar Meter vor dem Eingang blieb er stehen und zog sich die Jacke aus. Vermutlich, um uns zu zeigen, dass er keine Waffe bei sich hatte. Palaiopoulos machte das Fenster auf und rief:

›Wir brauchen keinen Unterhändler. Hier werden keine Polizisten festgehalten. Sie kommen gleich heraus.‹

Vermutlich konnte ihn da unten gar niemand richtig verstehen.«

»Die drei Polizisten waren aber doch mit Handschellen gefesselt ...«, sagt Mam'zelle.

»Man sah noch die Abdrücke der Handschellen sowie andere blaue Flecken, und vor dem Haupteingang stand der Unterhändler und wartete. Palaiopoulos sagte, dass wir zwei Optionen hätten. Entweder wir stellten uns freiwillig der Polizei, sodass zum Tatbestand der Freiheitsberaubung wenigstens keine erschwerenden Umstände hinzukämen. Eine Exmatrikulation wäre dann allerdings unvermeidlich. Oder wir verhandelten und setzten alles auf eine Karte.

›Womit können wir denn verhandeln?‹, fragte ich.

›Also‹, sagte Palaiopoulos, ›wenn ihr verhandeln wollt, fällt uns schon etwas ein.‹
Ihm war wahrscheinlich nicht einmal bewusst, dass er im Begriff war, sich in eine Geschichte zu verwickeln, die für ihn schlecht ausgehen konnte.«
»Typisch Palaio«, sagt Marcuse.
»Typisch«, bekräftigt Mam'zelle.
»Und ... habt ihr verhandelt?«, fragt BB.
»Ja«, sagt Rick Blaine und schmaucht seine Pfeife. »Wir hatten noch dicke Eier in der Hose, wie man so schön sagte.«

Professor Palaiopoulos probiert hier und da etwas von den vier Food & Style-Tabletts, die vor ihm auf dem Tisch stehen. Er hebt einen der Deckel: Austernblätter mit Kräutern aus dem Languedoc. Probiert. Lüftet dann den nächsten Deckel: undefinierbarer brauner Brei.
Ihm ist der Appetit vergangen.
Kaum lassen die Schmerzen von der Mini-OP nach, breiten sich schon wieder die anderen Schmerzen bis in die Brust aus. Der Tod umkreist ihn, beschnuppert ihn, scharrt mit seinen dunklen Hufen.
Er setzt sich in den Sessel, fasst sich an die Stirn. Fieber? Der künstliche Regen draußen und die Klaviermusik von Amhad Jamal verschränken sich zu einer Klangwelt, die ihm wie ein Traum vorkommt, der von den Rändern aus immer dunkler zu werden scheint.
Sein Blick versucht auf dem Plakat von *Casablanca* Trost zu finden. Diese sichtbare Lebensfreude, die Dooley

Wilson, dem berühmtesten Pianisten, der kein Klavier spielen konnte, ins Gesicht geschrieben steht. Ein Pianist spielte so, dass Dooley Wilson während des Drehs dessen Bewegungen imitieren konnte. Wie oft hatte er den Studenten den Zauber der Suggestion im Präcomputerkino anhand dieser Anekdote illustriert? Sie liebten Anekdoten, auch die von *As time goes by* ... Das Lied wurde zu einem der legendärsten in der Filmgeschichte, dabei wollte der Produzent es in letzter Minute noch herausschneiden, weil ihm die Urheberrechte zu teuer waren. Es blieb nur deshalb im Film, weil die entsprechende Szene sich nicht mehr nachdrehen ließ. Denn Ingrid Bergman, die Schauspielerin, hatte sich bereits die Haare schneiden lassen für die Rolle in ihrem nächsten Film.

Hundertfünfzig Jahre später ist dieses Lied dabei, eine Hymne der Studentenbewegung auf einer Space-Station zu werden, die gut zweihunderttausend Kilometer weit von der Erde entfernt im All schwebt. Möglich ist das bloß, weil Ingrid Bergmann sich damals die Haare hatte schneiden lassen.

Das Klingeln an der Tür unterbricht seinen Gedankenfluss.

»Türmonitor einschalten«, ruft er.

»Eingeschaltet«, antwortet eine künstliche Stimme. Gleich darauf hört er eine menschliche Stimme, die im Vergleich zu der künstlichen Stimme eben nicht viel wärmer klingt:

»Professor Sirhan Palaiopoulos?«

Der Professor setzt sich in seinem Sessel auf, damit er den Bildschirm besser sehen kann. Vor der Tür steht eine Frau in Zivil. Sie ist um die achtzig Jahre alt. Hin-

ter ihr steht offenbar noch jemand. Vermutlich eine etwas jüngere Frau.
»Ja, bitte«, sagt der Professor.
»Universitätspolizei, dürfen wir hereinkommen?«
»Tür öffnen«, ruft der Professor.
Man hört ein Knallen im Hausflur. Dann ein paar Schritte. Kurz darauf stehen zwei Frauen in seinem Zimmer.
»Professor Palaiopoulos?«, fragt die Frau, die zuerst hereinkommt.
»Jawohl.«
»Inspektorin Gallagher. Wir haben einen Haftbefehl. Sie müssen mit uns kommen. Wie Sie wissen, besitzen Sie das Recht, zu telefonieren, zu schweigen oder sich einen Anwalt zu nehmen. Falls Sie keinen eigenen Anwalt haben, wären wir bereit, Ihnen einen Anwalt zu stellen.«
Die Inspektorin beobachtet den gebeugten alten Herrn in seinem Sessel.
»Geht es Ihnen nicht gut? Sollen wir vorsichtshalber die Sanitäter rufen?«
»Nein, ich denke, das ist nicht nötig. Ich bin nur ... nichts ... ist schon gut.«
»Sind Sie sicher? Können Sie überhaupt noch laufen?«
Der Professor nickt wortlos, während er versucht, aufzustehen.
»Dürfte ich mir noch einen Pulli aus dem Schlafzimmer holen?«
»Sicher, wir warten hier auf Sie«, sagt die Inspektorin. »Haben Sie einen elektromagnetischen Schirm? Es regnet draußen.«
Ihre Kollegin schaut sich das *Casablanca*-Poster an. Sie

sieht aus, als wäre sie um die fünfzig Jahre und noch ganz neu in ihrem Job.

»Gehen Sie gern ins Kino, junge Frau?«, fragt der Professor, als er an ihr vorbeischlurft.

»Wie bitte?«, sagt die Polizistin.

»Nichts weiter, war nicht wichtig ...«

Palaiopoulos braucht noch ein paar Minuten. Er geht aufs Klo, wäscht sich die Hände und zieht sich den Pullover und eine Jacke über. Beim Gehen versucht er, noch einmal mit den Fingerspitzen auf den kleinen dreieckigen IKEA-Beistelltisch zu trommeln, kommt aber nicht mehr tief genug hinunter.

»Möchten Sie, dass wir irgendwelche Medikamente für Sie mitnehmen?«, fragt die Inspektorin.

»Nein ... nein.« Er dreht sich noch einmal um, schaut auf das Poster, bevor er hinausgeht. »Humphrey, Wilson ... Es war mir eine Ehre, euch kennengelernt zu haben.«

»Wie bitte?«, fragt die Frau, die sich offenbar noch in der Ausbildung befindet.

»Nichts weiter, ich habe nur ein kleines Selbstgespräch geführt.«

Der Polizeigleiter steht mit Blaulicht am Anfang der Bahn. Die Inspektorin hilft dem Professor beim Einsteigen, dann holt sie ihr Handy heraus und führt ein Telefonat. Die Auszubildende setzt sich hinters Steuer, wartet aber, bis das Gespräch beendet ist. Dann starten sie.

Palaiopoulos schaut aus dem Fenster. Der Regen ist filmreif. Künstlicher Regen erinnert ihn an die Schlussszene von *Breakfast at Tiffany's*. Als die Katze aus dem Taxi geschmissen wird. Der Regen als Metapher für

Tränen, Symbol für Läuterung, Katharsis, Erneuerung, der Regen wischt alles, was vorher war, weg. Die Vergangenheit wird unwiederbringlich. Ob es wohl wahr ist, dass man im Sterben noch einmal sein Leben im Schnelldurchlauf sieht? Sein Hund Minos, der einzige Hund, den er je hatte, war einer Tierkrankheit erlegen. Er lebte kurz, ein paar Wochen, in denen er nur im Sterben lag. Küsse in der Abenddämmerung auf dem Lykabettos, die Akropolis im Hintergrund, als wäre sie aus Zuckerwürfeln erbaut. Würde er solche Dinge sehen? Oder eher ein losgelöstes Fotogramm einer Szene? Einen Kaffeekocher auf dem Herd in seinem Geburtshaus in Agios Stefanos, die Stufen seiner Metrohaltestelle in Barcelona, ein Blick aus dem Shuttlefenster mit Earth im Hintergrund? Ein einziges Mal hat er den Planeten Erde verlassen, um nie zurückzukehren.
Je dichter das Gleitfahrzeug an den Campus Zentral herankommt, desto aufmerksamer beobachtet er, was draußen vor sich geht. Die Studenten singen Parolen, die er nicht verstehen kann, und die Einsatzkommandos postieren sich in akkuraten Formationen. Palaiopoulos denkt, wie aufwendig es wäre, eine solche Szenerie als Kulisse aufzubauen, ohne auf Digitaltechnik zurückzugreifen. Tausende Sicherheitskräfte in geometrischer Ordnung, mit Leib und Seele und doch austauschbar einer Funktion verschrieben – dazu das Abendlicht und dieser perfekte Regen.
Der Gleiter erreicht problemlos den Huxley-Tower, weil die Polizisten den Weg mitten durch die Menschenmenge absperren. Die Studenten haben ein riesiges Spruchband zwischen zwei hohe Bäume gespannt: »*We will fuck you, Deckard!*«

Im Gebäude gleiten sie auf die Ebene –1, zu den Parkplätzen des Hauptkommissariats. Einige Sicherheitskräfte des Sondereinsatzkommandos und ein paar andere Leute erwarten sie schon. Die Inspektorin hilft dem Professor beim Aussteigen, damit er sich den Kopf nicht stößt. Zwei junge Männer in Sanitätsuniform kommen auf sie zu.

»Geht es Ihnen gut?«, fragt ihn einer der Männer.

Der Professor nickt müde.

»Diese hässliche Wunde müssen wir unbedingt gleich verarzten«, sagt der Sanitäter.

Im selben Augenblick steht auch schon ein Gleitstuhl vor dem Professor, den wohl jemand unbemerkt gebracht hatte. Er ist erleichtert, sich setzen zu dürfen. Herrlich bequem ist der Stuhl, als hätte er eine pneumatische Federung. Wahre Glücksgefühle durchströmen ihn: Was es für wundervolle Stühle gibt. Die Auszubildende lenkt den Stuhl, folgt der Inspektorin und den Sanitätern, die in einen grell ausgeleuchteten Flur einbiegen.

»Eh, Gallagher, wir sehen uns Donnerstag«, ruft jemand im Vorbeigehen.

»Ja«, sagt die Inspektorin, ohne stehen zu bleiben.

»Nicht dass du mich noch mal versetzt, hörst du?«

Der Professor fragt sich, was er von diesem Dialog halten soll. Einerseits wird die Inspektorin dadurch menschlich, an ihrem Ort, dem Kommissariat. Das macht sie authentischer. Donnerstag hat sie eine Verabredung. Der Betrachter erfährt unmittelbar, dass sie nicht in der Rolle als Befehlsempfängerin aufgeht, die den Weg von der Festnahme eines Verdächtigen bis ins Kommissariat zu leiten hat. Das ist gut. Gleichzeitig zer-

stört der Dialog die Möglichkeit, die Szene als Traumsequenz zu inszenieren, da hätte Schweigen besser gepasst. Filmmusik hätte den eigentümlichen Charakter dieses Flurs herausarbeiten können. Dieser lange, grell ausgeleuchtete, leicht abschüssige Flur wäre eine großartige Location. Dieser lange Gang verbindet zwei Welten miteinander wie eine Brücke. Die Außenwelt der Space-Station und die Innenwelt des Turms – die gleichsam für das Reich der Lebenden und das Reich der Toten stehen. Mit der jungen Charon im Rücken überquert er in seinem Gleitstuhl den Acheron. Die Zuschauer vermuten in diesem Augenblick schon, dass der alte Sirhan Palaiopoulos den Huxley-Tower nie mehr verlassen wird. Er befindet sich auf dem Weg in den Hades. Gleichzeitig ahnt man gewissermaßen auch, dass die Geschichte eine glückliche Wendung vor dem letzten Gericht bereithalten könnte.
Oder zumindest eine Art Schlacht, einen Kampf – oder eine Partie Schach.

Rick leert die zweite Bierbüchse und prostet den Kids zu.
»Auf alle Fische mit Schal«, ruft er und leert das Glas in einem Zug, bevor er aufsteht, um weiteren Nachschub kalt zu stellen.
Draußen vor den Fenstern schwebt ein bläulicher Schimmer wie ein Irrlicht vorbei. Mehrere diskusförmige Space-Stations sind zu erkennen, die um ein helleres Atom in ihrer Mitte kreisen. Dann werden sie immer kleiner und verschwinden wieder.

»Was war das?«, fragt BB, die sich in ihrem Sitz umgedreht hatte.
Rick ging am Eisschrank in die Hocke, um besser hinausschauen zu können.
»Das ist Alpha Zürich: Ein Sternring der Conföderatio Helvetica. Falls ihr in eurem Leben mal richtig Kohle verdienen solltet, dann seid ihr dort goldrichtig. Ihr müsst da mal ins New Dolder Grand Hotel, wahnsinnig leckere Amuse-Bouches gibt es da. Fragt nach dem Direktor und bestellt ihm liebe Grüße von Abelard Glöck. Ich habe noch etwas gut bei ihm.«
»Abelard Glöck?«, fragt BB. »Nicht Rick Blaine?«
»Rick Blaine heiße ich immer, wenn ich geächtete Studenten durchs All kutschiere.«
Rick zwinkert ihnen zu und kommt wieder an den Tisch. Er schenkt ihnen nach und hebt sein Glas.
»Auf alle eisigen Eisbären«, sagt er und trinkt einen großen Schluck. Dann kümmert er sich um seine Pfeife und zündet sie wieder an.
»Und wie ging die Geschichte aus?«, fragt Marcuse.
»Welche Geschichte?«
»Mit Palaio und den gefesselten Polizisten. Mussten Sie am Ende in den Knast?«
»Sehe ich etwa so aus, als hätte ich schon mal im Gefängnis gesessen?«
Die drei Kids schauen sich an.
»Egal. Sagt lieber nichts. Nein. Eingebuchtet wurden wir nicht. Nicht mal von der Uni sind wir geflogen. Dank Sirhan Palaiopoulos.«
»Wie ging es weiter?«, fragt Marcuse.
»Wo war ich denn stehengeblieben?«
»Sie wollten verhandeln.«

»Weil sie dicke Eier haben«, fügt BB hinzu.
»Mmhm …« Rick kümmert sich erst darum, dass die Pfeife gleichmäßig angeht, und reicht sie dann Marcuse weiter. »Eigentlich hatten wir keine Wahl. Wir mussten die drei Polizisten bestechen, damit sie die Geschichte in unserer Version erzählten: dass sie aus freien Stücken zu uns gekommen seien, um vor ein paar Chaoten zu fliehen.«
Er fingert nach einer Krume Tabak, die ihm offenbar unauffindbar im Mund klebt.
»Dafür braucht's einen schönen Batzen Geld. Palaiopoulos rechnete mit mindestens zwanzigtausend pro Nase, also brauchten wir insgesamt sechzigtausend Euro. Er fragte, ob unsere Familien das hinblättern könnten. In meinem Fall war das ausgeschlossen. Ich schlug mich damals mit einem Studienstipendium durchs Leben und vertickerte nebenher Haschisch und Kokain, um meinen Lebensunterhalt zu finanzieren.«
»Kokain? Den Wirkstoff aus Hustentabletten?«, fragt BB.
»Das war damals ein einträgliches Geschäft, weil das Pulver bei einer äußerst dubiosen Institution, dem Gesundheitsamt, in ziemlich üblem Ruf stand. Wir vermischten die Substanz mit etwas Kreide und Barbituraten und brachten das Pulver unter die Leute. Egal. Keine Ahnung, aus welchen Familien meine Kommilitonen stammten, aber wie Kinder von Steve Jobs sahen wir alle nicht aus.
›Okay, wie kommen wir an Geld heran?‹, fragte sich Palaiopoulos. ›Kennt irgendjemand von euch irgendein hohes Tier der Universität? Den Präsidenten, den Vize-

präsidenten, ein Präsidiumsmitglied, Dekane, Kanzler, Dezernenten ...‹

›Meine Mutter putzt beim Kanzler‹, sagte ein gewisser Ramírez, den ich im ersten Studienjahr in Algebra kennengelernt hatte ... Damals konnten die Kinder von Reinigungskräften noch Architektur studieren ...

›Bist du sicher, beim Kanzler?‹, fragte Palaiopoulos. ›Das wäre ein Glücksfall. Kannst du bitte deine Mutter sofort anrufen?‹

›Ja, klar‹, sagte Ramírez.

Kurz und gut: Ramírez rief seine Mutter an, und Palaiopoulos sprach mit ihr. Wir hörten nur seine Fragen, ohne ihre Antworten zu verstehen. Wo der Kanzler lebe, welches Auto er fahre, ob er einen zweiten Wohnsitz habe, lauter solches Zeugs.

›Aha, aha, aha‹, sagte Palaiopoulos immer.

Dann fragte er sie, ob der Kanzler ein Köfferchen oder eine Brieftasche bei sich trage.

›Wissen Sie zufällig die Marke? Haben Sie gesehen, was er darin verstaut? Handy, Hausschlüssel oder was auch immer ...?‹

Ich weiß nicht mehr, wie lang er mit der Frau telefonierte, aber es dauerte eine halbe Ewigkeit. Danach brauchte er einen Freiwilligen für die Verhandlungen mit dem Unterhändler der Polizei. Ich habe wirklich alles versucht, um mich unsichtbar zu machen, aber das fällt mir offenbar nicht leicht.

›Du‹, sagte er zu mir, ›scheinst mir hier die größte Klappe zu haben. Wollen wir mal hoffen, dass du auch mutig bist. Dich würde ich am liebsten mitnehmen.‹

›Was muss ich machen?‹, fragte ich.

›Du musst vor allem Präsenz ausstrahlen‹, sagte Palaiopoulos zu mir.«

Als die Pfeife bei Rick ankommt, ist sie wieder erloschen. Diesmal holt er den verkohlten Tabak heraus. Die Kids schauen ihm still zu.

»Seid ihr schon mal einem Unterhändler der Polizei begegnet?«, fragt er, während er die Pfeife mit kleinen Gerätschaften putzt.

»Nein«, sagen BB und Mam'zelle wie aus einem Mund.

»Also, mit den Jungs der Einsatzkommandos haben sie wenig zu tun. Heute wären das wahrscheinlich Emotionsingenieure.«

BB und Mam'zelle schauen Marcuse an, ohne etwas zu sagen. Rick nimmt die Blicke wahr.

»Bist du Emotionsingenieur?«, fragt er.

»Ich studiere Emotionsingenieurswissenschaften.«

»Dann verstehst du sicher mehr davon als ich: Ich hatte das Gefühl, von einer eisernen Hand in Samthandschuhen angefasst zu werden. Ist das die Strategie? Empathie aufbauen, niemals nie sagen und trotzdem nur Konzessionen machen, wenn sie sich lohnen und die Gegenleistung stimmt … Der Typ jedenfalls wartete an einem Treppenabsatz neben den Aufzügen auf uns. Seelenruhig saß er auf einem Bänkchen, das irgendjemand dorthin geschoben haben musste. An seinen Namen erinnere ich mich nicht. Er war groß, ein knochig gebauter Mann. Als er uns sah, stand er auf und gab uns die Hand.

›Ich denke, ich kann Ihnen weiterhelfen‹, sagte er unbefangen. ›Natürlich unter der Bedingung, dass Sie bereit sind, sich zu stellen.‹

›Selbstverständlich‹, sagte Palaiopoulos. ›Vorher müssten allerdings noch ein paar Kleinigkeiten geklärt werden.‹

›Gut. Brauchen Sie irgendetwas? Essen, Getränke, Zigaretten oder sonst etwas?‹

Sogar Polizisten boten einem damals noch Tabak an.

›Nein, danke, wir haben alles‹, sagte Palaiopoulos. ›Den Polizisten geht es übrigens gut.‹

›Freut mich zu hören. Das vereinfacht die Dinge enorm.‹

Ich fühlte mich wie zwischen zwei Botschaftern, war still und setzte mich neben Palaiopoulos. Zu diesem Zeitpunkt wusste ich noch nicht viel über ihn. Da er so brillant mit der Situation umging, dachte ich, er wäre bei den Juristen, ein Rechtsanwalt oder so.«

»Typisch Palaio«, sagt Mam'zelle.

»Er blieb ganz ruhig«, sagt Rick, »als würde er dreimal am Tag mit Unterhändlern der Polizei irgendwelche Geiselnahmen verhandeln.

›Schauen Sie‹, sagte er zu dem Typen, ›ich habe eben mit den Polizisten da oben geredet, und wir haben uns eine Lösung für dieses Dilemma hier überlegt, die sicher alle Seiten zufriedenstellen wird. Sie sagen, dass sie sich in das Gebäude geflüchtet haben, um einer Gruppe von gewaltbereiten Studenten zu entkommen, von denen sie angegriffen wurden, ohne dass sie die Typen identifizieren konnten. Unter der Bedingung, dass wir dann alle unbehelligt das Gebäude verlassen können, bekämen die Jungs dann innerhalb der nächsten zwei Stunden eine kleine Entschädigung in bar.‹«

»Echt?«, fragt BB.

»Ja, wirklich. Palaiopoulos redete offen mit den Bullen. Zwanzigtausend Euro, das war damals viel Geld als Gegenleistung für ein paar blaue Flecken und eine Demütigung. Wahrscheinlich verdienten sie in einem Jahr weniger damit, Studenten mit Schlagstöcken zu verprügeln.«

Rick legt eine Pause ein, um die Pfeife wieder anzuzünden, die er in der Zwischenzeit mit Tabak neu gestopft hat.

»Wollt ihr noch ein Bier?«, fragt er.

Die Gläser der Mädels sind noch halb voll. Marcuse dagegen nimmt die Einladung dankend an.

»Und woher bekamt ihr das Geld?«, fragt er, während Rick ihm einschenkt.

»Das war der Clou. Am Ende zahlte der Kanzler der Universität für uns die sechzigtausend Euro in bar.«

»Wie jetzt?«, fragt Mam'zelle.

Rick lächelt. Er trinkt einen Schluck Bier.

»Wisst ihr, was der Kanzler einer Universität bei uns für Aufgaben hatte?«, fragt er.

Mam'zelle:

»Die Verwaltung leiten?«

»Die Verwaltung«, er legt eine spannungssteigernde Pause ein, »und alle wirtschaftlichen Belange. Er kontrollierte die Einnahmen und Ausgaben, die Buchhaltung ... Eigentlich setzte er vor allem seine Unterschrift hier und da unter Papiere, die ihm vorgelegt wurden. Ein bequemer Job, der verführerische Gelegenheiten bot. Beziehungen waren wichtig, um an den Job zu kommen. Den Rest könnt ihr euch wahrscheinlich schon denken, ne?«

Die Kids schauen cool. Rick stellt die Bierbüchse auf den Tisch.

»Verstehe, ihr seid echt noch ziemlich grün hinter den

Ohren. Aber aus der Geschichte kann man eine Menge lernen ... Palaiopoulos sagte zu dem Unterhändler, dass wir mal den Kanzler anrufen müssten. Der Typ rief seinen Kommissar an, der für uns den Kanzler ausfindig machen sollte. Das dauerte eine Weile. Der Kanzler hielt sich nämlich nicht in der Stadt auf. Wahrscheinlich saß er auf Staatskosten in irgendeinem Wellness-Tempel und ließ sich verwöhnen. Nach einer halben Stunde klingelte Palaiopoulos' Handy. Am Apparat war der Kanzler. Ein gewisser Jaume Wasweißich, den Nachnamen habe ich vergessen, aber ich würde meine Hand dafür ins Feuer legen, dass er Jaume hieß. Palaiopoulos bat den Unterhändler, ihn ungestört telefonieren zu lassen. Wir gingen also nach oben auf die Männertoilette. Ich konnte das Gespräch hören, weil das Telefon laut gestellt war.

›Herr Jaume Wieauchimmer?‹, fragte Palaiopoulos.

›Ja, bitte.‹

›Schauen Sie, ich nehme an, Sie sind bereits auf dem Laufenden bla, bla bla ... Wir haben gerade festgestellt, dass wir einen gemeinsamen Freund haben ...‹

Palaiopoulos reichte mir kurz das Telefon. Ich begrüßte ihn. Der Typ hatte keinen blassen Schimmer, wer ich sein könnte oder um was es ging.

›Unser gemeinsamer Freund erzählte mir von Ihrer eleganten Aktentasche, die Sie meist bei sich tragen‹, fuhr Palaiopoulos fort, ›die schöne von Cartier, die helle ...‹

Der Typ verstand noch immer nicht, um was es ging.

›Den goldenen Schlüsselanhänger mit dem Barça-Wappen aus Emaille finde ich übrigens originell in der Aktentasche ...‹«

»Was ist Barça?«, fragt BB.

»Eine politische Propagandaplattform ... Der Typ wurde langsam misstrauisch, als er von dem Schlüsselanhänger hörte.
›Das iPhone ist auch cool, Sie haben ja das neueste Modell‹, fuhr Palaiopoulos fort, ›noch interessanter sind nur Ihr Terminkalender und einige Dokumente. Wir haben uns gerade ein paar Fotokopien angesehen, und uns gefragt ...‹
In diesem Moment rutschte dem Typen das Herz in die Hose: Als er das Wort ›Dokumente‹ hörte, fing er an, nervös zu hüsteln.«
»Was waren das für Dokumente?«, fragt Marcuse.
»Keine Ahnung«, sagt Rick, »Palaiopoulos wusste das sicher selbst nicht ... Er setzte lediglich voraus, dass der Kanzler einer öffentlichen Universität damals bis über beide Ohren korrupt gewesen sein muss. Da hatte er keinen Zweifel. Und er vermutete richtig, dass er sicher mindestens schon einmal belastendes Material in seiner Aktentasche mit sich geführt hatte: Dokumente, Schecks, Bargeld, irgendetwas ... Volltreffer. Die Beschreibung der Aktentasche und des Schlüsselanhängers hatte ihm Ramírez' Mutter geliefert. Als er diese Details erwähnte, wurde der Rest der Geschichte glaubwürdig. Der Typ bekam tatsächlich Schiss, dass jemand aus seiner Aktentasche belastendes Material fotokopiert hatte, und hätte sich fast in die Hosen gemacht.«
»So habt ihr ihn erpresst ...?«, fragt Mam'zelle.
»Ja, genau: Wir haben ihn mit seinen eigenen Methoden geschlagen und die sechzigtausend Euro von ihm kassiert, die wir brauchten, um den Deal mit den Polizisten einzufädeln. Eine halbe Stunde später kam der

Hausmeister der Universität vorbei und brachte uns die Kohle in einem Umschlag der Caixa Catalunya.«
»Was ist die Caixa Catalunya?«, fragt BB.
»Hmm, das erkläre ich euch ein andermal ...«
»Wie geil, da zahlte ja genau der Richtige«, sagt Mam'zelle.
»Eigentlich hatte er Glück, wir hätten ihm auch die Hölle heißmachen können«, sagt Rick. »Er hätte hinter Gittern landen können. Stattdessen blieb er im Amt und durfte noch viele Jahre unbescholten Gelder der Universität veruntreuen, bis er sich mit einer exorbitanten Pension, die ihm bis zu seinem Tod garantiert war, aus seinem Berufsleben zurückzog. Also«, er hebt das Glas, »auf alle Briefmarken sammelnden Zebras ...!«
Für einen Augenblick ist es still. Alle trinken.
»Gute Geschichte«, sagt Mam'zelle.
»Vor allem wenn du die Logik dahinter verstehst«, sagt Rick.
»Die wäre?«, fragt Marcuse.
»Jeder hat etwas zu verbergen«, sagt Rick. »Es reicht schon, jemandem das Gefühl zu vermitteln, davon zu wissen, um die Person in der Hand zu haben. Das habe ich in jener Februarnacht 2013 von Palaiopoulos gelernt ...«
Die drei Kids tauschen vielsagende Blicke aus.
»Typisch Palaio«, sagt BB.
»Okay, und jetzt ab in die Kojen«, sagt Rick. »In etwa drei Stunden landen wir bereits in Barcelona.«
»Uff, ich glaube, ich geh vorher noch mal schnell masturbieren«, sagt Mam'zelle und steht auf.
»Was?«, stöhnt Rick. »Ich werde mich wohl nie an die

Natürlichkeit gewöhnen, mit der ihr über solche Sachen redet. Kannst du nicht einfach sagen, dass du aufs Klo gehst?«

»Okay, ich geh mal aufs Klo«, sagt Mam'zelle. »Bei der Geschichte mit den Bullen bin ich doch ein bisschen feucht geworden ...«

DREI

Torres und Marsalis ausfindig zu machen erweist sich als unkompliziert. Beide befinden sich auf dem Weg ins 47. Stockwerk, als der Ausruf durchs Gebäude schallt. Vom Empfang werden sie direkt ins Büro der Rektorin geschickt. Der Schatzmeister sitzt dort schon in einem der Sessel. Deckard lehnt mit dem Rücken am Fenster, ihre Arme und Beine sind verschränkt. Grußlos bietet sie ihnen mit einer Handbewegung eine der Sitzgelegenheiten an.
»Setzen Sie sich doch.«
Beide nehmen schweigend nebeneinander auf dem Sofa Platz, dem Schatzmeister gegenüber. Die Rektorin bleibt stehen.
»Ich will Sie gar nicht lange aufhalten. Gloria Nitouche, Barbara Badland und Mijaíl Marcuse«, sagt sie. »Können Sie mit den Namen etwas anfangen?«
Torres und Marsalis schauen sich an. Ihre Gesichter können nicht verhehlen, dass die Frage Wirkung zeigt. Die Rektorin nimmt dies minutiös wahr. Marsalis lehnt sich im Sofa zurück, um seine Überraschung zu überspielen, legt einen Arm auf die Sofalehne.
»Schon mal irgendwo gehört«, sagt er. »Sind das Professoren?«

Die Rektorin geht erst gar nicht auf die Rückfrage ein.
»Ich nennen Ihnen noch einen Namen: Sirhan Palaiopoulos.«
Torres nimmt sich an Marsalis ein Beispiel. Allerdings ist auf der Sofalehne nun weniger Platz für seinen Arm, daher wirken seine Bewegungen auch weniger lässig.
»Er ist Professor hier an der Uni«, sagt er.
Mit dem Nagel des kleinen Fingers fischt die Rektorin sich etwas aus dem Augenwinkel, möglicherweise überflüssige Schminke.
»Okay«, sagt sie, »lassen wir das Katz-und-Maus-Spiel ... Uns ist bewusst, dass diese vier Herrschaften ihre subkutanen Chips manipuliert haben, daher läuft ein Haftbefehl gegen sie. Professor Palaiopoulos haben wir bereits ausfindig gemacht. Der Chef der inneren Sicherheit hat ihn zur medizinischen Abteilung bringen lassen. Die zuständige Inspektorin informierte uns darüber, dass es nicht besonders gut um seinen Gesundheitszustand steht. Das Herz macht ihm wohl wieder Probleme.«
Die Rektorin sucht mit dem kleinen Finger erneut den Rand des Augenlids ab. Möglicherweise will sie Torres und Marsalis auch nur Zeit lassen, die Neuigkeiten zu verdauen. Dann verschränkt sie die Arme:
»Sie haben jetzt die Wahl, uns über den Sachverhalt offen und ehrlich aufzuklären, oder Sie entscheiden sich dafür, dass wir den Professor einer eingehenden Befragung unterziehen.«
Torres und Marsalis schauen sich an.
»Eine Person in medizinischer Behandlung ist nicht vernehmungsfähig«, sagt Torres. »Es gibt immer noch Gesetze, die alle Bürger gleichermaßen schützen.«

Die Rektorin schaut an die Decke. Seufzt.

»Interessant, dass Sie offenbar meinen, uns immer über unsere Handlungsspielräume aufklären zu müssen«, sagt sie. »Das ist doch albern.«

»Es ist verboten, und das wissen Sie selbst genau«, sagt Torres und schaut der Rektorin fest in die Augen. »Wir werden dafür sorgen, dass Sie sich andernfalls vor Gericht verantworten müssen.«

Die Rektorin bewegt sich vom Fenster weg. Klack, klack, klack. Ihre Arme sind noch immer verschränkt.

»Herzlichen Glückwunsch, Herr Torres, Sie machen Fortschritte. Jetzt lassen Sie den Kopf nicht mehr so auffällig devot hängen wie vorhin ... Zu wünschen wäre allerdings, dass sich Ihr Verständnis der menschlichen Psyche genauso schnell weiterentwickelt hätte. Vielleicht kennen Sie Professor Palaiopoulos aber auch nur weniger gut, als Sie denken?«

»Bitte verzeihen Sie, ich verstehe kein Wort und muss zugeben, dass es mich auch nicht besonders interessiert.«

»Vielleicht wissen Sie nicht, dass es in der Regel spielend leicht ist, Professor Palaiopoulos in einem Verhör zum Sprechen zu bringen. Wir sind uns hundertprozentig sicher, dass er uns mit der für ihn charakteristischen Großzügigkeit voll und ganz entgegenkommen wird, sobald er sich vor die Wahl gestellt sieht, den Sachverhalt umfassend zu erläutern oder Sie beide einem ernsthaften Verhör unterzogen zu sehen. Oder Ihre drei Freunde, die Verbrecher, deren Aufenthaltsort uns im Moment unbekannt ist. Wie ich sehe, lässt sich dieselbe Rücksichtnahme von Ihnen nicht erwarten ...«

Torres weiß nicht, was er sagen soll.
»Sie sind eine ...«
»Schlampe«, sagt Deckard, »hätten Sie vermutlich gern gesagt und wollten das Wort denn doch nicht in den Mund nehmen, Herr Torres.«
»Perfide Person ...«
»Perfide ... gar nicht so schlecht für einen Kunststudenten«, sagt Deckard.
Marsalis kommt ihm zu Hilfe.
»Also gut, wir sind bereit, alles zu erzählen, was wir von der Geschichte mit Palaiopoulos und den drei Studenten wissen«, sagt er und schaut Torres an, dem noch nicht klar ist, was Marsalis vorhat. Sein Blick verrät jedoch, dass ihm eine Idee gekommen ist.
Die Rektorin seufzt:
»Entschuldigen Sie, aber die Kunst des Lügens scheinen Sie nicht besonders gut zu beherrschen.«
»Ich habe doch noch gar nichts gesagt.«
»Na schön, dann legen Sie los«, sagt die Rektorin, »aber die Gespräche führen wir unter vier Augen. Würde es Ihnen etwas ausmachen, einen Augenblick draußen zu warten, Herr Torres?«
Die beiden schauen sich an. Sie hatten sich für den Notfall keine einheitliche Version überlegt, daher ist die Wahrscheinlichkeit jetzt groß, dass sie sich widersprechen werden. Was soll's. Einen Versuch ist es wert, allein schon, um Zeit zu gewinnen.
Torres steht auf.
Die Rektorin öffnet ihm die Tür und sagt überraschend:
»Machen Sie sich keine Umstände, Sie dürfen beide gehen. Es hat ja eher den Anschein, als würden wir mit

Ihnen Zeit verlieren. Direkt mit dem Professor zu reden wird deutlich interessanter und ergiebiger sein. Ihnen empfehle ich jetzt nur, Ihre Kommilitonen in der Zwischenzeit davon zu überzeugen, die Demonstration aufzulösen und sich vom Campus wieder in die Wohnbezirke zu begeben. Es wurde gerade Befehl gegeben, nach dreimaliger Vorwarnung mit der massiven Emission von Strafgebühren zu beginnen.«

Schon eine Weile hören sie Dexter Gordon am Saxophon. Durch die Fensterchen des Raum-Shuttles sehen sie, wie das Fuel-Space-Ship, auf dem sie gerade waren, sich immer weiter entfernt, immer kleiner wird. Riesige Sphären sind erleuchtet, womöglich von einer Gruppe abnehmender Monde, unerwartet schön ist die Szenerie, gerade weil sie ohne jeden ästhetischen Anspruch durchs All schwebt.
Rick schläft. Sein Kopf liegt auf seinen Armen auf dem Tisch. Er schnarcht laut. Die Kids sind noch wach, fühlen sich wie berauscht von der Atmosphäre, den Gerüchen und der Geschichte von den entführten Polizisten. Marcuse hält sich den Arm, der ihm immer noch wehtut.
»Glaubst du, Palaio wurde schon festgenommen?«, fragt er Mam'zelle.
Mam'zelle antwortet erst nach einer Weile.
»Keine Ahnung«, sagt sie.
Stille.
»Ich habe irgendwie ein schlechtes Gewissen«, sagt Marcuse.

»Du hast ständig ein schlechtes Gewissen«, sagt BB. »Habt ihr was dagegen, wenn ich den Sitz ausziehe? Ich kann sonst garantiert nicht einschlafen.«
Mam'zelle rutscht hinüber zu Marcuse, sodass BB etwas mehr Platz hat.
»Echt?«, fragt sie. »Warum hast du denn ein schlechtes Gewissen?«
»Keine Ahnung ... Er ist ein alter, kranker Mann, und wir haben ihn in einer kniffligen Lage allein zurückgelassen.«
Mam'zelle denkt darüber nach.
»Torres und Marsalis sind bestimmt bei ihm«, sagt sie. »Und alle anderen auch ...«
»Schon möglich, aber er hat große Angst. Hast du das nicht gemerkt, als wir gegangen sind?«
»Angst haben alle«, sagt BB, die sich zwar hingelegt hat, ihnen aber noch zuhört. »Du vor allem.«
»Richtige Angst ist etwas anderes«, sagt Marcuse. »Unser vegetatives Nervensystem ist aufgeregt, erregt. Wir erleben unser erstes großes Abenteuer. Für ihn ist es das letzte. Für mich fühlt es sich so an, als wären wir auf Klassenfahrt, würden nachts aus der Jugendherberge ausbüxen und uns on Moon ins Nachtleben stürzen. Für ihn dagegen kann die Geschichte verhängnisvoll ausgehen, und das gerade jetzt, wo er eigentlich im Sterben liegt.«
»Wenn du weiter so viel rauchst«, haucht BB, »dann nippelst du uns hier auch noch gleich ab.«
»Komm, ich verstehe ihn«, sagt Mam'zelle. »Was für ein verrückter Tag, fühlt sich an, als wären wir schon ewig wach, als hätten wir tagelang nicht geschlafen, und wenn ich ehrlich bin, find ich's richtig geil. Nur

Palaio tut mir leid. Ich habe auch ein bisschen ein schlechtes Gewissen, merk ich, bloß weiß ich gar nicht so genau, warum.«
Marcuse dreht sich zu ihr und schaut sie an.
»Weißt du, ich finde es schwierig, dass ich mir nicht mal sicher bin, ob das alles so richtig ist, was wir da vorhaben ...«
Mam'zelle geht sehr ernsthaft darauf ein:
»Ist die Frage nicht vielmehr: Wollen wir uns vom System benutzen lassen? Dürfen sie alles mit uns machen, ohne dass wir Widerstand leisten?«
»Und was ist das System? Du und ich – wir sind doch auch Teil des Systems, oder? Und Palaio. Und all die alten Filme und auch die Jazzmusiker, die vor Jahrzehnten gestorben sind. Sind das nicht lediglich Facetten des Systems – mit dem einzigen Unterschied, dass uns diese Seite des Systems besser gefällt?«
»Okay, aber dann wären wir doch bei der Frage: Warum überhaupt die Matrix zerstören, wenn es sich so schön gemütlich mit ihr leben lässt ...?«
»Nein, das meine ich nicht: Es gibt schon Gründe, sich gegen das System aufzulehnen. Es benutzt uns als Energie, ohne uns zu fragen, wir Menschen sind längst Sklaven der Technik geworden usw. Wer aber versklavt uns? Das sind doch nur die Gesetze, denen wir zuvor im Parlament der Westlichen Union zugestimmt haben – und sei es auch nur, indem wir die Entscheidungsträger gewählt haben. Und natürlich Korporationen, riesige Konzerne, die ihre Macht aber auch nur dadurch besitzen, dass wir ihre Produkte genüsslich konsumieren.«
»Nein, wir sind längst Sklaven eines Systems, das uns

unserem eigentlichen Sein entfremdet. Das Räderwerk funktioniert nicht richtig, nie kommt oben heraus, was unten gewollt wird ... Das Rauchverbot wäre doch beispielsweise undenkbar, wenn die Gesellschaft wirklich so eingerichtet wäre, wie wir Menschen es uns wünschten.«

»Hmm, vielleicht rebellieren wir aber auch nur, weil unser Leben dadurch aufregender wird und wir der Routine entkommen. Reden uns ein, dass wir manipuliert und unterdrückt werden ... Wie aufregend, wir operieren uns heimlich den Chip aus dem Arm, verboten, wie aufregend, wir reisen zum ersten Mal auf die Erde, und das herrlich illegal, verboten, wie aufregend, wir suchen einen undurchsichtigen, angsteinflößenden Typen, der sich Franz von Assisi nennt, verboten, wie aufregend, um Deckard fertigzumachen ... Die alten Filme geben uns schon nicht mehr den Kick, nicht einmal die Kabinen virtueller Realitäten: Wir wollen mehr, wollen mit Haut und Haar neue Abenteuer erleben. Das klingt doch mindestens so plausibel wie der hehre Mythos vom Kampf für Gerechtigkeit und Freiheit, findest du nicht? Die Illusion, als Apostel der Freiheit unterwegs zu sein, wäre dann vielleicht gerade die Matrix, die wir ablegen müssten ...«

Mam'zelle antwortet nicht. Sekundenlang ist es still. Dann hebt BB den Kopf und richtet sich ein wenig auf.

»Verdammte Kacke, wie soll man denn bei dem Geschwafel schlafen? Wegen euch kann ich kein Auge zutun, und jetzt will ich dir mal was sagen: Wir sind hier in diesem Shuttle und erfüllen eine Mission, weil uns dieses verfickte System mit Millionen von Scheißregeln

und Normen fertigmacht, kapiert? Wenn sich so 'n Schwachmat wie du unbedingt die Birne mit Tabak und Bier zudröhnen muss und dann auch noch mitten im Universum auf billigste Art und Weise zu philosophieren beginnt, dann sind die einfachsten Zusammenhänge vermutlich nicht mehr so klar zu erkennen. So, hättet ihr jetzt vielleicht mal die Güte, die Musik abzudrehen und eure Schnauzen zu halten?«
Rick schnarcht daraufhin eine Tonlage höher als gewöhnlich, als wolle er sich noch am Diskurs beteiligen.

Ein Arzthelfer nimmt Professor Palaiopoulos in der medizinischen Abteilung in Empfang. Die Polizisten müssen draußen warten. Der Arzthelfer ist freundlich. Er fragt ihn nach seinem Namen und notiert diesen mit einem Filzstift auf einem Band, das er ihm ums Handgelenk wickelt. Danach händigt er ihm einen computerisierten Kittel aus.
»Okay, Sirhan, kannst du dich allein ausziehen?«
»Muss ich mich komplett ausziehen?«
»Nein, die Unterwäsche kannst du anbehalten. Leg dich bitte schon mal hier auf eine Liege, ja? Die Notfallambulanzingenieurin kommt dann gleich zu dir.«
Dem Professor fällt es schwer, sich die Schuhe auszuziehen. Schon nach dem ersten Schuh fühlt er sich ermattet. Der Arzthelfer sucht in der Kabine etwas, spürt die Verzweiflung und unterstützt ihn beim Ausziehen. Danach hilft er ihm noch beim Aufstehen und dabei, die Hose aufzuknöpfen.

»Den Rest schaff ich dann alleine, danke«, sagt der Professor. Er muss diese irrwitzige Erschöpfung überwinden. Diese fatale Antriebslosigkeit. Die Gesundheitsingenieurin taucht zwischen den weißen Vorhängen auf.
»Dann wollen wir mal schauen. Was ist denn mit deinem Herzen los, Sirhan?«
»Es ist zu alt«, sagt der Professor.
Die Ingenieurin wurde bereits von den Polizisten informiert. Jetzt überfliegt sie auf dem Bildschirm die Daten, die ihr der computerisierte Kittel liefert, sowie die Krankengeschichte des Patienten. Dann versorgt sie seinen linken Arm. Die schlecht genähte Wunde blutet ein wenig.
»Die Vitalfunktionen sind eigentlich gar nicht mal so schlecht«, sagt sie. »Wir kümmern uns jetzt erst mal um den Schnitt hier ... Wer hat denn diese Naht verbrochen? Das tapfere Schneiderlein?«
Der Professor beobachtet den Arzthelfer, der die Instrumente vorbereitet.
»Kann ich eine Betäubung bekommen?«, fragt er.
»Na klar«, sagt der Arzthelfer. »Wurde das etwa ohne Betäubung genäht?«
»Ich habe die Wunde mit Eisbeuteln gekühlt ...«
Mit einem Spray wird der Wundbereich vorbereitet. Der Professor sieht nicht, was sie machen, und merkt auch nicht viel. Eigentlich fühlt er nur ein zartes Kratzen.
»Sirhan, dein Pulsschlag ist etwas beschleunigt«, sagt die Ingenieurin. »Bist du aus irgendeinem Grund nervös?«
»Nein, ist alles in Ordnung.«

Wenig später erklärt ihm die Ingenieurin, dass sie die vier Chips aus dem Unterarm entfernt hat. Die Wunde wurde desinfiziert und verarztet. Der Professor hebt seinen Arm, schaut ihn sich genauer an. Wie durch ein Wunder ist nur noch eine dünne, rosafarbene Linie auf seinem braungebrannten Arm zu sehen.

»In den nächsten Wochen schaltest du besser das UV-Licht in der Dusche aus, sonst wird die Narbe länger als nötig zu sehen sein.«

»UV-Licht benutze ich sowieso nie«, sagt der Professor. »Ich bin Grieche.«

Die Ingenieurin sieht asiatisch aus, spricht mit nordamerikanischem Akzent und versteht offenbar nicht, was er ihr damit sagen will.

»Mit der Hautfarbe«, sagt der Professor, »kommt man am Mittelmeer on Earth auf die Welt ...«

Die Ingenieurin lächelt und erklärt ihm, dass er nun für eine vollständige Diagnose in einen Scanner gelegt werde. Alles dauert nur wenige Minuten. Der Arzthelfer lenkt die Liege und hilft dann, den Patienten in eine weiße Röhre zu hieven. Der Professor kennt das Gerät. Er hat schon einige Male darin gelegen. Der Eingang wird verschlossen. Stille. Grabesstille. *Time to die.*

Als sie ihn aus der Röhre herausholen, zittert er vor Kälte. Der Arzthelfer wickelt ihn in eine nanotechnische Decke. Die Ingenieurin fasst die Diagnose kurz für ihn zusammen. Nichts Neues: Wirklich besorgniserregend seien einzig und allein die Ausfälle seines batteriebetriebenen mechanischen Herzens. Ein völlig veraltetes Modell, für das es schon längst keine Ersatzteile mehr gebe. Es lasse sich weder telemetrisch kontrollieren noch durch einen Organklon ersetzen. Ein unausgereiftes Modell aus dem Jahr 2023. Da habe er Pech gehabt. Wenig später sei nämlich der Durchbruch mit den Organkulturen gekommen, und die Verlangsamung des Alterungsprozesses sei immer effizienter geworden.

»Wir können deine Blutwerte optimieren. Medikamentös bist du ja gut eingestellt«, sagt die Ingenieurin. »Bitte: keine Anstrengung, keine Aufregung, keine Erregung. Zum Beruhigen darf ich dir etwas geben, falls dir etwas auf der Seele liegt.«

Palaiopoulos versucht, witzig zu sein: »Na ja, die Polizei hat mich gerade festgenommen, ich liege im Sterben ...«

Die Ingenieurin lächelt höflich.

»Falls du in deinem Zustand unsere Räume nicht verlassen möchtest, können wir ein Attest ausstellen und das gegenüber der Polizei rechtfertigen – zumindest solange ein Richter nichts Gegenteiliges verfügt.«

»Nicht nötig, danke, ich würde mich nur gern noch ein bisschen ausruhen. Gleich liegt eine komplizierte Partie Schach vor mir.«

Die Ingenieurin schaut ihm fest in die Augen. Sie hat keine Ahnung, wovon der Alte redet, spürt aber seinen emotionalen Zustand. Eine Mischung aus Selbstmitleid und Unerschütterlichkeit. Die Wehmut der Helden. Und Angst. Große Angst.

Der Regen im hydroponischen Park am Fuß des Huxley-Towers ist eiskalt. Die dort ausharrenden Studenten sind durchnässt, das Regenwasser tropft ihnen ins Gesicht. Die meisten Studenten haben sich bereits freiwillig in ihre Wohnbezirke zurückgezogen. Alle Euphorie ist verflogen, selbst bei dem harten Kern, der noch Widerstand leistet. Viele Studenten vom Corona Australis sind darunter. Sie studieren Film, Musik, Kunst, einige auch Emotionsingenieurswissenschaften oder Psychiatriestatistik. Über Megaphon wurden sie gewarnt. Es werde Strafgebühren hageln, falls sich die Versammlung nicht sofort vollständig auflöse. Die Antiterroreinheiten kesseln die Studenten kreisförmig ein, die sich ihrerseits rund um den Huxley-Turm aufhalten. Torres und Marsalis laufen zwischen den Grüppchen herum, die sich herausgebildet haben. Je nach Sympathie. Vereinzelte kostbare elektromagnetische Umhänge werden mit ausgestreckten Armen in die Höhe gehalten, bilden ein spärliches Dach, um möglichst vielen Studenten Schutz zu bieten.

Eine zweite Warnung wird durchgegeben. Die Antiterroreinheiten wechseln ihre Formation. Die Polizisten in der ersten Reihe knien sich nieder, sodass auch aus der zweiten Reihe ungehindert Strafgebühren abgeballert werden können. In beiden Reihen halten die Sicherheitskräfte ihre Emissionsgeräte bereit. Die Ruhe vor dem Sturm. Torres stimmt eine der Studentenhymnen an, die Ballade *High Noon*. Eine gute Wahl, die Melodie ist tief und feierlich, und der Text wirkt, als wäre er extra für diesen Anlass geschrieben worden. Marsalis stimmt ein, und dann singen plötzlich fast alle Studenten gemeinsam in klassischem Englisch:

I do not know what fate awaits me
I only know I must be brave
And I must face a man who hates me
Or lie a coward, a craven coward
Or lie a coward in my grave.

Die dritte Warnung erschallt. Niemand rührt sich, weder die Studenten noch die Polizisten. Der Gesang ist verstummt. Die elektromagnetischen Capes werden reglos in die Luft gehalten. Wenn überhaupt, dann bewegt sich jemand, um sich die Regentropfen aus den Augen zu wischen. Plötzlich piepen subkutane Chips, ohne dass sich sonst etwas verändert hätte. Mit jedem Piepen wird eine Strafgebühr auf dem Chip verrechnet. Die Polizisten erhielten über Headsets den Befehl, loszulegen. Die Spitzen ihrer Emissionsgeräte leuchten rot auf und piepen, sobald sie einen Chip getroffen haben. Einige Studenten wurden bereits mehrfach getroffen, piep, piep, piep, zehn, zwanzig, dreißig Eurodollar ... Irgendjemand aus den hinteren Reihen brüllt:
»Auf sie!«
Die Studenten vorn in der ersten Reihe geben dem Druck nach, dem Drängen und Schubsen. Wie eine Welle bewegen sie sich jetzt Reihe für Reihe auf die Polizisten zu. Die knienden Polizisten in der ersten Reihe bekommen die Anweisung, nach hinten zu gehen. Die Polizisten aus der dritten Reihe wiederum kommen mit Schilden in Reih und Glied nach vorne, um der zweiten Reihe Schutz zu geben, die ihrerseits die Studenten mit Strafgebühren zuballert, in Salven wie mit einem Maschinengewehr: piep, piep, piep, piep, piep. Einstudiert haben die Antiterroreinheiten dies

minutiös nach dem Vorbild der alten römischen *triplex acies*. Die gesamte Formation weicht vor dem näher kommenden Feind zurück wie ein Krebs, der aus seinem Panzer heraus Strafgebühren ausspuckt. Die Befehle werden von den Seiten kaum wahrnehmbar über Headsets erteilt. Aufklärungsmaschinen der Sicherheitskräfte drehen sich wie Schwimmreifen über dem Ort des Geschehens, ihre Bilder werden in der Kommandozentrale ausgewertet. Die Studenten dagegen wirken wie eine unorganisierte, wild entschlossene Horde, die sowieso nichts mehr zu verlieren hat – sobald die Strafgebühren erst einmal auf fünfhundert, tausend, tausendfünfhundert Eurodollar gestiegen sind. Piep, piep, piep. Erste Demonstranten erreichen jetzt die Polizisten, die in der ersten Reihe ihre Schilde in der klassischen Testudo zum Schutz vor den Studenten hochhalten. Zur Verteidigung verwandeln sich die Formationen in eine Art undurchdringliche Schildkröte. Die Studenten hämmern mit bloßen Händen auf den transparenten Polyurethan-Panzer ein, ohne sich um die Strafgebühren zu scheren, die aus kürzester Entfernung unvermindert auf sie abgeballert werden. Unter ihr wildes Gebrüll, »eeeooo«, »eeeooo«, mischen sich Schläge auf die Schilde, das Stimmengewirr und die Piepse: zweitausend, dreitausend, dreitausendfünfhundert Eurodollar ... Leroy Torres befindet sich mittendrin, brüllt und hämmert. Die Höhe seiner Strafgebühren dürfte ihn dazu zwingen, die Space-Station bereits mitten im Semester zu verlassen. Viertausenddreihundertzehn, viertausenddreihundertzwanzig, piep, piep, piep, piep.

Mit einem Mal hört der Regen auf. Die fliegenden

Schwimmreifen der Polizei stoßen Allergene aus. Eine Mischung aus Pfeffer, Tierschuppen und Eschepollen, die sorgfältig aufeinander abgestimmt ist und zu heftigen Niesattacken führt.

Auf der Flucht bleibt Torres nur die Hoffnung, dass der Plan aufgeht, dass die Kids Barcelona erreichen werden und dass es Palaio gelingt, der Deckard das Genick zu brechen.

Es riecht nach Kaffee. Das grelle Sonnenlicht dringt durch die kleinen Fenster herein, wodurch das Leuchten der Kontrolllampen im Shuttle nicht mehr gut zu erkennen ist. Rick werkelt in der Bordküche, BB wacht auf, hält sich ihren Arm vor die Augen und versucht, weiterzuschlafen. Marcuse und Mam'zelle schlummern noch. Sie liegen nebeneinander in dem engen Sitz. Ihre Füße an seinem Kopf, seine Füße an ihrem Kopf. Rick trinkt einen starken Espresso.

»Aufstehen, ihr Murmeltiere, in fünfzig Minuten erreichen wir Barcelona.«

»Wie spät ist es?«, fragt BB.

»Nach welcher Zeitrechnung?«, fragt Rick.

Marcuse und Mam'zelle setzen sich auf, strecken und recken sich.

»Sind wir schon da?«, fragt Marcuse.

»Fast. Wollt ihr etwas frühstücken? Es wäre noch Zeit für einen Kaffee, bevor wir die Umlaufbahn erreichen und uns zur Landung fertig machen müssen.«

Rick schaut die Büchse mit den verschiedenfarbigen Kaffeepads durch.

»Wir hätten Maragogype-Kaffee aus Brasilien im Angebot oder Yauco-Kaffee aus Puerto Rico oder einen Arabica aus Sumatra. Die Büchse habe ich im Sonderangebot gekauft, und Süßstoffkapseln gab es umsonst dazu.«
»Haben wir Milch?«, fragt Mam'zelle.
»Wie wär's, wenn du den Teppich abschleckst ...?«
»Ich hätte gern einen Speedy Ragweed«, sagt Marcuse.
»Was denkt ihr euch eigentlich? Ist das hier ein Luxushotel, oder was? Bei mir gibt es Kaffee und Bier. Und feuchte Tüchlein in der Hygienebox, falls sich jemand frisch machen möchte.«
»Wann sind wir da?«, fragt Marcuse.
»In null Komma nichts. Falls ihr Postkartenlandschaften liebt, schaut euch Steuerbord die Erde an.«
Die Kids hocken sich in ihre Sitze und schauen in alle Richtungen.
»Steuerbord«, sagt Rick, »ist vom Bug aus gesehen rechts, aber ihr solltet eure Nasen schon an die Scheibe pressen, sonst habt ihr das Segel im Blickfeld.«
Chaos.
»Ihr seid mir ja ein paar Segler: Wo schaut ihr denn hin?«, sagt Rick.
Endlich entdecken sie die leuchtend blaue Erde mit den erdfarbenen Flächen. Die Kids drängen sich auf einem Sitz zusammen, um besser sehen zu können. Da ist sie, die berühmte Erde. Sieht aus wie eine Pupille. Sie haben beste Sicht, der Tag ist klar. Allerdings studierten sie die Erde mit Hilfe von Landkarten, auf denen der Norden immer oben dargestellt ist. Daher dauert es eine Weile, bis sie die riesigen Umrisse Afrikas erkennen. Durch den Winkel, in dem das Shuttle sich der

Erde nähert, ist der Kontinent aus ihrer Perspektive diagonal angeschnitten. Am Golf von Guinea ballen sich Wolken, grün leuchtet der Regenwald selbst noch durch die Wolken hindurch. Der Südpol liegt oben links und Europa kopfüber weiter rechts. Über dem Mittelmeer wirbeln Wolken, ein Frühjahrsunwetter, das Auge des Orkans droht über Korsika. Die Ozeane sehen aus, als wären sie ein einziges zusammenhängendes Meer, oben der Atlantik, unten der Indische Ozean. Ihre Farben vermischen sich mit den Wolkensprenkeln zu einem einzigen blauen Wirrwarr: Indigo, Türkis, Cyan, Violett, Himmelblau, Ultramarin, Kobalt, Enzianblau ... Unendlich differenziert sind die Nuancen, die aus viel mehr Blautönen bestehen, als wir Namen für sie haben.

»Wow«, sagt Mam'zelle. »Das wäre die perfekte Kulisse für das Finale von Roy Batty.«

Rick wurschtelt noch in der Küche herum und plaudert dabei lauthals:

»Ich habe schon Sachen gesehen, da träumt ihr nur von. Drei Gläser saure Gurken für eins neunzig; ein Liter Olivenöl für zwei Euro; Kanister mit Weichspülern, die nach Savon de Marseille duften ... Alles aufgetürmt in hohen Stapeln vor den Toren von Carrefour. Eines Tages werden diese Waren alle verschwunden sein, sich wie Tränen im Regen verlieren ... Es ist bald an der Zeit, zu sterben.«

Die Kids drehen sich mit ernsten Gesichtern gleichzeitig zu ihm um.

»Vor den Toren von Carrefour?«

»Das war eine riesige Supermarktkette im zwanzigsten Jahrhundert.«

»Saure Gurken?«, fragt Mam'zelle.
»Okay, schon verstanden, vergesst es. Wollt ihr nun einen Kaffee oder nicht? In nicht mal zehn Minuten sind wir schon in der Lande-Umlaufbahn ...«
Rick schaut auf dem Kontrollbildschirm alle Meldungen durch, die sie während der Reise erhalten haben.
»Ach du Scheiße!«
»Was ist denn?«, fragt BB.
Rick wischt mit der Hand über die Platte.
»Habt ihr auf der Reise irgendetwas gesagt, was gegen euch verwendet werden kann?«
BB: »Wie jetzt?«
Rick: »Alle Raum-Shuttles, die in den letzten Stunden Oxford 7 verlassen haben, wurden abgehört, sogar die Unterhaltungen in der Kabine.«
Mam'zelle: »Ist das legal?«
Rick: »Schon, zumindest wenn sie alle Autorisierungen eingeholt und über die Navigationssysteme die betroffenen Raum-Shuttles vorab informiert haben. Wir erhalten dann ein Protokoll der Space-Security. Bestätigt der Pilot den Eingang nicht, wird die Telemetrie komplett gespeichert. Ich habe jetzt schnell alles deaktiviert.«
BB: »Und warum zum Teufel jetzt erst und nicht sofort, als das Protokoll angekommen ist?«
Rick: »Weil dein lieber Freund sich den Bildschirm unter den Nagel reißen musste, kaum dass er einen Fuß ins Shuttle gesetzt hat, um den Reise-DJ zu spielen. Ich habe die Nachricht auch eben erst gelesen. Aber da ich keine dummen Fragen gestellt habe, müssen wir uns wohl keine größeren Sorgen machen. Oder habt ihr

noch Dinge besprochen, die nicht für fremde Ohren bestimmt waren?«

Mam'zelle: »Heißt das, jedes Wort wurde mitgeschnitten, alles, was wir gesagt haben, seit wir das Shuttle betreten haben?«

Rick: »Keine Ahnung ... Ich nehme mal an, dass Hunderte von Raum-Shuttles in der Zwischenzeit auf Oxford 7 gestartet sind. In der Abflughalle war ja die Hölle los. Ich wüsste nicht, warum sie sich ausgerechnet auf unsere Unterhaltungen konzentriert haben sollten ...«

BB: »Falls wir gesucht werden, wäre es natürlich kinderleicht, uns mit dem automatischen Erkennungssystem zu identifizieren.«

Rick: »Vielleicht hatte die erhöhte Sicherheitsstufe gar nichts mit euch zu tun. Wenn ein Meteorit die Strecken der konventionellen Raumfähren kreuzt oder es irgendwelche technischen Probleme gibt, wird sie auch regelmäßig aktiviert.«

BB: »Aber falls sie uns gesucht haben, wissen sie jetzt, dass wir auf dem Weg zum Space-Port Barcelona sind. Wenn wir Pech haben, ist Deckard längst über alles informiert.«

Rick: »Wer ist Deckard?«

Mam'zelle: »Deckard ist der Teufel.«

Rick: »Brecht mal nicht gleich in Panik aus. Keine Ahnung, in was für Geschichten ihr verstrickt seid. In weniger als fünf Minuten erreichen wir jedenfalls die Landeumlaufbahn. Ihr müsst euch jetzt anschnallen. Dann werden wir ja sehen, was im Space-Port in Barcelona los ist. Falls ich vernommen werde, weiß ich nur, dass ich nichts weiß – so wie Aristoteles. Okay?«

»Sokrates«, murmelt Marcuse belehrend.
»Wer auch immer. Ich habe euch zuvor noch nie gesehen, und ihr kennt mich ebenso wenig. Auf dem Space-Port Oxford 7 habt ihr mich für eine Reise on Earth gebucht ... Weiter nichts.«

Zwei Sicherheitskräfte begleiten den Professor ins 48. Stockwerk. Deckard erwartet ihn. Im 47. Stockwerk legen sie einen Zwischenstopp ein, der Professor muss die Toilette aufsuchen.
»Benötigen Sie Hilfe?«, fragt die Inspektorin.
Der alte Herr meint allein zurechtzukommen. Die Auszubildende lenkt den Gleitstuhl bis zum WC und wartet draußen vor der Tür. Es dauert eine ganze Weile. Der Professor schafft es zwar, vom Stuhl aufzustehen, muss sich aber mit einer Hand am Rand des Pissoirs festhalten. Zu allem Überfluss gehen mehr Tropfen in die Hose, als ihm lieb ist. Wieder im Stuhl sitzend, bemüht er sich, den peinlichen Fauxpas mit einer Hand zu kaschieren.
»Fertig«, ruft er.
Mit dem Aufzug fahren sie ins oberste Stockwerk. Der Huxley-Tower wurde im Jahr 2067 gebaut. Seitdem wohnen die Rektoren hier oben. Vor Deckard waren es zwei. Als die Aufzugstüren sich öffnen, werden sie bereits von ihr erwartet.
»Zerberus«, denkt Palaiopoulos.
Deckards Blick sucht sofort den direkten Augenkontakt mit ihm. Mit einer Handbewegung schickt sie die Polizisten weg. Danach geht sie auf den Professor zu.

Klack, klack, klack. Vor dem Gleitstuhl bleibt sie stehen, die Hände auf dem Rücken verschränkt. Sie riecht nach Blumen und auch ein wenig animalisch, vielleicht nach Hund.
»Bereit für ein Gespräch unter vier Augen?«, fragt sie.
Palaiopoulos zeigt mit dem Daumen nach rechts auf eine Silikonkopie der Athene von Phidias.
»Ich frage mich, was zum Teufel die Göttin der Weisheit im Rektorat einer Uni-Space-Station verloren hat«, sagt er.
Deckard nimmt den Gleitstuhl und lenkt ihn.
»Athene ist auch die Göttin der Strategie und des gerechten Kriegs«, antwortet sie.
»Genau: Deswegen würde die Göttin Kali besser hierher passen, mit Totenkopfkette und herausgestreckter Zunge. Und vielleicht noch mit hochhackigen Schuhen.«
Deckard schnalzt dreimal mit der Zunge:
»Pas de touché. Bevor wir auf der Fechtbahn sind, zählen die Treffer nicht.«
Automatische Schiebetüren trennen das großzügige Entree vom glasüberdachten Salon, der sich zu einer hübschen Terrasse hin öffnet. Dahinter erstreckt sich ein hydroponischer Garten, angelegt um einen Teich. Der Blick durch das Dach auf die Kuppel von Oxford 7 ist herrlich. Sun steht am Himmel, ihre Strahlen werden von den Himmelspaneelen gedämpft. Ein flauschiger nanotechnischer Teppich liegt auf dem Boden. An einer langen Tafel stehen vier Stühle mit hohen Rückenlehnen. Natürlich gibt es auch ein Sofa und mehrere Sessel. Der Kamin ist mit Kupfer eingefasst. Farblich dominieren Schwarz, Braun und dunkles Violett.

Auf einem Schachtisch stehen Figuren, als befände sich Deckard mitten in einer Partie. Kandelaber. Neue weiße Kerzen, vermutlich nicht einmal aus Paraffin.
»Fehlt eigentlich nur ein künstlicher fliegender Uhu, er würde gut hierher passen«, sagt Palaiopoulos.
»Nur emotional labile Menschen haben Haustiere«, sagt Deckard. »Würde es Ihnen etwas ausmachen, wenn ich es mir gemütlich mache? Fühlen Sie sich wie zu Hause.«
Mit der Spitze ihres hochhackigen Schuhs hält sie den Absatz des anderen, sodass sie mit dem Fuß bequem herausschlüpfen kann. Den zweiten Schuh zieht sie sich mit einer Hand aus. Beide bleiben auf dem flauschigen Teppich gerade dort liegen, wo sie gelandet sind.
Acht Zentimeter kleiner ist sie jetzt.
Das Jackett des blauen Anzugs knöpft sie von unten nach oben auf. Neun Knöpfe. Ein Ärmel dreht sich beim Ausziehen um. Die Jacke fliegt achtlos auf einen Sessel. Den Kragen der weißen Bluse knöpft sie sich ein Stück auf, schlägt die Ärmel hoch. Zum Schluss lockert sie noch ihre blaue Krawatte.
»Lust auf einen Drink?«
»Besser nicht, immerhin bin ich gerade dabei, an Herzversagen zu sterben«, sagt Palaiopoulos. »Ich wüsste zu gern, ob wir uns mittlerweile auf der Fechtbahn befinden«?
»Kommt darauf an. Vermutlich werden Sie mir nicht so ohne weiteres erzählen wollen, was die drei Studenten ohne ihre subkutanen Chips vorhaben. Oder doch?«
»Da haben Sie recht: Darüber rede ich nicht so gerne«, sagt Palaiopoulos.

Deckard geht an ihre Hausbar. Auf dem Weg zieht sie sich den Aluminiumstab aus den Haaren, der die Frisur zusammenhält. Sie schüttelt den Kopf, fährt sich mit einer Hand durch die Haare. Dann holt sie sich ein flaches Glas und gießt sich aus einer kunstvollen Kristallflasche ein. Mit dem Glas in der Hand kommt sie auf Palaiopoulos zu, der noch immer in seinem Gleitstuhl sitzt.

»Na dann: *en garde*«, sie prostet ihm zu.

Palaiopoulos mustert die Rektorin von oben bis unten. Ohne ihre hochhackigen Schuhe ist die Anzughose viel zu lang. Die Haare fallen locker auf die Schulter. Jetzt fällt noch mehr auf, dass sie abgenommen hat. Wie so oft denkt er, dass sie eine schöne Frau ist. Sie ist exzellent geliftet, sieht höchstens aus wie sechzig. Die Haut wirkt unter der dünn aufgetragenen Schminke straff und makellos. Ihr Gesicht ist ebenmäßig. Ohne ihre strenge Garderobe kommen die perfekten Gesichtszüge viel stärker zur Geltung.

»Was wollen Sie von mir? Sie ließen mich doch nicht mit Geleitschutz hierherbringen, um ein wenig Gesellschaft zu haben ...«

Deckard trinkt und stellt ihr Glas auf dem Schachtisch ab. Dann schlendert sie hinüber zum Kamin, streicht über die polierte Metallverblendung und drückt auf einen Knopf: Eine Stichflamme erhitzt das Brennmaterial aus Imitat-Eiche. Während sie darauf wartet, dass die Scheite Feuer fangen, sagt sie:

»War Orwell krank? Oder welche Erklärung haben Sie dafür, dass er sich mit Vorliebe Horrorszenarien ausgemalt hat? Der Gegensatz von Utopie. Wie nennt man das?«

»Keine Ahnung: Anti-Utopien, Dystopien, Kacktopien ...«, antwortet Palaiopoulos.
»Schon komisch«, sagt Deckard, »im Verlauf der Geistesgeschichte beschäftigten sich die Denker lieber mit Gesellschaftsutopien: Platons ›Staat‹, Utopia, Atlantis ... Und zu Beginn dieses einen Jahrhunderts, in dem wiederum Sie geboren wurden, kommt plötzlich diese Obsession auf: der Alptraum des Totalitarismus.«
»Oha, hätte ich nur früher geahnt, dass Sie sich leidenschaftlich für präcomputerisierte Geistesgeschichte interessieren ...«
»Wollen Sie damit andeuten, dass Sie mich schon immer unterschätzt haben, Herr Professor?«
Palaiopoulos schmunzelt.
»Dann erklären Sie mir doch bitte, wieso zu Beginn des zwanzigsten Jahrhunderts dieser Pessimismus so heftig und unvermittelt aufkommt. Was erzählen Sie Ihren Filmstudenten dazu?«
»Eine der großen Errungenschaften im zwanzigsten Jahrhundert ist die Technik. Eine Kehrseite davon sind deren Möglichkeiten, Personen viel stärker kontrollieren und überwachen zu können.«
Im Kamin brennt das Feuer. Deckard geht zum Musik-Player, während sie antwortet.
»Sehr überzeugend finde ich das nicht. Gibt es größere Fortschritte, als das Feuer zu beherrschen oder zu wissen, wie man einen Salatkopf pflanzt und kultiviert? Die größten Fortschritte der Menschheit liegen meines Erachtens in der Frühgeschichte und nicht im zwanzigsten Jahrhundert. Ich fände es naheliegender, nach anderen Motiven für diesen charakteristischen Pessimismus im zwanzigsten Jahrhundert zu suchen.«

»Sie denken an die zwei Weltkriege, die Wirtschaftskrise, den Holocaust, den Faschismus und die Völkermorde in Afrika und Asien, nicht wahr?«

»Waren diese Katastrophen verheerender als etwa die Pest im vierzehnten Jahrhundert? Und trotzdem kam Boccaccio nicht auf die Idee, ein anderes Buch zu schreiben als das *Decamerone*.«

»Woran liegt das Ihrer Meinung nach?«, fragt Palaiopoulos.

Deckard antwortet nicht sofort, weil sie gerade eine Cool-Jazz-Playlist zusammenstellt. *Time Out* vom Dave Brubeck Quartet ist der erste Song.

»Wie Sie merken, ist es Ihnen gelungen, mich mit Ihrer Begeisterung für das zwanzigste Jahrhundert anzustecken«, sagt sie. »Als ich das erste Mal diesen Jazz hörte, der Ihnen und Ihren Filmstudenten so viel bedeutet, fand ich ihn gewöhnungsbedürftig. Ich muss jedoch zugeben, je öfter man Jazz hört, desto interessanter wird er. Vor allem der aus den vierziger Jahren: Bebop, Hard Bop, der Westküstenjazz ... Die überraschenden Momente sind gerade im Vergleich zur Computermusik sehr anregend ... Wann sind Sie geboren, Professor?«

»1947 – als Charlie Parker auf dem Höhepunkt seiner Karriere war.«

Deckard hebt die Augenbrauen.

»Dann sind Sie ... einhundertund...«

»Am 12. März bin ich hundertzweiundvierzig geworden ... Eigentlich hatte ich gehofft, Sie würden mir den Pessimismus im zwanzigsten Jahrhundert erklären und warum er so stark ausgeprägt war.«

»Verraten Sie mir vorher noch eins: Mit der Erfahrung

Ihrer vielen Jahre können Sie sicher gut beurteilen, ob sich von all den düsteren Prophezeiungen etwas erfüllt hat? Ähnelt unsere Realität in irgendeiner Hinsicht der Welt, die Orwell in *1984* beschrieben hat?«

»In gewisser Hinsicht schon.«

Deckard setzt sich dem Professor gegenüber in die Ecke des großen Sofas. Ihre Beine legt sie über Kreuz auf das Polster. Auf einem Beistelltisch steht in Reichweite ihr Glas, und aus einem Holzkistchen kramt sie sich eine bereits gedrehte Zigarette heraus und bietet Palaiopoulos eine an, der jedoch dankend ablehnt. Dann sucht sie sich ein Feuerzeug und zündet die Zigarette an.

»In welcher Hinsicht ...?«

»In der Perversion unserer Sprache beispielsweise ... Obligatorische Empfehlungen, Privatfunktionäre ... Diese ganze New Language.«

Deckard schwenkt den Drink in ihrem Glas.

»Sprache verändert sich permanent. Die Parkplatzwächter des zwanzigsten Jahrhunderts oder die Sicherheitsleute in den alten Banken waren in gewissem Sinn die Vorläufer unserer Privatfunktionäre, oder nicht? Diese Art von Leben gab es damals schon. Ist es so schrecklich, dass wir dafür neue Begriffe verwenden? Das kann doch nicht Ihr großes Problem mit unserer Zeit sein, oder?«

»Möglicherweise verstehen Sie mich besser, wenn Sie an die Worte denken, die wir nicht mehr verwenden.«

»Welche meinen Sie?«

»Das Wort ›Kunst‹ etwa verwenden wir nicht mehr.«

»Ah, die Kunst ...«, sagt Deckard. »Sie war zu Ihrer Zeit sicher eine gute Form der Therapie. Wer aber sollte sich

der Kunst verschreiben, seit unsere Psychologen wirksamere pharmazeutische Präparate anbieten? Und wer würde einem Neurotiker Geld für ein Werk und damit entstehende Urheberrechte bezahlen, wenn eine Maschine es ebenso gut kann?«
»Und was sagen Sie zu dem Wort ›Liebe‹?«
»Vor einiger Zeit hörte dieses Wort auf, uns im Leben weiterzuhelfen – oder meinen Sie nicht?«
»Das ist ja gerade das Problem. Erst wurde die Liebe auf Sex reduziert, und dann wurde Sex zu einem Spiel pervertiert, das wir alle in den Kabinen der virtuellen Realität treiben.«
Deckard schmunzelt.
»Reduziert, pervertiert ... Wer hat die Liebe reduziert und pervertiert? Sie haben zu viele alte Filme geschaut, Professor. ›Liebe‹ war ein romantischer Wahn, der sich bis ins einundzwanzigste Jahrhundert gehalten hat. Mehr nicht. Vielleicht kommt das Wort eines Tages sogar wieder in Mode, das lässt sich nicht ausschließen, aber ich kann nicht nachvollziehen, warum ein überholtes Wort ein Symptom für Dekadenz darstellen soll. Unser wirtschaftliches Wachstum ist beachtlich, die Erschließung des Universums eine epochale Errungenschaft, die alle so in Atem hält, dass wir uns nicht mehr in so zarte und extravagante Gefühle wie die Liebe verstricken oder gar ein Bedürfnis nach Kunst verspüren.«
»Unser wirtschaftlicher Wohlstand kommt nur einigen wenigen zugute. Die meisten Menschen leben im Hyperkapitalismus noch immer unter prekären Bedingungen. Zusammengepfercht on Earth.«
»Zusammengepferchter als in den Favelas des zwanzigsten Jahrhunderts? Sind die Bedingungen prekärer

geworden, unter denen die Menschen zu leben haben, seit dem Zusammenschluss der Westlichen Union? Die Armen von heute sind im Vergleich zu den Reichen von heute arm. Im Vergleich zu den Armen des zwanzigsten Jahrhunderts leben sie wie das damalige wohlsituierte Bürgertum. Das ist ein Erfolg des Hyperkapitalismus.«

»Als soziales Phänomen bedeutet Armut: gravierende soziale Benachteiligung. Und die Ungleichheiten haben sich verschärft. Es gibt sehr viel weniger Reiche, die umso reicher sind.«

»Reicher als die Aristokratie, sagen wir mal, in der klassischen Antike in Griechenland? Die Frage aber ist doch: Was ist daran so schlecht?«

»Ich finde: vieles. Und viele Menschen empfinden das so. ›Soziale Gerechtigkeit‹ ist übrigens ein weiteres Wort, das wir nicht mehr in den Mund nehmen.«

»Ich fürchte, eine Gerechtigkeit, die nicht mit größtmöglicher Effizienz einhergeht, können wir uns schlichtweg nicht mehr leisten. In unserer hypertechnisierten Gesellschaft ist unqualifizierte menschliche Arbeit zu einem irrelevanten Gut geworden. Um die Produktivität hochzuhalten, brauchen wir nur noch die Allerbesten. Wir müssen unsere Elite exzellent ausbilden, und alle anderen dürfen Spaß haben. Sie leben zwar in anderen Verhältnissen als unsere Reichen, die aber müssen sich auch bilden, arbeiten, produzieren, und mit achtzig Prozent ihrer Einnahmen finanzieren sie diejenigen, die immer noch von Liebe reden und Kunst und sozialer Gerechtigkeit. Finden Sie das so unfair?«

»Nur wenige haben Zugang zu exzellenter Ausbildung. Eine Universitätsausbildung ist zum Privileg geworden: Ein Jahr auf Oxford 7 kostet mehr als ein Hausmeister in zehn Jahren verdient. Und die Studienzeiten bis zum Superdoktor liegen heute bei mindestens dreißig Jahren.«

»Warum tun Sie so, als hätten wir nicht das großartige System geschaffen, mit Stipendien die Besten und nicht die Reichsten ausbilden zu können?«

»Weil die Chancen auf ein Stipendium voraussetzen, die Normen des Systems unkritisch zu akzeptieren. Dieses großartige System bringt devot angepasste Eliten hervor.«

»Ein Leroy Torres, der Studentenvertreter, kommt mir gar nicht so angepasst und devot vor. Er ist einer unserer Stipendiaten und der Sohn einer Glasfaserschweißerin, oder täusche ich mich? Meine Mutter war ebenfalls eine einfache Angestellte in einer Hausverwaltung.«

»Jetzt argumentieren Sie mit den wenigen Ausnahmen und Einzelfällen.«

»Okay, dann stelle ich eine allgemeinere These auf: Unser System belohnt die Anerkennung genau der Regeln, die für das Verhalten in einer Gesellschaft elementar sind. Das stimmt. Die intellektuelle und akademische Freiheit jedoch ist unvergleichlich größer als in Ihrem zwanzigsten Jahrhundert.«

»Das sind zwei Behauptungen, von denen Sie mich erst mal überzeugen müssen.«

»Kein Problem. Nehmen wir Albert Einstein als schillernde Figur. Er führte willkürliche, für ihn günstige Faktoren in seine Gleichungen ein, und als wäre das nicht schon fragwürdig genug, verwarf er auch noch die ersten Erkenntnisse der Quantenphysik mit einem lächerlichen Hinweis: Gott würfle nicht. Allein politische Gründe führten dazu, dass er trotz alledem zu einer unantastbaren Ikone und sogar zum Sinnbild menschlicher Intelligenz stilisiert wurde.«

»Für die damalige Zeit bedeuteten seine Theorien einen Fortschritt.«

»Schrödinger, das war Fortschritt, Heisenberg und Pauli. Einstein war eher so etwas wie die Marilyn Monroe der Physik.«

»Aus einer falschen physikalischen Theorie lässt sich noch immer mehr lernen als aus der richtigen Geschichte von Apple und Coca-Cola.«

»Ich würde das Gegenteil behaupten. Unterschätzen Sie die Programme unserer neuen Studienzweige nicht. Für Emotionsingenieure sind sie beispielsweise sehr interessant.«

»Keine seriöse Universität würde solche Veranstaltungen freiwillig in ihr Programm aufnehmen. Die betreffenden Unternehmen sind lediglich in der Lage, enorm viel Druck auf die Universitäten auszuüben.«

»Erstens sind es keine Pflichtveranstaltungen, zweitens sind unsere Lehrkräfte auch in diesen Veranstaltungen allein ihrem intellektuellen Ethos verpflichtet. Das Verhältnis der Professoren zu den Marken ist meist kritisch, und daher sind es ihre Veranstaltungen auch. Immerhin betrachten wir die Unternehmensgeschichte als ein Phänomen, das sich mit wissenschaftlichen Kriterien analysieren lässt. Das ist doch schon mal was.«

»Und so ganz nebenbei treiben wir an der Universität damit Werbung.«

»Das stimmt, ist aber noch kein Vergleich zu der politischen Partei, die Ende des zwanzigsten Jahrhunderts aus ökonomischen und politischen Gründen die Mär vom Klimawandel verbreitete ...«

»Einige Wissenschaftler mögen sich damals getäuscht haben, trotzdem waren das integre Leute.«

Deckard schmunzelt.

»Sie wissen genau, dass die Geschichte nicht so einfach war. Wer damals politisch korrekt bleiben wollte, hinterfragte solche Thesen nicht. Gegenargumente hätten innerhalb des herrschenden Diskurses keine Chance gehabt. Es wäre ja sogar undenkbar gewesen, an der Uni Gelder dafür zu bewilligen, die Gegenthese überhaupt erst einmal zu entwickeln und zu prüfen. Und das hatte Auswirkungen auf den gesamten Wissensstand: auf die Physik, die Biologie, die Geschichte, Medizin und die Philosophie ... Sie müssen zugeben: Andersdenkende waren anrüchig. Wer konnte schon außerhalb des herrschenden Diskurses eine akademische Karriere machen?«

»Im zwanzigsten Jahrhundert wurde Wissen universalisiert ...«

»Ich muss da immer an das Märchen von des Kaisers neuen Kleidern denken: In einer provinziellen Welt lobhudeln die wenigen Massenmedien dem eleganten Auftreten des nackten Kaisers. Machen Sie sich doch nichts vor, Professor. In Ihrem geliebten Jahrhundert zahlte sich intellektuelle Mittelmäßigkeit aus. Erst durch den ökonomischen Zusammenbruch haben die Leute sich gefragt, was da alles schiefgelaufen ist.«

»Das Verdienst rechnen Sie Ihrer Generation zu? So, wie die Krise von 1930 zu dem ersten Krieg führte, in dem mit Atomwaffen experimentiert wurde, führte die Krise von 2013 zur Entwicklung der ersten privaten

Raumstationen. Der Impuls war in beiden Fällen der Gleiche: die Wirtschaft sollte angekurbelt werden. 1930 schuf man ein enormes Waffenarsenal, und wir entwickelten die Raumfahrtechnik.«

»Sicher. Ich behaupte auch nicht, dass unsere Generation plötzlich erleuchtet gewesen sei oder viel besser sei als ihre Großeltern. Eine Gesellschaft, deren wissenschaftliche Studien sich mit Ideologien befassen, bringt Dilettanten hervor, für die es keinen Platz mehr gibt, sobald reale, konkrete Probleme zu lösen sind. Die ersten sieben Computergenerationen verschafften den Menschen lediglich mehr Freizeit und neue Vergnügungsmöglichkeiten: soziale Netzwerke, Videospiele, virtuelle Realitäten ...«

»Sie verbesserten auch die Lebensbedingungen und vereinfachten die globale Kommunikation.«

»Wir mussten erst einen kritischen Punkt überwinden und ins Universum aufbrechen, um all diesen neuen Werkzeugen einen Sinn zu geben. Nun leben wir in der Ära nützlicher Techniker, die echte Probleme lösen. Wir haben unseren Lebensraum um einige Millionen Quadratkilometer erweitert und sind auf eine Bevölkerung von 300 Milliarden Menschen angewachsen. Das ist bisher die größte Heldentat unserer Spezies: Selbst die einfache Luft, die wir atmen, ist heute ein Wunder der Technik.«

»Technokratie hat Kehrseiten. Wir können zwar gesündere Luft herstellen und einen perfekteren Regen als die Natur, aber dafür müssen wir subkutane Chips tragen und werden permanent kontrolliert und überwacht.«

»Die subkutanen Chips muss man nicht tragen, das wissen Sie genau.«

»Nimmt irgendeine Krankenversicherung jemanden auf, der keinen subkutanen Chip tragen möchte?«
»Zwingt Sie irgendjemand dazu, eine Krankenversicherung abzuschließen?«
»Bekommt man ohne Krankenversicherungen die Chance, ein langes, gesundes und schönes Leben zu führen?«
»Natürlich: alle, die reich genug sind, schon. Eine Lebenserwartung von hundertfünfzig Jahren ist kein Naturrecht: Sie hat ihren Preis. Entweder Sie zahlen ihn, oder Sie sterben früher. Kein System ist perfekt. Es gab eine Zeit der Ideologien, und jetzt gibt es eine Zeit der Technik. Ich bin ein Technikfan des einundzwanzigsten Jahrhunderts, und Sie sind ein Ideologe des zwanzigsten Jahrhunderts. Im Moment bekommt die Technik ihre Chance. Nicht ausgeschlossen, dass in einem späteren Jahrhundert die Ideologen wieder gefragt sind. Meine Frage an Sie lautete aber, was an unserer Gesellschaft so schrecklich ist, in welcher Hinsicht sie den Alpträumen einiger Schriftsteller gleicht, die im zwanzigsten Jahrhundert düstere Science-Fiction geschrieben haben? Genauer genommen möchte ich von Ihnen gern wissen: Wofür kämpfen Sie? Was würden Sie, Sirhan Palaiopoulos, unbedingt ändern wollen? Was ist Ihnen so wichtig, dass Sie Ihr eigenes Leben und Ihre Zukunft wie auch das Leben und die Zukunft dieser drei Kids, die nun gesucht werden, diesem Kampf widmen?«
Der Professor schließt einen Augenblick lang die Augen und lehnt den Hinterkopf gegen die Stuhllehne.
»*Touché*«, sagt er.
Kurz darauf:

»Laden Sie mich noch immer auf einen Drink ein?«
Deckard steht auf, macht den Drink fertig und bringt ihn Palaiopoulos. Dann setzt sie sich auf den flauschigen Teppich, lehnt ihren Rücken ans Sofa und legt die Hände auf ihre Knie. Sie sitzt dem Professor gegenüber und beobachtet, wie sich dessen Gesicht nach jedem Schluck verzieht.
Die entscheidende Phase beginnt jetzt. Deckard weiß, dass sie die Logik des alten Manns zumindest in einer Hinsicht ausreichend ins Wanken gebracht hat. Dieser erste Schritt war ihr leichter gefallen als gedacht. Ab jetzt aber werden subtilere Fähigkeiten nötig sein.
»Vom Alter her könnten Sie mein Großvater sein. Bitte denken Sie nicht, dass ich Sie nicht gebührend respektiere«, sagt sie, »aber halten Sie es für intelligent, Ihre eigenen Studenten in Gefahr zu bringen?«
»Mit Intelligenz hat das nichts zu tun. Intelligenz ist neutral: Wenn jemand auf intelligente Weise perverse Zwecke verfolgt, kann das besonders unschön enden. Mir war diese grenzenlose Verherrlichung der Intelligenz schon immer suspekt.«
»Gut, anders herum gefragt: Welchen guten Grund habe ich, mich beim akademischen Beirat für Ihre drei Studenten einzusetzen? Wenn Sie den Aufenthaltsort der drei Kids nicht verraten, machen Sie diese zu gesuchten Straftätern. Ich kann mir kaum vorstellen, dass Sie dies mit Ihrem Kampf erreichen wollten.«
Palaiopoulos holt tief Luft.
»Sie verstehen doch überhaupt nicht, wofür ich kämpfe. Ich kämpfe, weil dies meine Natur ist. Und weil ich felsenfest davon überzeugt bin, dass die Freiheit über jedem anderen Gut steht. Sobald wir in einer Welt leben,

in der an jeder Ecke ein Emissionsgerät auf einen gerichtet ist, ist unsere Freiheit eingeschränkt.«
Deckard lässt sich mit der Antwort Zeit. Der Geist des Professors ist nicht mehr so scharf wie früher, die Kraft seines dialektischen Verstands hat nachgelassen. In Anbetracht des nahenden Todes jedoch scheint er sich noch unangreifbarer zu fühlen als ohnehin schon. Er wirkt fast bedenklich gelassen. Sie wird ihn provozieren müssen, um ihn zu einem Fehler zu zwingen.
»Mir war klar, dass der Begriff ›Freiheit‹ früher oder später fallen wird«, sagt sie. »Wissen Sie, ich nehme an, dass Sie sich auch in einer Welt ohne subkutane Chips und ohne Strafgebührenemissoren nicht wirklich frei fühlen würden. Meine persönliche Freiheit wird dadurch eingeschränkt, dass ich mich verpflichtet fühle, Regeln zu beachten und früher oder später zu sterben ... Nur zu gern besäße ich Flügel und würde über die Wiesen tollen ... Ihre Freiheit dagegen scheint davon eingeschränkt zu sein, dass Sie nicht wissen, was wahre Freiheit ist.«
»Aha, vielleicht hätten Sie die Güte, diesen Gedanken ein wenig auszuführen und zu erklären«, entgegnet Palaiopoulos.
Deckard faltet die Hände so, dass beide Zeigefinger auf den Professor gerichtet sind.
»Wie verstehen Sie die Freiheit, sagen wir, im Großstadtdschungel?«, fragt sie. »Besteht sie nicht darin, sich holen zu können, was man braucht oder möchte? Die Größe der Freiheit hinge dann weder von den Widrigkeiten ab, die man überwinden muss, noch von Personen oder Regeln. Sie würde sich an dem zeigen, was jemand erreicht. Auf mich beispielsweise wurde noch

nie ein Emissionsgerät gerichtet, niemand hat mir je verboten, zu rauchen oder Jazz ohne Kopfhörer zu hören. Meine Leistungen haben mich frei gemacht. Freiheit, Professor, setzt Macht voraus. Mehr noch: Macht IST Freiheit.«

»Sie werden womöglich wenig überrascht sein, wenn ich Ihnen verrate, dass Ihre Überlegungen eher im neunzehnten Jahrhundert zu verorten wären als im einundzwanzigsten«, sagt Palaiopoulos. »Wenn Sie schon Nietzsche zitieren, sollten wir lieber Wagner hören als Jazz.«

Seine Ironie klingt zwar gereizt, aber nicht empört genug.

Deckard beschließt, nachzulegen:

»Im Grunde wissen Sie doch ebenso gut wie ich, dass all diese Ideologie der Freiheit, die Ihnen viel bedeutet, reine Wortspielerei ist. In Ihrer Jugend lernten Sie die schwer verständlichen, komplizierten Theorien der Freiheit, eigneten sich das Kauderwelsch an, das Sie vermutlich selbst nie ganz überzeugen konnte, weil es in Wahrheit ja auch kaum Sinn macht.«

Palaiopoulos öffnet die Augen und schaut die Rektorin an. Er beugt seinen Kopf leicht nach vorn, und in seiner Stimme liegt ein drohender Unterton:

»Ich bin tief beeindruckt von Ihrer Reflexionsschärfe, Eure Exzellenz, Frau Rektorin. Diese drei Kids und ich sind glücklicherweise in der Lage, Ihrer Macht ein Ende zu setzen. Und nebenbei auch Ihrer Freiheit, wenn Sie schon der unappetitlichen Überzeugung sind, dies sei ein und dasselbe.«

»Verwechseln Sie Ihre Phantasien nicht mit Ihrer Macht, Professor ...«

»Vielleicht besprechen wir das ja mal irgendwann in Ruhe mit Ihrem ehemaligen Stipendiaten und Assistenten, Mijaíl Marcuse. Wenn ich mich nicht täusche, besaß er Zugang zu Ihren Archiven. Oder etwa nicht?« Er macht eine Pause, beobachtet sie sehr aufmerksam und fügt hinzu:

»*Touché?*«

Deckard schmunzelt.

»*Pas de touché*: Diesen Treffer habe vielmehr ich gelandet.«

»Ah ja?«

»Natürlich. Endlich weiß ich, was Sie vorhaben. Erpressen wollen Sie mich also. Das hatte ich schon vermutet, aber mir war nicht klar, womit.«

Palaiopoulos lächelt.

»*We will fuck you, Deckard*«, sagt er.

»Ein alter Herr, der sich in die Hosen macht?«, fragt Deckard. »Mit so einem Bluff wie damals in Barcelona 2013?«, fragt sie weiter. »Der vagen Androhung, den korrupten Kanzler der Uni bloßzustellen? Ich fürchte, Sie unterschätzen mich, Professor.«

Sie steht auf, geht zum Tisch und bedient den Bildschirm. Sie sucht die passende Stelle und spielt sie ab. In ihrem Salon ertönt plötzlich eine Stimme, die Palaiopoulos sofort erkennt:

»Jeder hat etwas zu verbergen. Es reicht schon, jemandem das Gefühl zu vermitteln, davon zu wissen, um die Person in der Hand zu haben. Das habe ich in jener Februarnacht 2013 von Palaiopoulos gelernt …«

Danach hört man andere Stimmen, die er ebenfalls gut kennt, aber Palaiopoulos hört nicht zu, sondern echauffiert sich lauthals.

»Das ist illegal«, krächzt er.
»Das ist Macht«, sagt Deckard.
Palaiopoulos weiß nicht, was er darauf erwidern soll.
»Das Material werden Sie vor keinem Gericht verwenden können«, insistiert er.
Deckard lacht.
»Und wenn schon.«
Palaiopoulos öffnet die Lippen. Kein Ton kommt mehr heraus. Mit einer Hand hält er sich an der Lehne des Gleitstuhls fest. Er versucht noch aufzustehen. Deckard schlendert währenddessen barfuß zu ihrer Hausbar hinüber.
»Innere Sicherheit«, ruft sie. Sobald der Sicherheitschef sich meldet, fragt sie ihn: »Gibt es schon irgendwelche Neuigkeiten vom Space-Port in Barcelona und von diesen Studenten?«
»Bis jetzt noch nicht, Rektorin, aber alle Eingänge sind informiert.«
Ein dumpfes Geräusch ... Sie dreht sich zum Professor um. Sein Glas ist auf den Teppich gefallen. Er selbst greift sich an den linken Oberarm. Die Hand sieht steif und spitz aus, seine Gesichtszüge sind entstellt, die Augen verkniffen und der Mund öffnet sich, als bekäme der Professor zu wenig Sauerstoff zum Atmen. Jeder Spasmus seines Körpers überträgt sich auf den Gleitstuhl.
»Notfallambulanz«, ruft Deckard. »Schicken Sie bitte ein Team ins 48. Stockwerk, ich vermute, Professor Palaiopoulos hat soeben einen Herzinfarkt erlitten.«
Dann schenkt sie sich fingerbreit Likör ins Glas. Trinkt. Schüttelt den Kopf und schwingt ihre Haare durch die Luft.

Die Umlaufbahnen liegen bereits so nahe an der Erde, dass durch die Fenster fast nichts anderes zu sehen ist. Die Kids vergewissern sich auf dem Bildschirm, welchen Teil der Erde sie gerade überfliegen. Rick hat den Bildschirm mit der Kamera verbunden, die sich im Bauch des Shuttles befindet. Die Namen der Länder und Städte werden jetzt immer gleich in die Bilder hineingepostet.

Auf der einen Hälfte der Erdkugel ist Nacht. An der Ostküste Nordamerikas funkelt von Portland bis Miami ein Lichtermeer. Es ist ein unstetes Flimmern entlang einer Schnur aus Lichtperlen, die inmitten der verschmolzenen Megalopolen die Zentren markieren: Boston, New York, Philadelphia, Baltimore, Washington ... Jenseits der fulminanten Leuchtlinie stoßen sie in milchiges Licht voller kleiner funkelnder Punkte vor, das zwischen Virginia und Kentucky bis Missouri reicht.

»Hier unten sind sie geritten, Grant und Lee«, ruft Marcuse.

Die Innenstädte leuchten besonders intensiv.

»Vincent Price kam aus Saint Louis«, Marcuse gestikuliert wild, »Doris Day aus Cincinnati ... Ich habe das Gefühl, wir fliegen über eine Film-Enzyklopädie.«

Als sie den Norden Oklahomas unter sich sehen, zeigt BB auf einen Lichtfleck: »Da unten kam meine Großmutter auf die Welt!«

Die Landschaft der Rocky Mountains zwischen Colorado und Utah wirkt, als wäre sie mit einer bunten Lichterkette geschmückt. Eine Mega-Attraktion reiht sich an die andere, die gesamte Bergkette entlang. Das Shuttle überfliegt wenig später das Feuerwerk Las Vegas. Dann liegt schon Los Angeles unter ihnen. Die Westküste ist von San Francisco im Norden bis nach San Diego im Süden durch eine Lichtfläche miteinander verbunden. Dahinter erstreckt sich ein vollkommen finsterer Ozean, auf dem nur hier und da ein paar vereinzelte künstliche Inseln schimmern. Kurz vor Hawaii wechseln sie auf die Tagseite der Erde. Auf dem Bildschirm wird es brutal hell, sobald die Wellen unter ihnen die Sonnenstrahlen reflektieren. Das Meerwasser leuchtet nun nicht mehr blau, sondern glänzt silbern. Eine ganze Weile lang haben sie jetzt nur noch den Ozean unter sich, bis sie zwischen Australien und der Antarktis hindurchfliegen und schließlich den Südosten Afrikas überfliegen. Das Shuttle hat längst die Höhe eines normalen Interkontinentalflugs erreicht. Die weiten Wüstenflächen im Sudan und in Ägypten sehen braun und grau aus, mal heller, mal dunkler. Dann sehen sie schon die monotonen Solardächer der hydroponischen Pflanzungen, die sich über Tausende von Kilometern bis in den Norden Algeriens erstrecken. Das Shuttle verringert auf den letzten Kilometern über dem Mittelmeer deutlich seine Geschwindigkeit, bis sie schließlich die Küste vor Barcelona erreichen. Die *Robin Redbreast II*, dieses Vehikel aus Segel und Panzer, dreht sich über dem Meer, um sich für die Landung in die richtige Position zu bringen. Jetzt können sie sich abschnallen und auf ihren Sitzen umdrehen, um aus den Fenstern auf die Erde zu schauen. Der Space-Port liegt dort, wo zu Ricks Jugendtagen das Ackerland in kleine Parzellen aufgeteilt war, die sich vom Interkontinentalflughafen El Prat bis zum Dorf Castelldefels erstreckten.

Der gesamte vollautomatisierte Landevorgang dauert samt Anflug vielleicht zehn Minuten. Rick hat sich noch eine Dose Bier aufgemacht.
»Auf alle rothaarigen Ziegen«, ruft er.
Die Mädels sind ziemlich aufgekratzt und können es kaum erwarten, auszusteigen. Von Marcuse dagegen ist schon seit einiger Zeit nichts mehr zu hören. Er schaut in den Himmel und auf den Horizont, der hinter dem Terminaldach verschwindet.
»Was ist denn mit dir los?«, fragt BB.
Marcuse antwortet nicht. BB gibt ihm mit dem Handrücken einen Klaps auf die Schulter.
»Hey!«
»Ich bin beeindruckt«, flüstert er.
»Was?«, fragt BB.
»Earth. Diese Erdkugel ist ja riesig ... Und ohne Kuppel ...«
»Natürlich hat sie keine Kuppel: Sie hat Atmosphäre«, sagt Mam'zelle.
»Klar, aber die Luft entweicht nicht, ist doch komisch, oder? Noch nicht einmal die Wolken fliegen davon ... Habt ihr diese Wolken gesehen? In den alten Filmen sehen sie viel flacher aus.«
»Warst du noch nie on Earth?«, fragt BB. »Sag mal, wo kommst du eigentlich her?«
»Aquarel«, sagt Marcuse.
»Aquarel?«, BB verzieht ihr Gesicht, als wäre ihr schon allein der Name unangenehm.
»Ein Space-Modul, das zur Nestlé-Space-Station gehört, auf dem Food-Ring. Meine Mutter synthetisierte dort Mineralwasser.«
Rick: »Also wenn du noch nie on Earth warst, wirst du

das Leben auf der Erde entweder lieben, oder du wirst es hassen. Dazwischen gibt es kaum etwas.« Er rülpst. »Verzeihung.«

»Wo kommst du her?«, will BB von Mam'zelle wissen.

»Louvre Nouveau, vom Art-Ring. Als Kind war ich einmal on Earth, in Paris im Disneyland. Ich kann mich noch voll an den Geruch erinnern, alles roch nach einem Substrat aus dem hydroponischen Garten. Und die Schwerkraft ist anders als bei uns. Man hat das Gefühl, viel leichter laufen zu können.«

»Einen Meter schneller pro Quadratsekunde«, sagt Rick. »Hängt auch ein bisschen vom Breitengrad ab. Auf den Space-Stations haben sie die Schwerkraft anders justiert, auf eins Komma eins. Ist wohl gesünder.«

»Was ist ein Breitengrad?«, fragt Marcuse.

»Die Entfernung vom Äquator.«

»Und wo ist der ...?«

»Hey, für Nachhilfestunden in Geodäsie zahlt ihr extra, klar?«

Das Raumschiff ist weich auf dem Magnetpolster gelandet. Auf dem Bildschirm wird angezeigt, dass der Landevorgang erfolgreich abgeschlossen wurde.

»Ich bringe euch noch in den Space-Port, dann verabschieden wir uns dort«, sagt Rick. »Ich will meiner besseren Hälfte ein Geschenk kaufen. Sie hat sich so daran gewöhnt, dass ich ihr von allen Reisen etwas mitbringe.«

Rick klettert aus der Kabine und wartet, bis die drei Kids herausgekommen sind, um die Luke wieder zu schließen und den elektronischen Stift zu lockern, der den Rumpf von *Robin Redbreast II* mit dem Plasmasegel verbindet. Danach bezahlt er die Landegebühr mit seiner Kreditkarte. Marcuse vertritt sich währenddessen die Füße und atmet tief ein.

»Riecht doch ganz normal«, sagt er.

»Was bedeutet ›bessere Hälfte‹ eigentlich genau?«, fragt Mam'zelle Rick.

»Meine Frau. Ehefrau. Gattin. Wife ...«

»Heißt, dass Sie nur mit einer Frau Sex haben – und zwar immer mit derselben, nicht wahr?«, fragt Mam'zelle. »Wie in den alten Liebesfilmen?«

»Bloß ohne Soundtrack«, sagt Rick.

»Und ist das nicht arg langweilig ...? Was macht ihr, um euch sexuell zu erregen?«

»Hör mal, Mädchen, hast du schon mal was von dem Wort ›Privatsphäre‹ gehört?«

Die Gruppe macht sich auf den Weg Richtung Ausgang. Der Space-Port in Barcelona ist nicht viel größer als auf Oxford 7, dafür aber deutlich älter. Der Fußboden ist gefliest, die Halle schwach gelblich ausgeleuchtet. In der Halle schlafen ein paar Passagiere aufrecht in den Sitzen, andere liegen mit ihren Luftmatratzen auf dem Boden. Manche Reisende tragen seltsame rote Mützen.

»Was ist das denn?«, fragt Mam'zelle.

»Die Mützen heißen Barretinas«, sagt Rick.

»Was ist das? Eine Art Haartrockner für die Reise?«

»Das ist eine traditionelle Kopfbedeckung. Manche finden sie sehr elegant. Viele Befürworter der Oligarchie tragen sie.«

»Welche Oligarchie?«

»Das erkläre ich euch ein andermal.«

Sie erreichen den Teil der Halle, in dem die Läden und Buden untergebracht sind. Hier ist es auch deutlich

heller und belebter. Rick bleibt vor einem besonders großen Geschäft mit mehreren Eingängen stehen.
»Na dann, Mission erfüllt«, sagt er. »Ihr seid gesund und munter in Barcelona angekommen. Die Ausgänge findet ihr dort drüben.« Er zeigt in eine Richtung. »Ich mag keine langen Abschiede. Also, war schön, euch kennenzulernen. Wenn ihr eines Tages noch mal jemanden brauchen solltet, der euch on Earth bringt, müsst ihr nur im Führer des Space-Ports nachschauen, dort bin ich gelistet. Es gibt übrigens unheimlich viele private Shuttles. Grüßt mir bitte Palaiopoulos sehr herzlich.«
Rick verabschiedet sich kurz und knapp mit einer Handbewegung, dreht sich um, aber im letzten Moment streckt ihm Marcuse noch die Hand entgegen:
»Das war eine sehr interessante Reise«, sagt er.
Rick schüttelt ihm flugs die Hand. Dann winkt er den beiden Mädchen:
»Ja, hat mir auch Spaß gemacht. Und jetzt seht zu, dass ihr Land gewinnt ...«
Er dreht sich um und verschwindet im Laden. Mit dem Verkäufer hinter der Kasse wechselt er einen Blick und bleibt dann vor einem Regal stehen. Zufälligerweise vor der Kosmetik und den Parfüms. Er schaut noch einmal durch die Eingangstür hinaus in die Halle.
Sie sind weg.
Der Alltag kehrt in sein Leben zurück.
Er seufzt.
Ab nach Hause.
An der Decke hängen Schilder. »Schmuck« steht dort. Er geht hinüber und schaut sich die in Aluminium eingefassten Meteoriten an. Ringe, Anhänger und Ohr-

ringe. Ihm gefällt ein auffälliger Stein, der auf einem Sockel präsentiert wird. Ein Video läuft im Dauerloop und erklärt, dass der Chondrit vom Asteroiden Vesta stammt. Vesta habe vor tausend Millionen Jahren bei einem Einschlag ein Prozent seiner Masse verloren. Es werde dafür garantiert, dass dieser Chondrit von diesem Einschlag stamme. Wer dafür garantiert, wird allerdings nicht gesagt. Der Stein kostet tausendfünfhundert Eurodollar. Er kauft nicht gern mit der Karte für sich privat ein, weil der Code gefälscht ist. Das Risiko ist ihm zu hoch. Er kann aber auch schlecht nach Hause kommen und von den zweitausend Eurodollar Einnahmen bereits drei Viertel für ein Geschenk ausgegeben haben. Neben dem Chondrit liegt ein viel größerer Mondstein, der sogar inklusive Kette nur dreihundertfünfzig Eurodollar kostet.

Bestens gelaunt kommt er aus dem Duty-free heraus. Er schaut auf seine iWatch: Viertel nach elf in Greenwich. Rechtzeitig zum Mittagessen wird er zu Hause sein, danach kann er endlich eine wohlverdiente Siesta halten. Mit solcherlei angenehmen Gedanken geht er zum Shuttle zurück. Nach ein paar Schritten bleibt er allerdings abrupt stehen und dreht den Kopf nach rechts.

»Was zum Teufel macht ihr denn noch hier?«

Hinter Marcuse stehen BB und Mam'zelle.

Marcuse setzt ein für Marcuse typisches Gesicht auf: »Verzeihung, wir … wir kommen nicht aus dem Space-Port raus.«

Rick blinzelt hektisch.

»Was könnt ihr nicht? Wieso könnt ihr nicht …?«

In Wirklichkeit weiß Rick ganz genau, warum sie den

Space-Port nicht verlassen können – ohne subkutanen Chip, ohne Krankenkassenkarte, ohne Kreditkarte und ohne irgendeinen Ausweis. Außerdem ist die Grenzpolizei wahrscheinlich längst darüber informiert, dass drei steckbrieflich gesuchte Studenten aus Oxford 7 vorhaben, nach Barcelona einzureisen.

»Konntet ihr euch das nicht früher überlegen? Sich auf einer Uni-Space-Station aus dem Staub zu machen ist viel leichter, als in die Westliche Union einzureisen.«

»Wir haben gehofft, Sie könnten uns vielleicht noch mal helfen, Sie wissen schon, mit diesem Koffertrick ...«, sagt Marcuse.

»Der x-te Ratschlag auf dieser Reise: Wende niemals denselben Trick zweimal an. So wie es aussieht, könnt ihr jetzt von Space-Port zu Space-Port reisen, ohne je irgendwo einzureisen. Oder ihr zieht in einen Space-Port ein und erbettelt euch dort euer Essen. Das sind vermutlich schon die zwei Optionen, die ihr habt.«

»Vielleicht fällt Ihnen ja noch ein anderer Trick ein«, bettelt Marcuse.

»Ein anderer Trick ... Weißt du was: Wahrscheinlich versuchen sich hier im Moment fünfzig Typen irgendeinen Trick einfallen zu lassen, um in die Westliche Union einzureisen. Habt ihr den Typen gesehen, der zwischen seinen Beuteln auf dem Boden geschlafen hat? Er wohnt sicher mittlerweile schon hier: Entweder ist er ein afrikanischer Dissident, ein Flüchtling aus irgendeiner Jail-Space-Station oder ein tibetanischer Lama, dem Steuerhinterziehung vorgeworfen wird. Meint ihr, die Leute würden hier alle mit ihrem Zeugs herumliegen, wenn es so einfach wäre, durch die Kontrollen zu kommen?«

»Wir hatten halt gehofft, dass Ihnen was einfällt, aber wenn Sie auch keine Idee ...«
Rick unterbricht ihn.
»Hast du nicht zugehört? Die zigste Lektion auf dieser Reise: Wende niemals denselben Trick zweimal an«, sagt er. »Mit der Masche hast du es bei mir schon einmal versucht.«
Marcuse schaut ihn weiter auf die für Marcuse so typische Weise an.
Rick kratzt sich an der Stirn und redet weiter:
»Eigentlich habe ich rein gar nichts mit eurer Geschichte zu tun, verstehst du. Für euch habe ich schon viel mehr getan als nötig. Außerdem habt ihr es verhältnismäßig gut. Ihr müsst nur zur Polizei gehen und sagen, dass ihr zurück nach Oxford 7 wollt, und der ganze Spaß hat ein Ende.«
»Wir können nicht zurück nach Oxford 7«, sagt BB. »Wir haben unsere Mission in Barcelona noch nicht erledigt.«
Rick seufzt.
»Ich habe ja keine Ahnung, was ihr da ausheckt, aber mal so unter uns: Offensichtlich habt ihr's verkackt. C'est la vie. Ich muss jetzt los. Meine Frau wartet schon. Also, macht's gut ...«
Er dreht sich auf dem Absatz um und bewegt sich Richtung Shuttle.
»Tschüs«, ruft Marcuse. »Grüßen Sie Ihre bessere Hälfte: Hoffentlich gefällt ihr das Geschenk – und sie wird sexuell stimuliert«, sagt er. »Machen Sie sich um uns keine Sorgen, irgendjemand wird uns schon etwas zu Essen geben. Vielleicht ja der steuerflüchtige Lama ...«
Rick läuft zehn Meter, fünfzehn Meter. Er wird lang-

samer. Er ist jetzt zwanzig Meter von den Kids entfernt, fünfundzwanzig, dann bleibt er stehen. Kratzt sich noch mal an der Stirn.

»Ich hab's von Anfang an gewusst«, sagt er laut zu sich selbst. »Das war so eine verdammte Scheißidee, sich mit Studenten einzulassen …«

VIER

Nachdem die Sanitäter den Professor auf einer Gleitliege in den Fahrstuhl gebracht haben, genießt die Rektorin die Stille. Ihre Müdigkeit ist wie verflogen. Sie schenkt sich ein weiteres Glas Likör ein, geht kurz auf die Terrasse und trinkt ihn dort in kleinen Schlucken. Stille. Bernsteinfarbenes Licht, feiner Regen. Das meteorologische Institut hat die Temperatur auf »Morgendämmerung« zurückgefahren. In weniger als vier Stunden werden sich die Himmelspaneele wieder öffnen. Die hitzige Straßenschlacht zwischen den Studenten und den Sondereinheiten ist schon lange vorbei. Die Space-Station-Cleaner bringen den Park jetzt rund um den Turm wieder in Ordnung.

Die Steinplatten auf der Terrasse sind am Rande des Teichs feucht. Sie fröstelt.

Ausruhen wäre jetzt gut.

Sie geht in den Salon zurück, zieht die Schuhe aus und spürt den wärmenden flauschigen Teppich unter ihren nackten Füßen. Die Bluse knöpft sie auf, während sie hinübergeht in die Suite. Sie lässt sie auf den Boden gleiten, zieht sich den Rock aus, die Strümpfe, die Unterwäsche. Alles liegt jetzt über den Boden verstreut. Im Bad stellt sie den Atmosphärenmanager auf »tiefe Höhle«

ein. Die Mischung hat sie selbst mal programmiert. Der Raum versinkt im Halbdunkel, die Decke glitzert silbern wie eine Wasseroberfläche. Zartblaue und grünliche Lichtstrahlen bewegen sich langsam die Wände empor. Der Synthesizer verströmt Ozonpartikel, Moos- und Harzdüfte. Der Soundmanager schaltet das Suikinkutsu an, dessen Klang mit der terratonalen Melodie einer Horagai-Muschel verschwimmt. Alles klingt wie von fern, gedämpft, unwirklich. Die Raumtemperatur steigt auf dreißig Grad, die relative Luftfeuchtigkeit auf fünfundneunzig Prozent. Aus der Dusche fließt eine warme Kaskade in der Farbe der blauen Raspelmuschel. Das Wasser rauscht wie ein Bach über die Fliesen. Jegliches Gefühl für Raum und Zeit verflüchtigt sich.
Tiefe Höhle.
Emily Deckard geht zum Waschbecken, um sich die Haare hochzustecken. Danach stellt sie sich unter die Dusche, genießt die Kaskade, streckt ihr Gesicht immer wieder in den feuchten Wasservorhang. Sie schließt die Augen, spürt, wie das Wasser über ihre Haut fließt, ihren Körper wärmt. Mit einem Stück Zitrus- und Natursand-Peeling-Seife reibt sie sich gemächlich den Oberkörper und ihre Arme ein. Nur die besonders empfindlichen Punkte an ihren Brüsten spart sie aus. Minutenlang genießt sie das raue Gefühl auf ihrer zarten, hellen Haut. Dann seift sie sich die Schenkel druckvoll ein, bis es fast wehtut. Nach der Peeling-Seife nimmt sie sich die Feigen- und Zuckersirup-Seife. Sie ist sanft, weich und schlüpfrig. Die Muschelklänge wurden abgelöst von einer Shakuhachi-Flöte. Die Klänge sind nah, unmittelbar. Sie reibt sich sanft ihren Po und ihre Scham mit der Seife ein. Lässt

ihre glitschigen Finger zwischen die Beine wandern und versucht, sich zu erregen.
Ohne Erfolg.
Als sie aus der Dusche kommt, nimmt sie sich ein weißes Jacquard-Tuch und geht in die Sauna, ohne sich abzutrocknen. In der Sauna fühlt sie sich wie im Herzen des Dschungels, wie in einem Glutofen mit Infrarotbeleuchtung. Sie legt das Handtuch auf die Holzbank und streckt sich darauf aus. Die Shakuhachi-Flöte wird leiser, dafür erklingt eine viersaitige Biwa, das Instrument der Göttin Benzaiten – die oftmals als weiße Schlange dargestellt wird.
Mijaíl Marcuse.
Wie lang ist das her? Sieben, acht, neun Jahre?
Es fällt ihr schwer, sich die Zeit zu vergegenwärtigen, obwohl es noch keine Ewigkeit her sein kann. Mijaíl Marcuse, ein ehemaliger Student von ihr. Daran kann sie sich erinnern. Ein Junge aus Aquarel, vom Food-Ring. Schüchtern. Verklemmt. Er musste sich zu seinem Stipendium etwas dazuverdienen. Ein guter Student, immatrikulierte sich bei den Differenzialemotionswissenschaften. Aber irgendetwas war da doch noch. Er hatte es verstanden, ihren Beschützerinstinkt zu wecken. Deshalb nahm sie ihn als Stipendiaten in den Forschungszweig des Instituts auf. Das muss 2080 gewesen sein. Oder vielleicht 2081. Woran hatte sie damals gearbeitet? Zu welchen Unterlagen hätte er als Stipendiat überhaupt Zugang gehabt?
Das Duschwasser verdampft auf ihrer Haut. Die Schweißtropfen rinnen jetzt über ihren Körper. Sie spürt einen Kitzel, als der Rhythmus des Kokiriko die Harmonie des Biwa unterstützt.

Angestrengt versucht sie, sich zu erinnern. Ende der Siebziger bekam sie die ersten Aufträge von den Police-Space-Stations. Meistens forderten sie Gutachten zu der emotionalen Verfasstheit von Straftätern an. Die Analysen wurden damals nach der Boldtman-Methode durchgeführt. Die Studenten nannten sie mit Vorliebe »the Voight-Kampff machine«. Typische Wortspielereien von Studenten. Die Polizei schickte Videos von den Straftätern, die dann kinetisch analysiert wurden. Die Gesten, der Gesichtsausdruck, ihre Bewegungen. Auch die Modulation der Stimme. Allein schon die Stimme kann auf eine Persönlichkeitsstörung hinweisen. Diese Gutachten flossen sogar in die Gerichtsverfahren ein, sofern sich die Betreffenden überhaupt vor Gericht zu verantworten hatten.
Der Kokiriko klingt wie eine Grille: rakarak, rakarak, rakarak.
Mijaíl Marcuse hatte damals Zugang zu all diesem Material. Zu den Videos der Polizei und zu den Gutachten, die auf ihrer Grundlage erstellt wurden. Wer aber könnte sich zehn Jahre später noch für dieses alte Material interessieren? Und wieso sollte es vernichtende Auswirkungen für sie haben, wenn jemand das Zeug in die Hand bekäme?
Die Antwort ist so offensichtlich, dass es Emily Deckard einen Stich mitten ins Herz versetzt.

Rick geht zu den drei Kids zurück, die noch immer neben dem Duty-free-Shop herumstehen.
»Jetzt hört mir mal gut zu«, sagt er. »Ein allerallerletz-

tes Mal werde ich jetzt versuchen, euren Arsch zu retten, verstanden? Danach ist aber endgültig Schluss.«
Die drei nicken kleinlaut.
»Haben Sie schon eine Idee, wie wir durch die Kontrollen kommen könnten?«, fragt Mam'zelle.
Rick antwortet nicht.
»Wir müssen jetzt schnell ein paar Dinge einstudieren und uns dann noch ein paar Sachen besorgen.«
Er schaut Marcuse an: »Sag mal was auf Ukrainisch.«
»Ugga ... was?«
»Versuch mal, Slawisch zu reden, das klingt so ähnlich wie Russisch oder Polnisch, und dazu musst du ein Gesicht aufsetzen, als würdest du Portugiesisch sprechen. Verstehst du, was sich meine?«
Marcuse errötet ohne ersichtlichen Grund.
»Schon gut, das ist ja hoffnungslos«, murmelt Rick.
»Sprich mir einfach nach: *Eshe vodka procovale.*«
»Was ...?«
»Versuch doch mal ein bisschen zu improvisieren und locker zu bleiben: *tremolishe perestroika, dibrasnik kamarada ...*«
Marcuse verzieht mehrfach sein Gesicht und kapituliert dann:
»Ich krieg das einfach nicht hin ...«
BB startet einen Versuch:
»*Cabiska fitziaña*«, sagt sie, »*feshena sabañie.*«
»Das ist schon ziemlich gut, da müssen wir nur noch dran feilen«, sagt Rick. »Das üben wir später noch. Aber was machen wir bloß mit eurem schüchternen Freund?«
»Was haben Sie denn überhaupt vor?«, fragt Mam'zelle.
»Das erkläre ich euch beim Einkaufen. Damit eins klar

ist: Die Kosten, die uns jetzt entstehen, sind nicht im Reisebudget inbegriffen. Die Kassenzettel bringe ich Palaiopoulos mit, habt ihr verstanden?«

Torres und Marsalis sind komplett durchnässt vom Regen, ihre Augen sind gerötet und gereizt, die Nasen ausgetrocknet und verkrustet. Trotzdem machen sie sich auf den Weg zur Krankenstation. Sie müssen im Wartebereich Platz nehmen und stehen beide auf, als die diensthabende Ingenieurin auf sie zukommt.

»Vor etwa einer Stunde rief die Rektorin an«, sagt sie zu ihnen. »Der Professor bekam offenbar einen Herzinfarkt, als er mit ihr geredet hat. Als ich mit ihm sprach, klagte er über starke Schmerzen. Außerdem bat er mich, Sie zu verständigen. Im Moment haben wir ihn wegen der Atmung, die uns ein bisschen Sorgen macht, an ein Sauerstoffgerät angeschlossen. In akuter Lebensgefahr scheint er jedoch nicht zu schweben.«

»Können wir ihn sehen?«, fragt Torres.

»Gehen Sie bitte nur einzeln hinein. Und Sie müssen mir versprechen, jegliche Aufregung zu vermeiden.«

Torres und Marsalis schauen sich an.

»Geh du«, sagt Marsalis.

Torres trottet hinter der Ingenieurin her. Mehrere automatische Schiebetüren öffnen und schließen sich, bis sie in der Kardiologie vor den Kabinen stehen. Torres muss seinen Trilby-Hut absetzen, der mit Schlamm verdreckt ist, und sich vor der letzten Tür einen Kittel überziehen und einen Mundschutz, eine Kopfbedeckung sowie grünfarbene Schlappen. Die Ingenieurin erklärt ihm

noch, dass Palaiopoulos, wenn man hereinkommt, links in der zweiten Kabine liege.
Torres findet ihn leicht. Palaiopoulos liegt in einem Krankenbett, das Kopfteil ist hochgestellt. Mit einer dünnen Decke hat er sich bis zur Brust zugedeckt. Das Gerät der Sauerstoffmaske liegt unter der Decke. Als er das Öffnen der automatischen Tür hört, dreht er den Kopf. Sein Hals ist faltig wie der einer Süßwasserschildkröte. In seinem Krankenhauskittel wirkt er viel dünner als in seinem Anzug.
»Professor ...«, sagt Torres.
»Wer ist da?«, fragt Palaiopoulos.
Seine Stimme klingt fremd, anders, was an der Sauerstoffmaske liegt.
»Leroy Torres ...«
»Torres ... In dieser albernen Verkleidung habe ich dich gar nicht erkannt ...«
»Geht es Ihnen gut?«
»Ja«, er hält kurz inne und schaut zur Tür, als wolle er sich versichern, dass außer ihm niemand in die Kabine gekommen ist. »Diese Schlampe Deckard ist uns einen Zug voraus. Ich musste einen Herzinfarkt vortäuschen, um sie loszuwerden. Wir müssen die Strategie ändern. Wo ist Marsalis?«
»Draußen, wir dürfen nur einzeln hereinkommen.«
»Schau doch bitte mal kurz hinter die Vorhänge«, sagt Palaiopoulos.
Die Kabine rechts neben ihnen ist leer. In der Linken liegt ein Patient mit einem Druckhelm auf dem Kopf.
»Wir können ungestört reden«, sagt Torres.
Palaiopoulos hebt die Augenbrauen.
»Ich kann dir jetzt nicht alles erklären«, flüstert er, »aber

es sieht nicht gut aus für uns. Deckard hat das Shuttle ausfindig gemacht, in dem sie nach Barcelona geflogen sind, und ihre Unterhaltung abgehört. Allerdings denkt sie bis jetzt noch, dass wir sie erpressen wollen – oder zumindest wollte sie, dass ich das denke. Deckard weiß auf jeden Fall, dass sie auf dem Weg nach Barcelona sind. Sie weiß nur noch nicht, was wir vorhaben. Kannst du versuchen, Kontakt mit ihnen aufzunehmen, und sie über alles informieren?«
»Unmöglich ... Sie wollten sich mit uns in Verbindung setzen, sobald sie Franz von Assisi gefunden haben. Aber so wie die Lage jetzt aussieht, ist es ja nahezu ausgeschlossen, dass sie nach Barcelona hineinkommen. Die Grenzpolizei dürfte längst informiert sein.«
»Dann haben wir nur noch eine Chance«, sagt Palaiopoulos. »Wir müssen darauf vertrauen, dass dem alten Schlitzohr Alonso wieder ein Geniestreich gelingt.«

Rick geht im Duty-free-Shop auf die Verkäuferin zu.
»Entschuldigung, haben Sie kein billigeres Barcelona-Trikot da?«
»Tut mir leid. Wir haben nur die brandneuen offiziellen Trikots von dieser Saison. Wir bekommen sie direkt aus dem Nou Camp Nou und dort aus der *butic*.«
»Dann muss das Preisschild falsch sein. Ein derart grauenvolles gestreiftes Trikot wird doch nie und nimmer hundertachtzig Eurodollar kosten.«
»Das grauenvolle aktuelle offizielle Barça-Trikot schon, mein Herr.«
Rick geht zurück in die Sportabteilung. Die Kids war-

ten dort auf ihn. Auf dem Weg bleibt er vor einem Ständer mit Skibrillen stehen. In einer der Brillen spiegelt er sich. Da steht er mit einer eben beim Herrenausstatter erstandenen Barretina auf dem Kopf und dem Barça-Trikot über dem Arm.

»Gütiger Himmel, was ist bloß aus mir geworden«, sagt er halblaut zu sich.

Dann nimmt er die klobigste Skibrille aus dem Ständer. Schaut nach dem Preis.

»Hundert Eurodollar?«, sagt er so laut, dass die Verkäuferin hinter der Kasse ihn hört. »Und diese Brille ist ganz sicher nicht mal vom FC Barcelona ...«

Die Verkäuferin tut so, als hätte sie ihn nicht gehört. Rick geht zu den Kids hinüber. Er gibt Marcuse die Brille.

»Setz sie auf«, sagt er. »Und stell dir vor, es wäre eine affengeile Fotobrille.«

»Fotobrillen sehen ganz anders aus«, sagt Marcuse.

»Mann, das ist das neueste Modell von Nikon. Oder meinst du, die Profifotografen laufen mit den Fotobrillen der Touristen herum? Setz sie auf und mach ein paar exklusive Schnappschüsse von uns für die *La Vanguardia*.«

»Was ist die *La Vanguardia*?«

»Frag nicht so viel, sondern mach. Oder willst du lieber Ukrainisch lernen?«

Allein schon bei der Vorstellung setzt Marcuse sich eifrig die Brille mit den regenbogenfarbenen Gläsern auf und bewegt sich um die Gruppe herum, als sei er immer auf der Suche nach dem spektakulärsten Blickwinkel.

»Okay.«

Rick wirft BB das Trikot zu: »Zieh das mal bitte an.«
»Können wir nicht für eine andere Mannschaft sein? Ich mag die Farben überhaupt nicht.«
»Langsam wird es mir aber zu bunt mit euch: Jetzt gefallen der jungen Dame die Farben vom FC Barcelona nicht ... Glaubst du, ich würde hundertachtzig Eurodollar für diese Farben auf den Tisch blättern, wenn uns auch ein Trikot von Español Barcelona gereicht hätte? Müsst ihr mir immer widersprechen, wenn ich euch etwas sage, verflucht noch mal.«
»Mit der Barrachina sehen Sie echt sexy aus«, sagt Mam'zelle. »Sehr ... hmm ... wie soll ich sagen ... *Catalanish.*«
»Barretina ... Und wenn mir jetzt noch jemand mit 'nem dummen Spruch kommt, könnt ihr sehen, wo ihr bleibt.«
Marcuse schleicht wie ein Profifotograf um BB herum, als lichte er sie aus allen Perspektiven ab.
»Sagten Sie nicht, Barça sei eine politische Propagandaplattform?«, fragt er.
»Da werden in verschiedensten Bereichen große Geschäfte gemacht. Kommt, jetzt besprechen wir noch mal alles, und dann legen wir los. Ich habe ja nicht den ganzen Tag Zeit für eure Sperenzien. Also, los, wie heißt du?«
»Iryna Viloseva«, sagt BB.
»Sehr schlecht: Du verstehst doch nur Ukrainisch. Wenn dich jemand fragt, wie du heißt, musst du doch ein Nocapito-Gesicht aufsetzen und irgendwelches Kauderwelsch vom Stapel lassen. Verstanden?«
»*Siveslava non amihka*«, sagt BB.
»Braves Mädchen. Und jetzt du. Du bist die Übersetzerin: Wie heiße ich?«

Er schaut Mam'zelle an.
»Warte mal ... Jordi Business?«
»Señor Jordi Business, bitte. Vor einem Barça-Scout hat man Respekt, kapiert? Also gut. Fassen wir noch mal zusammen: Wegen der Verspätung des Kiew-Flugs verpassen wir womöglich die anberaumte Pressekonferenz, die live übertragen wird. Wir sind also total gestresst und genervt. Und zwar aus gutem Grund. Ich rede ausschließlich katalanisch und gestikuliere wild. Nur nicht, wenn ich mit dir rede, verstanden?«
Mam'zelle nickt.
»Du tust immer so, als würdest du mich verstehen und Iryna Viloseva alles übersetzen. Also, Iryna: ›Wo habt ihr den Flug nach Barcelona genommen?‹«
»*Kakareshna putania*«, sagt BB, schüttelt dabei den Kopf und gestikuliert mit den Händen.
»Gutes Mädchen. Genau so: immer in Bewegung, als würden wir uns warm machen fürs Spiel. Wir müssen uns noch einen rot-gelb gestreiften Begrüßungsstrauß besorgen ... Und vergesst bitte nie: Fragen beantworte immer nur ich.«
»Brauchen wir nicht auch noch ein paar Schlittschuhe?«, fragt Marcuse.
»Schlittschuhe? Wofür?«
»Zum Fußballspielen. Die Spieler haben doch Schlittschuhe an, oder nicht?«
Rick wischt sich mit einer Hand den Schweiß vom Gesicht.
»Es wäre eigentlich ein Wunder, wenn wir nicht alle zusammen auf dem Kommissariat landen würden ... Du fotografierst ausschließlich für die *La Vanguardia*. Und hältst die Klappe. Kapiert?«

»Kann ich noch mal schnell aufs Klo?«, fragt Mam'zelle. »Mir gibt das hier irgendwie grad alles so einen geilen Kick.«
»Gütiger Himmel, kannst du dich nicht mal einen Augenblick lang beherrschen?«

Emily Deckard möchte schlafen. Ihr Likörglas steht auf dem Nachttisch, und sie liegt in einem dunkelroten Azetatpyjama im Bett. Im Schlafzimmer duftet es ganz leicht nach Lavendel und Wintergreen. Das Schlafzimmerfenster ist abgedunkelt, damit sie morgen nicht vom Licht geweckt wird, sobald die Himmelspaneele sich öffnen. Sie versucht, nicht allzu sehr darauf zu achten, dass sie noch wach ist, schlummert aber nur in einem unruhigen Halbschlaf. Die Badeeinheit hat nicht viel gebracht. Der Alkohol und der Azetatpyjama ebenso wenig. Sie dreht sich ständig im Bett hin und her. Mal ist ihr kalt, mal wieder heiß. Im Kopf kann sie nicht richtig loslassen, dabei will sie nur endlich in den Tiefschlaf fallen. Unbewusst versucht sie, sich zu konditionieren. Sie möchte etwas Nützliches träumen, das ihr hilft, den Gordischen Knoten in ihrem Kopf zu lösen.
Alexander der Große.
Vielleicht reicht es wirklich, ihn in der Mitte durchzuschneiden.
Sie steht auf und zieht sich einen Kaschmirmorgenmantel über den roten Pyjama. Dann zündet sie sich eine Zigarette an. Auch wenn der Tabak ihr am Morgen noch nicht wirklich schmeckt, raucht sie auf dem Weg in den Salon weiter.

»Studiobeleuchtung«, ruft sie laut. »Impressionistische Musik.«
Der Bildschirm an der Wand schillert in grünlicher Lumineszenz. Satie ist zu hören, die *Gnossienne No. 4* ...
In ein sauberes Glas schüttet sie sich fingerbreit etwas Likör. Sie nimmt das Glas hoch, trinkt. Ihr Blick fällt durch das transparente Dach auf die Kuppel der Space-Station. Die Paneele sind noch vollkommen geschlossen, draußen ist es dunkel. Sie versucht, ihre Halsmuskeln zu entspannen, und geht dann zu dem Schreibtisch, der neben der Terrassentür in der Ecke steht. Ein echtes, antikes Stück. Thompson-Stil, massive Eiche aus Slewonien. Dazu der passende Stuhl. Sie setzt sich. Versucht, die Rolltür am Schreibtisch zu öffnen, die jedoch abgeschlossen ist. In der rechten Schublade sucht sie den geschwärzten Metallschlüssel und findet ihn auch ganz hinten. Die Rolltür lässt sich nur schwer öffnen. In dem Fach steht ein kleiner tragbarer Bildschirm, den sie sofort einschaltet.
Der Akku hat keine Magnetenergie mehr. Sie maunzt, protestiert, steht dann vom Stuhl auf und geht durch den Salon in die Küche. Während der letzten Takte der *Gnossienne* hört man, wie einige Schubladen durchwühlt werden. Sie kommt mit einem Gerät in der Hand zurück, geht zum Schreibtisch und hält es gegen das Metall des kleinen Bildschirms. Man hört erst ein Knacken, dann einen elektronischen Piep. Deckard setzt sich wieder auf den Stuhl.
Das Stück von Satie ist zu Ende, jetzt kommt Debussy. *Prélude à l'après-midi d'un faune.*
Um in ihrer Datenbank nachzuschauen, tippt sie das Passwort ein. Die Datenbank, Sea Drops, wird geladen.

Sie weiß nicht mehr genau, wo sie das Material gespeichert hat.
Daher tippt sie unter »Objekt« das Wort »Bericht« in die Spalte.
Bei »Datum« trägt sie »2080–2085« ein.
Als »Schlüsselbegriff« gibt sie »Barcelona« ein.
Dann startet sie die Suche.
Ein Fensterchen geht auf: »Ihre Suchanfrage liefert 0 Treffer.«
Deckard klickt auf »Datum« und ändert die Suche zu »2075–2080«.
Ein Fensterchen geht auf: »Ihre Suchanfrage liefert 0 Treffer.«
Die Zigarette wird heiß in ihrer Hand, sie ist von allein fast bis zum Finger runtergebrannt. Deckard steht auf, holt sich einen Aschenbecher und geht zurück zum Schreibtisch. Dann schaut sie auf den Bildschirm, klickt »Objekt« an und löscht das Wort »Bericht«.
Sie startet erneut die Suche.
Ein Fensterchen geht auf: »Ihre Suchanfrage liefert 1 Treffer.«
Deckard liest: »Objekt: kinetisches Sachverständigengutachten ... Auftraggeber: Interpol, Forensische Psychiatrie ... Originalvideo: 23/11/2078 ... Kommissariat: Layetana – Barcelona ... Bearbeitungsnummer: 781123 MM 1632 ... Berichtformat: Hypertext.«
Sie klickt das Originalvideo an. Der Bildschirm wird erst schwarz, dann wird das Video geladen. Die ersten Bilder sind verworren. Die Kameraführung ist chaotisch. Man sieht den Boden, Ausschnitte einer Straße, den Himmel on Earth, aufgescheuchte Menschen, Rauch. Originalton. Schläge, Stimmen in der Nähe,

Sprache unbekannt, Sirenen. Die Kamera schwenkt auf eine große Gruppe, die etwa fünfzig Meter von der Kamera entfernt steht. Ein Aufruhr Jugendlicher, die meisten von ihnen sind vermummt. Andere tragen ein talarähnliches Gewand mit Kapuze. Alle schwer zu erkennen, da die Kamera pausenlos wackelt. Die Allee mit Bäumen hat einen breiten Mittelstreifen. Irgendjemand in der Nähe gibt dem Kameramann offenbar Anweisungen. Die Kamera schwenkt weiter nach rechts auf ein Taxi mit offenen Türen. Das Taxi ist leer, gelb-schwarz, am Licht erkennt man, dass es frei ist. Einige Typen springen auf der Motorhaube herum, es schwankt. Sie treten gegen die Windschutzscheibe, bis sie zersplittert. Deckard glaubt, sich an das Video erinnern zu können, nur an dieses Format nicht. Die Kamera wird jetzt ruhiger. Sie zoomt sich näher an die Szenerie heran. Das Filmmaterial wurde in der Postproduktion nachbearbeitet. Ein weißer Kreis markiert eine Person. Der Mann hat eine dieser Roben an, ähnlich wie Mönche im Kloster. Seine Robe jedoch ist als einzige hell. Er zeigt mit den Daumen auf sich selbst und zieht die Kapuze herunter. Er fordert irgendjemanden, der nicht im Bild ist, heraus, reckt den Kopf vor.

Deckard stoppt das Video und klickt noch einmal zurück auf die Liste mit den Ergebnissen. Sie schaut, wer das Video bearbeitet hat. Die Polizeivideos damals hatten bisweilen eine miserable Qualität. Die Stipendiaten verbesserten die Bild- und Tonqualität in der Postproduktion, hoben die Person hervor, um die es ging, oder schnitten bei Gruppenaktivitäten die einzelnen Akteure hintereinander. Die Analyse ausgewählter Bildsequenzen nach den Kriterien der Emotionsingenieurswissenschaften war anspruchsvoller als eine gewöhnliche Bildbearbeitung. Die Namen der verdächtigen Person und des Stipendiaten wurden dann noch vor das Video geschnitten.

»Name der Person: Unbekannt«, steht da. »Alias: Franz von Assisi ... Alter: Unbekannt ... Bearbeitet von: Mijaíl Marcuse.«

Die bearbeiteten Bildsequenzen beginnen mit der Taxiszene. Diesmal allerdings lässt sich in einer leichten Zeitlupe die emotionale Verfasstheit des Verdächtigen viel genauer erkennen. Zehn Jahre später sieht und analysiert Deckard eine gerade mal dreiminütige Bildsequenz und verspürt dabei ein Grauen, das sie damals in der Form nicht empfunden hatte. Vor zehn Jahren war dieser Wahnsinnige noch ein unbeschriebenes Blatt gewesen, einer von vielen Psychopaten. Ein Irrer, der in einer Welt lebte, die mit ihrer nichts zu tun hatte. Sie hätte nie gedacht, dass sich ihre Wege einmal kreuzen könnten.

Im Rückblick findet sie ihren damaligen Bericht über diesen Franz von Assisi äußerst optimistisch. Ihr Name taucht aus Sicherheitsgründen nirgends auf. Nur ihr Code als Emotionsingenieurin. Der Bericht ist drei Seiten lang.

»Narzisstische Symptome«, liest sie beim Überfliegen der Seiten.

»Verlust von Selbstkontrolle, um die innere Zerrissenheit zu sublimieren«, steht da.

»Instrumentalisiert Menschen ... Arroganz, Hybris ... unverhältnismäßige Reaktionen auf vermeintliche Verletzungen.«

»Rachsüchtig ... Paranoid.«
»Hohe Voraussehbarkeit ... asoziales Verhalten, Serientäter, Drogenmissbrauch, Risikosex.«
»Jähzorn und tabulose Heteroaggressivität.«
»Sadist.«
Ihre Empfehlung damals:
»Einzelhaft in Hochsicherheitsheilanstalt ... rechtliche Rahmenbedingungen ausschöpfen ... Chancen auf Resozialisierung tendieren gegen null. Gemeinwohlgefährdendes Verhalten ... Androgene, DHA und Melatonin ... Hormonelle Behandlung zur Verlangsamung des Alterungsprozesses strikt und kategorisch ausgeschlossen.«
Deckards Zigarette ist von ganz allein runtergebrannt. Sie steht auf, holt sich eine neue und setzt sich wieder an den Schreibtisch.
Sie tippt ihr Passwort für den Zugang zur Interpol-Datenbank ein, um sich ältere Berichte über den Typen anzusehen und sich einen Überblick über seinen Werdegang in den letzten zehn Jahren zu verschaffen. Das Video-Archiv seiner Verbrechen ist groß. Vor wenigen Tagen erst wurde es aktualisiert.
Während sie sich das gesamte Material anschaut, beginnt ein Stück von Ravel.
Pavane pour une infante défunte.
Dieser Zufall löst bei Emily Deckard ein unbehagliches Gefühl aus. Sie muss unbedingt raus in die Sonne. Vielleicht werden ihre Vorahnungen dann schon weniger bedrohlich. Sie beginnt, ihren marineblauen Anzug anzuziehen, ihre hochhackigen Schuhe, und sehnt sich danach, Anweisungen zu erteilen, die nie jemand hinterfragt.

Vielleicht löst sich dieses Gefühl drohenden Unheils dann auch wieder auf, wie nach einem Alptraum.

Die Strecke zwischen dem Space-Port und Can Barça erweist sich als überraschend kurz. Das Gelände liegt im ehemaligen Sant Boi. Der Fahrer hisst die Barça-Fähnchen an den winzigen Masten links und rechts vorne an der Gleitlimousine. Die zwei Gleiter der Polizei, die sie mit Blaulicht eskortieren, bekamen die Erlaubnis, alle Geschwindigkeitsbeschränkungen zu überschreiten. Drei Minuten vor zwölf halten sie vor dem Eingang des höchsten Wolkenkratzers des Futbol Clubs Barcelona, in dem die Büros und die Vereinsleitung untergebracht sind. Im obersten Stock residieren der Vereinspräsident und der Präsident Kataloniens. Von hier oben schaut man hinunter in das imposante Oval des neuen Stadions Nou Camp Nou. Es ist mit siebenundzwanzig Rängen das drittgrößte Fußballstadion on Earth. In Form des Vereinswappens liegt es direkt am Ufer des Llobregat, dessen Wasseroberfläche unlängst mit einem Gelee überzogen wurde, damit die giftigen Gase des Gewässers keine gesundheitsgefährdende Wirkung ausüben können.
Rick springt aus der Gleitlimousine. Er lässt die Tür offen und drängt die Kids, sich beim Aussteigen zu beeilen. Unter der Markise, die in den Vereinsfarben den Bürgersteig überspannt, ordnen die vier wichtigtuerisch ihre Kleidung. Die Pantomime endet erst in dem Moment, in dem sich die beiden eskortierenden Polizisten mit martialischen Gesten von ihnen verabschieden und

die drei Gleiter wieder davonsausen. Sobald sie aus dem Blickfeld geraten, setzt Rick die Barretina ab, Marcuse die Skibrille, und BB hält ihren Blumenstrauß nicht länger wie ein neugeborenes Baby im Arm. »*Pocopucha bananishka*«, sagt Mam'zelle und schaut sich bierernst um.
BB kann sich nicht mehr beherrschen, daraufhin platzen fast alle vor Lachen. Es dauert eine ganze Weile, bis sie wieder ein normales Wort herausbringen.
»Habt ihr gesehen, wie der kleine Dicke im grauen Anzug herumflitzte?«, fragt BB. »Wer war das überhaupt?«
»Der Direktor des Space-Ports. Ein Jammer, dass ihr die Unterhaltung nicht verstanden habt«, sagt Rick und fächelt sich mit der Barretina Luft zu.
»Warum ist er eigentlich so nervös geworden? Was hast du ihm denn gesagt?«
»Um das nachvollziehen zu können, müsstest du mindestens Sizilianerin sein«, sagt Rick.
Der Lachanfall vergeht ihnen von einer Sekunde auf die andere, als sich unter der Markise am Eingang die beiden Wachleute mit verschränkten Armen aufbauen. Die gute Laune allerdings verfliegt weniger schnell. Während sie die Ereignisse auf dem Weg durch den VIP-Bereich des Space-Ports noch einmal in allen Einzelheiten Revue passieren lassen, überqueren sie die Avenida Josep Guardiola und kommen ins Geschäftsviertel. Die Kids sind total aufgekratzt. Ein Kick jagt den nächsten. Marcuse atmet tief, hüpft herum und erprobt die Erdanziehungskraft. BB tritt ihm in den Hintern, spielt weiter ihre Rolle, als wollte sie gleich die sensationelle Verpflichtung eines Fußballstars bekanntgeben.

Auf der anderen Seite der Can Barça befinden sich unzählige Souvenirläden, Snack- und Essensautomaten sowie Kabinen, die auf die virtuelle Realität des Sports spezialisiert sind. Alles ist in den Farben Blau, Rot und Gelb gehalten, selbst die getönten Fensterscheiben der Wolkenkratzer und die Steine auf dem Gehweg. Die bunte Mischung aus Fahnen, Trikots, Handtüchern, Schals und anderen Stoffen, die vor den Läden in der Sonne hängen, weckt eine gewisse Urlaubsstimmung. Auch wenn die Geschäfte verwaist sind, da heute kein Spiel stattfindet. In der ganzen Fußgängerzone tummelt sich bloß eine kleine Gruppe von Touristen, die mit ihren Fotobrillen hinter einem Reiseführer herlaufen, der lauthals Erklärungen abgibt. In den Schaufenstern liegen Mützen, Armbänder, Strümpfe, Krawatten, Pyjamas, Lätzchen, Babyschuhe, Brieftaschen, Schlüsselanhänger, alle Arten von Spielzeugen, Badeartikel, Küchenutensilien, Schulmaterialien, Uhren, Schmuck, Accessoires für Maskottchen sowie Schwangerschaftstests in den Vereinszeichen und mit dem Wappen Kataloniens.

»So sieht also Barcelona aus«, sagt Mam'zelle.

»Zumindest in Sant Boi«, sagt Rick. »Das Zentrum ist ein einziges Gaudí-Souvenir.«

»Wer ist Gaudí?«, fragt Marcuse.

»Ein berühmter Zuckerbäcker. Apropos: Habt ihr auch Hunger? Rechtzeitig zum Mittagessen schaffe ich es jetzt nicht mehr nach Hause ...«

An der nächsten Ecke der Allee ist von dem ganzen Brimborium mit Schals und Fahnen nichts mehr zu sehen. Hier beginnt Sant Boi, das in den fünfziger Jahren in Barcelona übergegangen ist, erst so richtig. Die Kinder des Kleinbürgertums wohnen hier, seit die Preise in Les Corts rapide gestiegen sind. Englische und amerikanische Rentner sorgten mit ihrem Ansturm Mitte der dreißiger Jahre für eine dramatische Preisexplosion. Das Viertel war wegen des Kommissariats so reizvoll für sie, es gilt als besonders sicher, und es leben hier kaum Immigranten.

Sie sind noch immer bester Laune, als sie ein Franchising von Bulli & Friends betreten. Ein riesiges Foto hängt dort, auf dem Ferran Adrià mit shakespeareschem Gesichtsausdruck eine Artischocke hält.

»Wer ist das?«, fragt Marcuse.

»Ein Marketinggenie.«

Die Kids verstehen die auf Katalanisch geschriebene Speisekarte nicht. Rick bestellt zum Kosten eine in Wasserstoff verflüssigte katalanische Presswurst mit ausgespucktem *pa amb tomaquet*. Das ungewöhnliche Verhältnis zwischen der kristallinen Textur der Würstchen und dem lauwarmen Brei, in den sie getunkt werden, finden die Kids herrlich. Sie lieben es, alles noch ein wenig mit *all i oli* einzusprühen.

»Wunderbar. Ich muss gestehen, dass mir der Ausflug mit euch immer mehr Spaß bereitet«, sagt Rick. »Der Tabaktransport ist zwar lukrativer, aber ich habe schon lange nicht mehr so viel gelacht. Ausgemacht war zwar, dass ich euch keine Fragen stelle, aber würdet ihr mir trotzdem mal verraten, wie ihr eigentlich nach Oxford 7 zurückkommen wollt ...?«

Die Kids schauen sich an. BB antwortet:

»Darum wird sich unsere Kontaktperson aus Barcelona kümmern.«

Rick tunkt die kristalline Presswurst in das Schälchen *pan con tomate*:

»Und wer ist diese bedeutende Kontaktperson, wenn ich mal fragen darf?«
»Der Typ heißt Franz«, sagt BB.
Rick kaut noch weiter:
»Ah, Franz heißt der Typ ...«, sagt er. »Na ja, Barcelona ist zwar nicht gerade Mexico City, aber vermutlich werdet ihr ein bisschen mehr als nur seinen Vornamen benötigen, um ihn zu finden ...«
»Die Leute nennen ihn Franz von Assisi«, sagt BB. »Palaiopoulos meinte, es wäre ganz leicht, ihn auf den Ramblas zu finden.«
Rick hört auf zu kauen. Er verschluckt sich fast an dem Bissen.
»Palaiopoulos hat euch nach Barcelona geschickt, um Franz von Assisi aufzusuchen?«
»Kennen Sie ihn auch?«, fragt Mam'zelle.
Rick geht nicht auf die Frage ein.
»Ist er denn völlig verrückt geworden?«, sagt er und schaut die drei nacheinander an.
Marcuse nimmt die aufrichtige Besorgnis in Ricks Stimme wahr. So hatte er Rick bisher noch nicht erlebt. Außerdem ist ihm Deckards Gutachten vertraut.
»Halten Sie das für gefährlich?«, fragt er.
»Ob das gefährlich ist? Dieser Typ hält seit zehn Jahren die ganze Stadt in Schach. Nicht einmal die Spezialeinheiten der Sicherheitskräfte wagen sich in sein Revier ...«
»Also besonders gefährlich wirkt Barcelona ja nun nicht gerade«, sagt Mam'zelle.
»Du weißt nicht, wovon du redest. Wir sind hier in einem wohlhabenden Stadtteil. Barcelona ist wie ein verfaulter Apfel. Die Schale außen hat die Vereinsfarben

von Barça, und innen im Kern wird er von Würmern zerfressen. Ihr könnt beim besten Willen nicht auf die Ramblas gehen. Seit Jahren bewegt sich niemand mehr über die Plaza de Cataluña hinaus, der auch nur ein Fünkchen Verstand hat ...«

»Franz von Assisi ist doch der Name eines Heiligen, nicht wahr? Er setzte sich für die Armen ein und liebte die Vögel.«

»Franz von A-Sis wie Anti-System ... Er spielt die Rolle des Häresiarchen mit dem ganzen Kladderadatsch der alten Fraticelli. Mit einem Heiligen hat er so viel zu tun wie ich mit Vilafranca ...«

Nun ist auch Marcuse der Appetit vergangen. Die Mädels tunken ihre Presswürstchen dagegen weiter munter in die Schälchen.

»Wir sind auch gegen das System«, sagt BB. »Dieser Franz von Assisi ist auf unserer Seite.«

»Hör mal, ich war auch in der Studentenbewegung, verstanden? Und es vergeht kaum ein Tag, an dem ich mit meinen einundneunzig Jahren nicht immer noch etwas Illegales anstelle. Aber permanent außerhalb der Gesellschaft zu leben, katapultiert dich direkt in Zustände, wie sie unter Kannibalen herrschen ...«

»Immer dieser ultrakonservative Diskurs«, sagt BB. »Wir kennen diese reaktionären Belehrungen schon.«

»Du hast ja keine Ahnung«, sagt Rick. »Meinst du ein Systemfeind hier ist dasselbe wie auf einer privaten Uni-Space-Station? Bei euch leben lauter verwöhnte Kids, die eine exzellente Ausbildung bekommen und später zur Elite der Westlichen Union gehören. Wenn du diese Irren hier mit kritikfähigen, mündigen Studenten vergleichen willst, ist das genauso, wie wenn

du einen Aktivisten von Cromañon mit Baudelaire vergleichst ... Und Franz von Assisi ist der Boss aller Cromañons in dieser Stadt.«
Mam'zelle kaut nachdenklich weiter. BB dagegen hat ihren Appetit noch immer nicht verloren.
»Ich hatte es schon öfter mit ziemlich wüsten Kerlen zu tun«, sagt sie. »Außerdem bringen wir ihm etwas mit, das ihn interessieren dürfte.«
»Wüste Kerle ...«, sagt Rick. »Habt ihr mal einen der alten Zombiefilme gesehen? Habt ihr gesehen, wie sie den Typen die Leber bei lebendigem Leibe herausschneiden? Dann wisst ihr in etwa, was euch auf den Ramblas erwartet. Und ihr seid genau die Sorte Mensch, die solche Zombies abgrundtief hassen.«
Ricks Worte hinterlassen bei Marcuse Wirkung.
»Und geht die Polizei nicht mit Strafgebühren gegen sie vor?«, fragt er.
Rick kichert künstlich.
»Ihr habt mich wohl noch nicht richtig verstanden: Das sind primitive Horden, denen die Steuer und Strafgebühren am Arsch vorbeigehen. Sie sind auf der Straße großgeworden, in besetzten Häusern ... Das sind Outsider in der dritten oder vierten Generation.«
»Heißt: Sie scheuen vor physischer Gewalt nicht zurück?«
»Sie kennen gar nichts anderes als Gewalt ... Sie spritzen sich Adrenalin, und gnade dir Gott, wenn sie drauf sind, dann sind sie zu allem in der Lage ... Vor ein paar Wochen haben sie einen Touristen, der sich in Barcelona verlaufen hatte und in ihr Revier kam, in all seinen Einzelteilen an der Fuente de Canaletas aufgefädelt wie eine Kette. Am frühen Morgen musste die Feuerwehr aus-

rücken und die Leichenteile holen ... Die Finger hatten sie ihm übrigens abgebissen, aber das war fast noch das kleinste Übel ... Versteht ihr nun langsam, zu welchen Abarten physischer Gewalt sie fähig sind?«

Nun ist sogar BB der Appetit auf Würstchen vergangen.

»Immer wieder dieselben Märchen«, sagt sie. »Wenn sie so drauf wären, würden sie sich doch nie und nimmer diesem Franz unterwerfen.«

Rick wischt sich die Hände an der Serviette ab und lehnt sich zurück.

»Sogar Zombies gehorchen ihren Anführern«, sagt er. »Außerdem organisiert er für alle das Adrenalin ... Ich weiß nicht, ob ihr euch an die Geschichte mit den drei Polizisten erinnert, die ich euch gestern Nacht erzählt habe? Er war der Typ, der zum Spaß quälen wollte. Damals nannte er sich noch nicht Franz von Assisi. Aber die Abgründe waren nicht zu übersehen, und seitdem ist es immer schlimmer mit ihm geworden. Wenn der alte Palaiopoulos auf dem neuesten Stand wäre und wüsste, was in dieser Stadt hier abgeht, hätte er euch nie im Leben hergeschickt, um ihn treffen.«

Langes Schweigen. Marcuse schaut die Mädels an:

»Können wir ihn nicht auf anderem Wege irgendwie kontaktieren?«

»Nein, wir müssen hin und persönlich mit ihm reden«, sagt BB. »Und du kommst mit.«

Rick holt sein Portemonnaie heraus, um zu zahlen.

»Ich sehe schon. Am Tisch kann ich euch ja schlecht festbinden. Eins will ich euch aber noch sagen: Wenn ihr also wirklich auf die Ramblas und in die Höhle des Löwen wollt, dann müsst ihr mir für die Reise on Earth

keinen Cent bezahlen. Ihr könnt Palaiopoulos gern ausrichten, dass er die Zahlung stornieren darf.«
»Warum?«, fragt Mam'zelle.
Rick zieht die Solar-MetLife-Karte durch das Lesegerät am Tisch.
»Weil ich gern weiter mit ruhigem Gewissen schlafen will«, sagt er.

Morgens um neun, Oxford-7-Zeit, sind drei Mitglieder des Rektorats in den Konferenzraum bestellt.
Deckard hat ganz gegen ihre Gewohnheit Make-up aufgetragen, um ihre Augenringe zu überdecken. Als sie den Konferenzraum betritt, warten dort bereits der Rechtsingenieur des Verwaltungsrats aus London, der Sicherheitschef und der Schatzmeister auf sie. Letzterer hat die Statistiken aller Strafgebühren dabei, die im Verlauf des gestrigen Tages korrekt auf Demonstranten übertragen wurden.
Fast anderthalb Millionen Eurodollar wurden eingenommen. Der Schatzmeister wertete die Daten der Polizei aus und stellte einige Berechnungen an. Im Durchschnitt zahlen Studenten, die an der Demo teilgenommen haben, zweihundertdreiundvierzig Eurodollar. Er projiziert ein kartesisches Koordinatensystem an die Wand. Neben der einen Achse steht »Strafgebühren«, neben der anderen »Studenten«. Der Schatzmeister erläutert die exponentielle Verteilung in all ihren möglichen Auswirkungen und Bedeutungen. Weder der Rechtsingenieur noch der Sicherheitschef sind in der Lage, den mathematischen Schlussfolgerungen zu

folgen. Deckard wirkt fast abwesend – ganz gegen ihre Gewohnheit. Die Zahlen interessieren sie weit weniger als ihr geheimer Verdacht.

Erst als der Schatzmeister zu den Schlussfolgerungen übergeht, wird den Beteiligten das Problem klar. Einige wenige, vermutlich die Aktivisten, haben Strafen in einer Höhe zu zahlen, die sie nie im Leben begleichen können. Ein gewisser Günter Practis aus dem Hounting Dogs College etwa müsste eine Strafe von 51 890 Eurodollar berappen.

»Der Junge wird es weit bringen«, sagt der Rechtsingenieur mit britischem Akzent, und ein Mundwinkel verzieht sich schmunzelnd. Er trägt eine Krawatte mit goldenen Streifen. Seine Augen sind pistaziengrün geschminkt.

Die beste Nachricht ist, dass ein Großteil der Gebühren im jetzigen Trimester eingefordert werden kann. Grob gerundet etwa eine Million Eurodollar, so der Schatzmeister. Eine beachtliche Summe, vor allem, wenn man bedenkt, dass sie steuerfrei ist und den Finanzen des Schatzmeisters direkt zugutekommt. Die voraussichtlichen Gewinne in diesem Trimester werden die vom Verwaltungsrat in London kalkulierten Summen daher weit übertreffen, da sich langsam auch die Gelder bemerkbar machen, die von den tausendfünfhundert zusätzlich gebuchten Sicherheitskräften in ihrer Freizeit auf Oxford 7 ausgegeben werden.

»Können die Studenten ihre illegalen Demonstrationen nicht häufiger veranstalten?«, sagt der Rechtsingenieur und schmunzelt wieder mit einem Mundwinkel.

»Die Studenten zu provozieren wäre nicht schwer«, sagt der Sicherheitschef und fasst sich mit einer Hand an den Speckgürtel, der ihm schon seit Jahren die Taille bereichert.

»Wir könnten Wartungs- und Instandsetzungsarbeiten in den Wohngebieten durchführen lassen«, sagt der Schatzmeister. »Damit würden sich die Parkmöglichkeiten um etwa zwanzig Prozent verringern ... Eine weitere Überlegung wäre, mehr grüne Zonen in den Wohngebieten einzurichten.«

Die drei Männer schauen Deckard an, die nicht reagiert.

»Verzeihen Sie, meine Herren«, sagt sie. »Wenn es Ihnen nichts ausmacht, besprechen wir das in dem Meeting heute Nachmittag. Ich muss mich jetzt erst mal um ein paar andere Dinge kümmern.«

Sie steht auf und verlässt den Konferenzsaal. Wobei die Absätze ihrer hochhackigen Schuhe weniger markant auf dem Steinboden widerzuhallen scheinen als sonst: klack, klack, klack.

»Was ist bloß mit der los?«, fragt der Sicherheitschef.

Der Rechtsingenieur antwortet: »Vermutlich hat sie vergessen, ihren Östrogenstabilisator zu nehmen« und schmunzelt wieder mit einem Mundwinkel.

»Deckard hat doch überhaupt keine Östrogene«, sagt der Schatzmeister. »Sie besteht einzig und allein aus Testosteron.«

Beide grinsen, jeder auf seine Weise. Der Sicherheitschef weiß nicht, was Östrogene sind, grinst aber mit und fasst sich mit einer Hand an seinen imaginären Patronengurt.

FÜNF

Gegenüber von Bulli & Friends haben die Kids eine Wormbus-Haltestelle ausfindig gemacht.
BB klickt ihre holographische Karte an, auf der die Strecken der verschiedenen Linien verzeichnet sind. Einige von ihnen führen durch das sogenannte historische Zentrum. Die 241 hält an der Plaza de Cataluña.
Eine Fahrt kostet einen Eurodollar pro Person, also drei Eurodollar insgesamt.
»Jetzt ist der Augenblick gekommen, endlich ein paar Münzen unter die Leute zu bringen«, sagt BB.
Sie kramt den Beutel aus der Manteltasche hervor und holt drei Eurodollar heraus. Die Münzen steckt sie eine nach der anderen in den Automaten an der Haltestelle. Dann drückt sie Mam'zelle und Marcuse ihre Fahrscheine in die Hand. Beide schweigen.
»Darf ich mal wissen, was zum Teufel in euch gefahren ist?«, knurrt BB sie an. »Wir kommen allein klar, verstanden, wir brauchen doch keinen Tabakschmuggler, der uns moralische Vorträge hält. Fandet ihr seinen Diskurs über die Vorzüge der westlichen Zivilisation derart überzeugend, oder scheißt ihr euch vor Angst in die Hosen?«

»Ach was«, sagt Mam'zelle. »Ich hätte mich nur gern anders von ihm verabschiedet.«
Schweigend warten sie auf den Worm 241. Als der immens lange Gleiter sich endlich vor ihnen auf den Boden senkt, um die Passagiere aus- und einsteigen zu lassen, schnaubt es pneumatisch. Ihre Haltestelle ist die zweite auf der Strecke, daher verlieren sich erst einige wenige Fahrgäste in den hundert Sitzreihen. Die Kids setzen sich in die erste Reihe hinter die Panoramawindschutzscheibe. »*Propera parada: Cornellà centre*«, kündigt eine künstliche Stimme an. Der Wurm gleitet davon, rollt sich, dreht eine Schleife und fädelt sich auf der Brücke ein, die über den Llobregat führt. Dann gleiten sie eine ganze Weile schnurstracks eine Allee entlang, die durch die Viertel Cornellá und Esplugas führt. Auf beiden Seiten stehen ähnliche, eintönige Gebäude. Einige Wohngebiete auf den Space-Stations sehen nicht anders aus. Die helle Farbe des Himmels ist jedoch für die drei außerirdischen Kids trotzdem irgendwie aufregend. Ohne die alles überwölbende Kuppel einer Space-Station fühlen sie sich verletzlicher, den Meteoriten ausgesetzt, Gammastrahlung, UV-Strahlen und dem Infrarotlicht, das von der hoch am milchig blauen Firmament stehenden Sun direkt on Earth scheint. Als wären sie in einem beleuchteten Pool unter Wasser. Umso überraschender ist es, dass sie problemlos atmen können. Durch die Skibrille beobachtet Marcuse die Wolken, die mit jeder Bewegung fast unmerklich ihre Form verändern. Auf jeden Fall erinnert ihn diese absurde, naive Stadtlandschaft eher an frühe Zeichentrickfilme als an alte Spielfilme.
Der Worm rollt sich zusammen, um in der Höhe eine

Schleife zu drehen, und die Fahrt diagonal fortzusetzen. »*Propera parada: Antiga Escola d'Arquitectura*«, verkündet die künstliche Stimme.
Mam'zelle meint die Worte zu verstehen. Von ihrer Großmutter hat sie ein bisschen Französisch gelernt: »École Antique d'Architecture«, sagt sie. »He, hier muss Palaio unterrichtet haben.«
Die Kids drängen sich ans Fenster, um das Gebäude besser in Augenschein nehmen zu können. Es würde perfekt zu Ricks Beschreibungen passen. Sie stellen sich vor, wie Stühle von oben hinuntergeworfen werden, um das Gebäude gegen die Einsatzkräfte zu verteidigen. Die Umgebung allerdings hatten sie sich ganz anders vorgestellt. Viele Bäume säumen die Allee, sie ist breit, hell und sauber. Offenbar befinden sie sich mitten im Business- und Bankenviertel. Die meisten Passanten tragen Anzüge, die Männer eine Barretina auf dem Kopf, die Frauen dreieckige Tücher um den Hals. Dass Männer und Frauen sich unterschiedlich kleiden, finden die Kids cool, voll *vintage*. In den meisten Gebäuden sind Organisationen untergebracht. Die Architektur des späten zwanzigsten Jahrhunderts strahlt eine erhabene Nostalgie aus. »Credit Suisse-CaixaBank« steht auf einem eleganten polygonalen schwarzen Turm, »Planeta Mondadori« auf zwei kleineren Zwillingstürmen, die mit hydroponischen Pflanzen bewachsen sind. Exklusive private Gleiter sind hier unterwegs: SsangYong, Apple, Hyundai, Tata ...
Kurz darauf biegt der Worm rechts ab und verlässt die breite Allee, um durch die Wohnstraßen von Les Corts zu gleiten. Das Viertel ist überwiegend verkehrsberuhigt. Elegante Wohnhäuser aus dem zwanzigsten Jahr-

hundert stehen zwischen modernen dynamischen geometrischen Blöcken und deren Plasmafassaden. Die Passanten schlendern in legerer Kleidung durch die Straßen oder sitzen draußen im Schatten elektromagnetischer Laubengänge vor den Lokalen und essen zu Mittag.
Von Minute zu Minute fühlen die Kids sich wieder sicherer und wohler. Alles wirkt so friedlich und zivilisiert wie auf den Straßen von Oxford 7. Nichts deutet in dieser üppig begrünten Stadt auch nur im Entferntesten darauf hin, dass Besucher sich solch entsetzlichen Gefahren aussetzen könnten, wie Rick sie beschrieben hat. Der Worm verlässt die Numancia wieder, dreht sich auf der Berlin und biegt ins Ensanche ab. Fast übergangslos sind die Gehwege schmal geworden, die Fassaden dunkel. Hier in diesem Stadtteil sind auch ganz andere Leute unterwegs.
Auf der Urgell biegt nahezu der gesamte Verkehr Richtung Norden ab, nur einige wenige Gleiter sausen weiter in Richtung historisches Zentrum, vor allem Taxis und öffentliche Verkehrsmittel. Die Gebäude sind nicht mehr aus dem zwanzigsten, sondern aus dem neunzehnten Jahrhundert. Finster, düster sind sie, mit schmalen Gitterbalkonen, auf denen die Wäsche zum Trocknen aufgehängt ist und Topfpflanzen stehen. Auf der Höhe Casanova, Muntaner, Aribau nimmt der Verfall deutlich zu. Einsturzgefährdete Häuser wurden in elastische Folien eingepackt, um niemanden zu gefährden. Andere Häuser sind in besserem Zustand, hier und da bröckelt lediglich der Stuck oder der Putz von den Fassaden. Die alten Holzrollos hängen schief herunter, das Glas an den Eingangstoren ist entweder beschmiert

oder zerbrochen. Alles wirkt schäbig, hinfällig, fast schon wie verwüstet. Verblüffend viele alte Leute laufen hier mit Leiterwägelchen durch die Straßen. Bucklige Alte in abgetragener, dunkler Kleidung, manche gar in Pantoffeln und Bademänteln. Zwischen den vielen heruntergelassenen, mit Graffiti besprühten Rollläden sind nur hier und da einige schmale, höhlenartige Geschäfte geöffnet. Obstkisten stapeln sich auf dem Gehweg. Daneben ist ein Lebensmittelladen, von Waren allerdings keine Spur. An einem orientalischen Bazar stehen verblichene und eingestaubte Plastikblumen. Vor dem Eingang einer Taverne dienen zwei Fässer als Tische. An den vier Ecken der Straßenkreuzung der Paris mit der Enrique Granados befinden sich Stände mit Second-Hand-Klamotten, kleinen reparierten Elektrohaushaltsgeräten und Plastikschuhen auf Styroporschachteln. Ein paar Leute aus der Nachbarschaft stöbern auf dem kleinen Markt zwischen den Sachen herum.

Als der Worm auf der Balmes Richtung Meer abbiegt, wird die Stadtlandschaft zwar nicht schöner, zumindest aber der Verkehr wieder dichter, da viele Gleiter aus Sarrià dazustoßen. Kurz darauf, auf der Höhe von Rosellón, taucht der Worm in einen Schnelltunnel ab, der unter dem restlichen Ensanche und der historischen Altstadt hindurchführt, bevor er sich noch einmal zusammenrollt, dem Abzweig links folgt und Richtung Plaza de Cataluña gleitet.

»Endstation, los kommt«, sagt BB und erhebt sich in dem dunklen Tunnel von ihrem Sitz.

Als Marcuse sich Richtung Ausgang bewegt, bemerkt er, dass sie die letzten Fahrgäste sind.

Emily Deckard fährt in den ersten Stock des Huxley-Towers hinunter. Sie betritt die Ambulanz und geht zielstrebig zum Empfang. Der Krankenpfleger beginnt gerade seine Schicht, hat sich den weißen Kittel noch nicht überzogen. Deckard sagt ihm, sie wolle sich nach dem Zustand von Professor Palaiopoulos erkundigen. Es kommt äußerst selten vor, dass die Rektorin der Ambulanz einen Besuch abstattet. Der Krankenpfleger traut sich daher nicht, ihr im Wartebereich einen Platz anzubieten, bis die diensthabende Ingenieurin kommt. Deckard dreht unruhig ihre Kreise und wartet.

Die Ingenieurin erscheint wenig später. Sie trägt eine raffinierte Frisur mit ineinander verflochtenen Zöpfchen. Unter dem Ingenieurskittel schaut statt einer Krawatte ein buntes mexikanisches Huipil hervor. Mit südamerikanischem Akzent sagt sie:

»Der Professor wurde auf ein Zimmer verlegt. Die Folgen des Herzinfarkts bereiten uns keine großen Sorgen mehr, seine Atmung dafür aber umso mehr.«

»Prognose?«, fragt Deckard.

»Unkalkulierbar. Er kann genauso gut noch fünf Monate leben wie auch in den nächsten fünf Minuten tot sein. Kritisch ist im Moment vor allem seine Atmung.«

»Ich muss mit ihm sprechen«, sagt Deckard und wartet die Reaktion erst gar nicht ab. »Sie brauchen mich nicht zu begleiten. Ah, und achten Sie doch bitte darauf, dass unser Sanitätspersonal jederzeit ordnungsgemäß gekleidet ist. Gehen Sie in Zukunft bitte auch selbst wieder mit gutem Beispiel voran.«

Im zweiten Stock scheint das Sonnenlicht schräg auf den Flur. Die Fenster sind leicht geöffnet, um die Frühlingsluft hereinzulassen, die vom meteorologischen Institut mit Cyanobakterien, Geosminpulver und Petrichoressenzen angereichert wurde. Von der großen Demonstration gestern ist draußen keine Spur mehr zu sehen. Eine neue Reihe transgener Tulpen blühte in den letzten Stunden rund um den Turm auf. Über dem Campus ertönen die Rufe alpiner Suaheli-Sperlinge, australischer Augenbrauensperlinge und blauer kanarischer Schneefinken in einer in der Natur undenkbaren Kombination aus den Lautsprechern. Das Institut für Sperlingsarten vom Fornax College gönnt sich jedes Jahr diesen Frühlingsscherz, ohne dass ihn außer den Forschern viele Menschen bemerken würden. Am Institut selbst wird allerdings leidenschaftlich darüber diskutiert, welche irrwitzige Soundmischung den Stipendiaten dieses Jahr wieder eingefallen ist.

Deckard findet das Zimmer sofort. Zwei Polizisten halten vor der Tür Wache. Junge Burschen. Beide stehen sofort auf und grüßen die Rektorin.

»Rührt euch«, sagt Deckard.

Gerade als sie an die Tür klopfen will, dreht sie sich allerdings noch einmal zu ihnen um.

»Geht ruhig einen Kaffee trinken, wenn ihr wollt«, sagt sie zu ihnen und schaut auf ihre iWatch. »In den nächsten zehn Minuten bin ich auf jeden Fall beim Professor. Viel länger aber nicht.«

Die beiden Polizisten grüßen wieder martialisch und trollen sich erfreut Richtung Cafeteria.

Deckard klopft an die Tür, öffnet sie.

Palaiopoulos liegt im Bett, das Kopfteil ist aufgerichtet.

»Schau mal einer an, die Göttin Kali höchstpersönlich«, sagt er mit künstlich klingender Stimme. Er hat die Atemmaske auf.

Deckard antwortet auf die für sie typische Weise:
»Schöner Tag zum Sterben, was?«
»Denkt irgendjemand daran, heute zu sterben?«, fragt Palaiopoulos zurück.
»Wenn Sie erlauben, werde ich Ihnen einen guten Grund dafür nennen.«
»Tut mir leid, in meinem Zustand bin ich nicht aufgelegt für solche gelehrten Gespräche. Aber ich freue mich wirklich, Sie zu sehen. Das bedeutet ja immerhin, dass es Ihnen nicht gelungen ist, meine Studenten in Barcelona zu verhaften.«
»Meinen Sie die drei Outlaws, die einem gewissen Franz von Assisi ein altes Gutachten von mir in die Hände spielen sollen?«
Palaiopoulos schnalzt dreimal mit der Zunge.
»Ihre tiefen Augenringe machen mir echt Sorgen. Ich wünschte, Sie könnten ruhiger schlafen. Bedrückt Sie irgendetwas?«
Deckard setzt sich wie eine Amazone ans Fußende des Krankenbettes, als wäre es ein Pferd.
»Darf ich Sie mit einer neugierigen Frage behelligen: Seit wann erhoffen Sie sich Hilfe von so einem kaputten Typen, Professor?«
»Meinen Sie diesen bedauernswerten, emotional gestörten Typen, dem alle Behandlungen zur Zellregeneration gestrichen wurden aufgrund eines überstürzt erstellten Gutachtens?«
»Erstens: Die Behandlung wurde aufgrund eines Gerichtsurteils abgebrochen, das von den Richtern gefällt wurde. Zweitens habe ich noch nie ein Gutachten überstürzt geschrieben. Hätten Sie sich wenigstens mal die Mühe gemacht und sich die Polizeiakte dieses Krimi-

nellen einmal angesehen, wären Sie garantiert zu demselben Schluss gekommen.«

»Ich bin überzeugt davon, dass der Betroffene dies anders sieht ... Das erinnert mich an einen alten Film ...«

»Lassen Sie mich raten: *High Noon?*«, fragt Deckard. »Mit der Filmmusik, die unsere Studenten so gern singen?«

Palaiopoulos setzt sich im Bett zurecht, um seine Gesprächspartnerin besser sehen zu können.

»Sie überraschen mich immer wieder mit Ihrem Wissen über die Kultur des zwanzigsten Jahrhunderts.«

»Ich gebe zu, die Filmmusik ist nicht schlecht. Das Drehbuch ist allenfalls ein bisschen naiv, aber ...«

»Wussten Sie, dass der Film in einigen Ländern unter dem Titel lief: *Allein im Angesicht der Gefahr*? Anders als in *High Noon* wissen wir nicht, wie viele Revolverhelden Ihnen auflauern werden. Und wir wissen nicht, in welchem Zug sie ankommen. Werden sie bereits in dem Lande-Zeitfenster heute Abend hier aufschlagen? Oder doch morgen Vormittag? Vielleicht kommen sie auch erst in einer Woche? Sicher aber wiederum ist, dass Sie im entscheidenden Augenblick ebenso allein auf sich gestellt sein werden wie Gary Cooper.«

»Wenn ich mich recht erinnere, besiegt Gary Cooper die Ganoven ...«

»Sicher, Sie haben ja auch selbst schon angemerkt, wie naiv das Drehbuch an manchen Stellen ist ...« Palaiopoulos trällert unter seiner Maske: *»Do not forsake me, oh my darling ...«*

Deckard hält die Klingel in den Fingern, mit der die Kranken sich bei ihren Pflegekräfte bemerkbar machen können.

»Ich würde mal sagen, mein Schicksal ist noch nicht besiegelt, oder etwa doch? Ich spüre, dass der Bericht auf seinem Weg in die falschen Hände noch immer gestoppt werden kann.«

»Sicher, im entscheidenden Moment wird noch mal jemand anrufen, um die Übergabe zu bestätigen«, sagt Palaio.

»Das habe ich mir gedacht«, sagt Deckard. »Also stehe ich vor der Wahl, zu tun, was Sie von mir verlangen, oder mich mit einem rachegeilen Psychopathen anzulegen, der seine Killer jeden Augenblick schicken kann.«

»Bewundernswerte Auffassungsgabe«, sagt Palaiopoulos.

»Und was denken Sie, müsste ich tun, damit dieser Bericht nie seinen Adressaten in Barcelona erreicht?«

»Hmmm, interessante Frage. Lassen Sie mich überlegen ... Von Ihrem Amt als glorreiche Rektorin auf Oxford 7 zurücktreten?«

Deckard legt die Klingel wieder aufs Krankenbett, neben die Füße von Palaiopoulos.

»Das könnte Ihnen so gefallen, nicht wahr?«, sagt sie. »Ein Triumph auf ganzer Linie nach hundert Jahren voller Demütigungen. Aber ich hätte da noch eine bessere Idee«, sagt sie.

»Wollen Sie die Höhe des Lösegelds noch ein wenig nach unten verhandeln?«

»Eigentlich nicht. Ich habe darüber nachgedacht, was passiert, wenn ich Ihnen Ihre Maske abnehme. Sagen wir, nur für ein paar Minuten. Vielleicht auch etwas länger.«

Palaio schaut sich nach der Klingel um. Seine Augen

sind stärker geweitet als noch vor wenigen Augenblicken.
»Es dürfte reichen, wenn ich einmal laut schreie, falls Sie das versuchen sollten«, sagt er. »Da draußen sitzen zwei Burschen von der Polizeiakademie.«
»Was würden Sie dazu sagen, wenn ich denen erlaubt hätte, eine Pause in der Cafeteria einzulegen … Sie wissen ja: meine Macht …«
Palaio dreht den Kopf zur Tür.
»Polizei!«, ruft er, so laut es ihm mit der Maske möglich ist.
Deckard schaut ebenfalls zur Tür. Die zwei warten und schweigen einige Sekunden lang.
»Sehen Sie?«, sagt Deckard. Ihre Hand nähert sich dem Gesicht von Palaiopoulos und hebt ihm behutsam die Maske von der Nase. Währenddessen sagt sie: »Es ist eine echt existenzielle Erfahrung, mit Angst zu leben, nicht wahr? Das heißt es, ein Sklave zu sein.«
Der Professor bleibt reglos liegen. Sein Bauch hebt und senkt sich sichtbar unter der Decke.
»Und jetzt verraten Sie mir mal eins, Professor: Da ich nun schon mal mit dem Rücken zur Wand stehe, welchen Grund könnte ich haben, Ihnen die Maske nicht wegzunehmen und Sie wie einen feigen Wurm vor meinen Augen ersticken zu lassen?«
Palaio antwortet nicht. Sein Bauch hebt und senkt sich weiterhin merklich, und seine Atmung wird geräuschvoller unter der Maske. Deckard spielt mit der Klingel und steht vom Fußende des Betts auf.
»Fällt Ihnen keiner ein?«, fragt sie.
Sie macht zwei Schritte bis zum Kopfende auf ihn zu. Palaiopoulos folgt ihr mit seinen Blicken. Deckard

beugt sich zu seinem Gesicht hinunter und legt ihre Lippen an sein Ohr:
»Ich werde Ihnen sagen, warum«, flüstert sie. »Ich würde das nie tun, weil ich im Gegensatz zu Ihnen ein Gewissen habe.«
Sie richtet sich auf, legt die Klingel dicht neben die Hand von Palaiopoulos. Dann holt sie eine Speicherkapsel aus ihrer Tasche und lässt sie aufs Bett fallen.
Bevor sie den Raum verlässt, bleibt sie noch einmal stehen.
»Daran können Sie ja denken, wenn Sie einsam sterben«, sagt sie.
Und dann verschwindet sie durch die Tür.

Der Worm taucht an der Kreuzung der Gran Vía mit dem Paseo de Gracia wieder aus dem Tunnel auf. In zwei Umdrehungen gleitet er rund um die Fuente Central und wartet mit erhobenem Haupt, bis die Ampel grün wird. Danach geht es weiter die Allee hinunter. Ein kleines Stück unterhalb von Caspe hält er an.
»*Final de trajecte: Plaça Catalunya*«, kündigt die synthetische Stimme an. »*Tinguin cura de les seves pertenences*«.
Ein weiteres Mal zeigt die Stadt ein völlig neues Gesicht: Tausende von Touristen drängen sich mit ihren Fotobrillen auf den Gehwegen. Die Bäume sind stattlich, Hecken wurden reichlich gepflanzt, und die Straßenlaternen wirken barock. Niedrige Häuser aus dem neunzehnten Jahrhundert entfalten hier ihre ganze Pracht. Die Glasscheiben sind spiegelblank geputzt und die Fassaden in strahlendem Weiß gestrichen. BB

geht vorweg. Die Kids peilen einen großen offenen Platz an, der ein Stück unterhalb der Haltestelle zu sehen ist. In dem dichten Gedränge fällt es schon schwer, einfach nur geradeaus zu laufen. Menschen unterschiedlichsten Alters sind unterwegs, alle sehen sich jedoch ähnlich mit ihren Shorts, Flip-Flops, Mützen und Tanktops. Das Getöse der zahllosen Stimmen, Hupen und Gleiter ist ohrenbetäubend.
Bald schon haben sie die Plaza de Cataluña in ihrer ganzen Größe vor sich. Vermutlich hätte der gesamte Space-Port von Oxford 7 auf der Fläche Platz. Sie haben Schwierigkeiten, sich zu orientieren. Stimmt die holographische Karte, dann gehen die Ramblas hier irgendwo an einer Ecke von dem Platz ab. BB lässt den Finger kreisen, was heißt, dass sie ihn umrunden werden. Marcuse und Mam'zelle gehen hinter ihr her, überqueren den Paseo de Gracia, die Ronda de San Pedro, bis sie an einem modernen, etwa achtzigstöckigen Gebäude ankommen. Auf halber Höhe steht in riesigen grünen kalligraphischen Buchstaben:
»*L'estil britànic*«, liest Mam'zelle, sich fragend, was das wohl bedeuten mag. Gut gelaunte Touristen steigen in großen Mengen aus zwei langen Worms mit Panoramadächern oder steigen in sie ein. Der Slogan »*Barçalona m'enamora*« steht in großen blauen Buchstaben auf den Gleitern. Das Menschengewimmel ist so groß, es gibt so viel zu sehen und zu hören, dass sie sich nie länger auf irgendetwas konzentrieren können. An der Calle de Fontanella warten schier unendlich viele Fußgänger darauf, zur Portal del Ángel hinüberzukommen. Als die Ampel endlich grün wird, gelingt es nur einem ganz kleinen Teil der Menge in dem chaotischen Gewühle

auf die andere Straßenseite zu gelangen. Der Rest rückt lediglich auf dem Gehweg ein klein wenig vor. BB entdeckt ein Stückchen weiter zwei schmale Fußgängerbrückchen, die ebenfalls über die Straße führen. Über Wendeltreppen gelangt man nach oben. Der Aufstieg gestaltet sich mühselig. Immerhin aber werden hier die Fußgängerströme durch Drehkreuze voneinander getrennt. Als sie endlich zur Portal del Ángel kommen, fragen sie sich, ob sie bereits vor den Ramblas stehen. In dem Getümmel werden sie von einer Gruppe verschwitzter Touristen noch ein Stück weitergetrieben. Nirgends stehen Hinweisschilder. BB entdeckt die Dienstmützen zweier Wachleute, die sich auf den Treppen der ehemaligen Banco de España postiert haben. Ein Logo der Credit Suisse-CaixaBank springt ihr ins Auge. Sie arbeitet sich bis zu den ersten Treppenstufen vor und fragt die Wachleute in bestem Standardenglisch nach den Ramblas. Einer der Sicherheitstypen hat eine spiegelnde Sonnenbrille auf der Nase und formt mit der Hand eine Ohrmuschel. BB schreit ihm die Frage ein weiteres Mal deutlich lauter zu, um sich irgendwie inmitten dieser Geräuschkulisse verständlich zu machen. Der Wachmann zeigt erst mit dem Daumen nach links, dann wackelt er mit dem Zeigefinger, als wolle er ihr sagen, dass es besser sei, nicht dorthin zu gehen. Noch einmal zeigt er mit dem Daumen nach links, und erneut will er ihr mit dem Zeigefinger zu verstehen geben, dass dies keine gute Idee sei. BB dreht sich um, sucht Mam'zelle und Marcuse in der Menge, die sich gegen den Strom zu stemmen versuchen, der sie Richtung Calle de Fontanella mitreißt. BB zeigt nach links, und als müssten sie gegen einen Sandsturm ankämpfen, bewegen sie sich alle nur langsam vorwärts in diese Richtung. In der Nähe des Hard Rock Cafe lässt das Gedränge nach. Jugendliche sitzen auf den Gehwegen, essen Sandwiches und trinken Bier aus großen 0,33-Liter-Büchsen. Sie sehen nicht aus wie Touristen, eher wie Studenten. Die Atmosphäre ist vergleichbar mit den nicht autorisierten Partys im hydroponischen Park auf Oxford 7. Um die Ghettoblaster herum wird getanzt, viele trinken Bier oder drehen sich eine Zigarette nach der anderen. Im Vorbeigehen saugt Marcuse genüsslich die Luft ein. Ein betrunken wirkendes Mädel tanzt langsam und lässt ihre Kurven kreisen. Sie schnappt Marcuses Blick auf und reicht ihm ihre Zigarette herüber. Marcuse freut sich und nimmt einen kräftigen Zug. Der Tabak ist verdammt gut. Die Tänzerin gibt ihm zu verstehen, dass er die Kippe zu Ende rauchen darf.

»Ich glaube, Barcelona könnte mir gefallen«, sagt Marcuse.

»Sei so gut und schmeiß die Zigarette weg«, sagt BB. »Uns fehlte gerade noch, dass du wieder in philosophische Stimmung kommst.«

Sie erreichen die Kreuzung mit der Rambla de Canaletas. Auf einer kleinen Fußgängerinsel befindet sich ein Zugang zur Untergrundbahn. In der Nähe der Rolltreppen stehen fünf riesige aufblasbare Puppen, rund und rosig, in der blauen Uniform der Stadtpolizei. Drei Meter dürften sie etwa groß sein, und ihre pausbäckigen Gesichter lachen breit über beide Ohren. Sie wirken eher wie ein psychologisches Hindernis, als wie eine echte Absperrung. »*Barçalona m'enamora*«, steht als Slogan auf ihren Bäuchen. »*No passeu, no passeu, no passeu*« geht es darunter weiter.

»Mein Gefühl sagt mir, dass das die berühmten Ramblas sind«, sagt Marcuse.
An der Calle de Pelayo sind zwei Polizistinnen postiert. BB wechselt einen Blick mit der ihr am nächsten stehenden. Auch ihr Zeigefinger wackelt hin und her. Dieselbe warnende Geste wie vorhin. Die Polizistinnen achten jedoch nicht weiter auf die drei, sondern wenden sich wieder ihrem Gespräch zu. Was man von den Ramblas auf den ersten Blick erkennen kann, unterscheidet sich kaum von den anderen Straßen. Der Mittelstreifen ist breit, hell und mit Bäumen bewachsen. Die Gebäude sehen zwar weniger prächtig aus als auf dem Paseo de Gracia, aber dennoch nicht gefährlich. Außerdem laufen auch hier trotz der aufgeblasenen Riesenpolizisten und der psychologischen Sperre einige Leute ganz normal über die Straße, wenn auch vielleicht ein wenig geduckter.
»Also, auf was warten wir noch«, sagt BB und geht voran.
Marcuse und Mam'zelle schauen sich zweifelnd an, folgen ihr aber doch. Es scheint wirklich nicht gefährlich zu sein. Nach kurzer Zeit stoßen sie auf einen seltsamen Brunnen mit mehreren Wasserhähnen, der aussieht wie eine Bestattungsurne. Davor jongliert ein außergewöhnlich dünner, junger Typ mit freiem Oberkörper in einer elastischen Nadelstreifenhose mit drei Keulen. Er scheint den Kids imponieren zu wollen, denn seine Bewegungen werden dynamischer, und eine der Keulen jongliert er jetzt immer dichter über dem Kopf. Er lächelt sie an, seine Zähne sind unsäglich verfärbt. Neben ihm liegt ein dünner weißer Hund und schläft.
Die Kids gehen weiter.

Sie bemerken nicht einmal, dass die Rollläden überall heruntergelassen sind, vor dem »Musical Emporium«, der »Cervecería Baviera« oder dem »Panorama Foto«. Sie gehen einfach weiter und begegnen weiteren jonglierenden Jugendlichen. Ein Kerl in Hosen mit Schottenkaros und einem Zirkusjäckchen spielt mit Devilsticks. Ein anderer balanciert auf einem Rola-Bola-Brett. Mehrere Jugendliche werfen sich Ringe im hohen Bogen über den Gehweg zu. Neben den Jongleuren schlafen Hunde oder kratzen sich genüsslich ihr Fell. Unterhalb der engen Calle Bonsuccés wird es noch belebter. Irgendwo wird getrommelt, es klingt so, als säßen die Trommler im schattigeren Teil der Ramblas. Zunehmend sitzen Leute auf dem Boden herum, trinken, rauchen oder schlafen. Die meisten haben ihre Köpfe bis auf ein paar lange Strähnen kahl geschoren. Unter dem Vordach eines geschlossenen Kiosks haben es sich welche gemütlich gemacht und feuern zwei Typen auf Einrädern an, die mitten auf den Ramblas miteinander kämpfen und versuchen, sich gegenseitig vom Einrad zu werfen. In der nächsten Bude glucken Hühner in ihrem Käfig im Rhythmus der Trommeln. Auch ein paar Kaninchen gibt es. Mam'zelle hat noch nie echte Kaninchen gesehen, sie streckt den Kopf neugierig in die Bude hinein. Gut riecht es nicht gerade da drinnen. Ab der Pintor Fortuny wurden die großen Platanen nicht mehr beschnitten, sie verschränken sich zu einem dichten, undurchdringlichen natürlichen Dach. Die Stadtreinigung hat sich offenbar in dieser Gegend schon lange nicht mehr blicken lassen. Wann immer sie in die wenigen Seitensträßchen hineinschauen, wird ihnen die Sicht von überfüllten Müllcontainern versperrt.

Ein Haufen Kinder macht sich einen Spaß daraus, Müllbeutel von einem in den anderen Container zu werfen. Hunde balgen sich um Mülltüten, die ihr Ziel verfehlen und auf den Ramblas landen. Der Lärm der Trommeln wird immer lauter. Jetzt sieht man auch, wo die Musik herkommt. Mehrere Typen sitzen auf dem schrägen Dach eines Kiosks und trommeln frenetisch auf Djembés, Bongos und Darbukas. Vor ihnen tanzen Menschen jeden Alters. Ein junges schwangeres Mädchen geht in die Mitte, tanzt barfuß und ekstatisch. Mit ihren Handflächen streichelt sie sich dabei ihren runden Bauch, der nicht mehr zu übersehen ist und unter einem tarnfarbigen Hemdchen hervorlugt. Eine alte Frau mit langen grauen Haaren und einer Plastikblume hinter dem Ohr sitzt in der Nähe, die welken Brüste hängen ihr bis zum Bauch. Ihre Lippen hat sie sich mit knallrotem Lippenstift bis zum Nasenansatz angemalt. Auf Krücken hält ein einbeiniger Mann mühsam das Gleichgewicht, während er gegen einen Briefkasten kotzt, der mit dem Friedenssymbol beschmiert ist. Ein Hosenbein seines Pyjamas ist über dem Knie verknotet, darüber trägt er ein schwarzes Gewand. Kleine Mädchen sammeln Kippen vom Boden auf. Das Haar einer Fünfjährigen in Spitzenunterhöschen und Gummistiefeln ist abrasiert. Wenn sie sich bückt, sieht man, dass ihr ein großer schwarzer Totenkopf auf die Schulter tätowiert wurde. Vor der Belén-Kirche wurden eine ganze Reihe ungleicher Doppelstockbetten aufgebaut. Von den oberen Betten baumeln zum Teil Arme und Beine herunter. Darunter liegen Hunde auf den Matratzen. Zahllose Tauben bevölkern die Bettrahmen. Die Männchen blähen ihr Gefieder auf

und turteln mit den Weibchen. Ihre weißlichen Exkremente und schmutzigen Federn sind über den ganzen Platz verteilt.
Je tiefer sie ins Herz dieser illegalen Community vordringen, desto zerlumpter sind die Menschen, und desto nackter laufen sie herum. Viele Kinder hüpfen in Phantasiedessous über die Ramblas. Die meisten Typen aber tragen Mönchskutten und haben ihre Haare in den irrwitzigsten Formen rasiert.
BB dreht sich um und flüstert Mam'zelle zu:
»Jetzt wird es langsam ungemütlich.«
Als sie sich noch weiter umdreht und hinter sich schaut, zischt sie plötzlich:
»Scheiße, wo zum Teufel ist Marcuse abgeblieben?«

Marcuse ging oberhalb der Portaferrissa verloren. Er folgte der Spur eines besonders aromatisch duftenden Tabaks, die ihn zu einem alten Fettwanst mit dunkler Brille und einer verrückten grünen Schirmmütze führte. Der Typ hauchte bloß etwas wie »guter Junge« und bot ihm zu rauchen an. Marcuse schaute unauffällig weg und versteckte sich hinter einem Kiosk. Das Gefühl, von dem Typen verfolgt zu werden, wurde er allerdings nicht mehr los. Mit klopfendem Herzen versuchte er, ihn abzuhängen, indem er in einen überdachten Hauseingang hineinschlüpfte. Zufällig landete er in der ehemaligen Stadtbücherei, deren Regale fast vollständig in Trümmern liegen. Die Eingangshalle ist mit Büchern gepflastert, als wären sie Fliesen. Viele Bücher wurden zu Sitzgelegenheiten aufgestapelt.

Ein paar Jugendliche rauchen dort in aller Ruhe und schauen einem orientalisch aussehenden Jungen beim Contact Juggling mit einer Kristallkugel zu. Er wirft die Kugel nicht in die Luft oder vollführt Pirouetten mit ihr, sondern lässt sie langsam über seinen Körper und über die Handflächen gleiten, chippt sie dann und wann mit den Fingern an, sodass sie schwerelos dahinschwebt, als würde der Junge die Kugel durch die Luft streicheln. Neben Marcuse lacht jemand laut auf und findet bewundernde, grobe Worte für die verschiedenen Kunststücke. Marcuse schaut ihn an. Der Junge hat ein schwarz-gelb gestreiftes Hemd an, verfilzte Rasta-Locken auf dem Kopf und sitzt auf einem Bücherstapel. Er ist winzig, hat ein affenähnliches Gesicht und abstoßende Zähne, deren Farbe undefinierbar zwischen Orange und Braun changiert. Seine halb aufgerauchte Zigarette reicht er Marcuse, der sie dankend annimmt. Die Zigarettenspitze ist ein bisschen feucht, Marcuse fürchtet jedoch, ihn zu beleidigen, und raucht. Nachdem er seine anfängliche Scheu überwunden hat, schmeckt ihm die Zigarette köstlich, sanft und kräftig zugleich. Als er sie ihm nach ein paar Zügen zurückgeben möchte, drängt ihn der Junge mit den ruinierten Zähnen dazu, weiterzurauchen. Marcuse nimmt noch ein paar Züge. Der Junge interessiert sich nicht mehr für das Contact Juggling, sondern schaut Marcuse lächelnd an.

»Gut?«, fragt er.

»Sehr gut«, sagt Marcuse.

Der winzige Kerl steht auf und kommt mit seinem Mund dicht an Marcuses Ohr.

»Rauch mehr«, flüstert er.

Sein Atem riecht sauer.
Auch der orientalisch aussehende Junge mit der Kristallkugel kommt zu ihnen herüber und fordert Marcuse dazu auf, so zu tun, als würde er an einem imaginären Faden ziehen. Marcuse zieht an dem Faden, und die Kugel bewegt sich auf der Handfläche des Jongleurs. Der kleine Kerl mit den verfaulten Zähnen freut sich besonders über den Trick und klatscht in die Hände. Mittlerweile steht Marcuse im Mittelpunkt der Aufmerksamkeit. Einige, die zuvor noch auf dem Boden lümmelten oder auf Bücherstapeln saßen, kommen zu ihnen herüber. Marcuse fühlt sich immer unwohler. Er möchte dem Zwerg die Zigarette zurückgeben. Aber der Winzling flüstert ihm nur wieder ins Ohr:
»Rauch weiter.«
Ein anderer Typ kommt lächelnd von der anderen Seite auf Marcuse zu. Sein Gebiss ist ebenso abstoßend wie das des Winzlings. Er ist aber viel größer und korpulenter. Sanft pustet er Marcuse immer wieder Luft ins Gesicht, während dieser widerwillig an der Zigarette zieht und versucht, unauffällig nur noch zu paffen. Er hustet ein wenig. Seine Knie werden ihm weich. Ohne brüske Bewegungen versucht er, sich aus der Umzingelung herauszuwinden, sich von den beiden zu befreien und dem Jongleur, der die Kugel vor seinen Augen hin- und hergleiten lässt, als wolle er ihn hypnotisieren. Aber der Winzling packt Marcuse am Nacken und fordert ihn erneut dazu auf, weiterzurauchen. Danach leckt er ihm langsam mit der Zunge quer über die Wange. Marcuse versucht, sich endgültig aus der Umklammerung zu lösen, der links von ihm spürt jedoch die Absicht und drückt Marcuses Brust mit einer Hand fest

gegen die Wand. Alle lachen sich schlapp. Vor lauter Panik meint Marcuse, das Gelächter von Zombies zu hören. Sein Herz klopft wie irre, während er mit letzter Kraft versucht, sich aus dem Griff des Typen rechts von ihm zu befreien. Der packt Marcuse zudem an der Hand und drückt zu. An seinem Hals spürt er etwas Feuchtes. Der Winzling mit den verfaulten Zähnen leckt ihn mit der Zunge.

»Lasst mich in Frieden«, möchte Marcuse betteln, aber die Hand, die ihm eben noch die Brust an die Wand nagelte, hält ihm mit einem Mal den Mund zu.

Plötzlich bellt eine schroffe Stimme:

»Ey, verdammt, der gehört mir«, brüllt die Person.

Die Umklammerung lockert sich. Jemand kommt näher und stößt die Jugendlichen zur Seite, die sich um ihn geschart hatten.

»Das ist meiner«, donnert derjenige in klassischem Englisch. »Ich hab ihn zuerst gesehen, ihr Arschficker.«

Flüche und wüste Beschimpfungen gehen hin und her. Als die Hand Marcuses Mund loslässt, erhascht er einen Blick auf die grüne Schirmmütze des schrecklichen Typen, der vorhin »guter Junge« zu ihm gesagt hatte. Jetzt wirkt der Mann noch größer und massiger als zuvor. Er schubst sich den Weg zu Marcuse frei. Seine Pranke packt ihn an der Brust.

»Weg mit euch, ihr Scheusale«, zischt er.

Der Fettwanst zerrt Marcuse am Jackenkragen nach vorn. Die süßlichen Ausdünstungen seines Körpers überdecken alle anderen Gerüche. Das Murren und der Protest um sie herum werden immer lauter. Der massige Kerl schubst Marcuse und packt ihn von hinten an den Haaren. Sein fester Griff zwingt ihn, vorwärts zu laufen.

»So, komm mal her, Kleiner«, sagt er mit rauer Stimme. »Du wirst schon sehen, was für einen Spaß wir noch miteinander haben werden.«
Marcuse weint still und leise. Als er in einen dunklen Eingang gezerrt und geschubst wird, stolpert er, kann sich gerade noch fangen. An der Treppe gerät er erneut ins Straucheln. Mittlerweile ist er so schwach, dass er auf den ersten Stufen fällt. Er zittert am ganzen Körper. Frostschauer laufen ihm grundlos über den ganzen Körper. Aus den Augenwinkeln beobachtet er, wie der Fettwanst draußen nach rechts und links schaut, die Straße abcheckt, bevor er hereinkommt und die Tür hinter ihnen schließt. Spärliches Licht fällt aus einer hohen Luke ins Treppenhaus.
»Lass mich bitte frei«, winselt Marcuse. »Bitte, meine Mutter hat Geld. Sie zahlt, so viel du willst ...«
Der Typ seufzt, bevor er etwas sagt:
»Hättest du Aquarel mal besser nie verlassen, mein lieber Emotionsingenieur«, sagt er.
Die Stimme klingt nicht mehr rau. Sie kommt ihm bekannt vor. Wirkt beruhigend. Mit einem Mal erkennt er den Tabakduft der Pfeife.
»Rick?«, fragt er.
»Ist das alles, was du an dieser beschissenen Uni gelernt hast? Meine Mutter ist reich, sie zahlt, so viel du willst ... Sollen sie dich erst in den Arsch ficken und dann auch noch euer Geld abzocken?«
Marcuse bekommt keinen Ton heraus.
»Komm, du Heulsuse, jetzt haben wir es ja fast überstanden«, sagt Rick. »Hattest du ein Schwein, dass du nur an diese kleinen Gauner geraten bist und nicht an die wirklich Gefährlichen ...«

Palaiopoulos braucht eine ganze Weile, bis er sich nach Deckards Besuch wieder gesammelt hat. Die Datenspeicherkapsel, die sie ihm aufs Bett geworfen hat, ist ihm zuerst gar nicht aufgefallen. Zufällig fühlt er sie mit der Hand, als er die Klingel sucht.

Er startet die Videos, und die Aufnahmen flimmern über den Bildschirm an der Wand.

Auf der Kapsel sind die Polizeiberichte gespeichert, die zu Franz von Assisis Vergehen angefertigt wurden, seit ihm die Behandlung zur Altersverlangsamung verweigert wurde. Einige Morde hat er seitdem begangen, er selbst oder seine Leute. Eine Reihe davon waren Ritualmorde. Außerdem geht man davon aus, dass er für die Entführung und den möglichen Tod eines V-Manns verantwortlich ist, der seit über sechs Monaten verschollen ist. Die Berichte schließen mit der 3-D-Autopsie eines außerirdischen Touristen, dessen Leiche erst vor knapp zwei Wochen an der Fuente de Canaletas baumelnd aufgefunden wurde. Das Opfer war gefoltert worden und gepfählt, so der Gutachter, ein Forensiker, und seine Hände so festgezurrt, dass sie halbverhungerten Hunden zum Fraß ausgesetzt waren. Nur die Hände.

Auch wenn die Tat nicht mit hundertprozentiger Sicherheit Franz von Assisi zugeschrieben werden kann, legen die dunkelbraunen Wollspuren mehr als nahe, dass zumindest seine Getreuen die Finger mit im Spiel hatten. Vermutlich aber beging er die meisten Verbrechen selbst.

Zu Beginn der Rambla de las Flores ist die Straße besonders breit. Die Mädels suchen noch immer nach Marcuse. Die Zufahrt zur Calle del Carmen wird von einem umgestürzten Polizeibus versperrt, der im rechten Winkel zum Portikus der Belén-Kirche liegt, die wiederum zur Gemeinschaftslatrine umfunktioniert wurde – zumindest dem Gestank und den zusammengeknüllten, dreckigen Partiturenschnipseln nach zu urteilen. Weitere Schrottfahrzeuge bilden in der Nähe ein Ehrenmal: zur Erinnerung an die Einnahme des Marktes La Boquería im Jahr 2078. Ein alter Feuerwehrgleiter steht, zum Kinderspielplatz umfunktioniert, vor dem Palacio de la Virreina. Mehrere Monogleiter der Polizei türmen sich mitten auf den Ramblas zu einer komplexen, gewundenen Metallskulptur. Ein Taxi ohne Türen und Fensterscheiben hält den kaputten Rollladen des Musikfachgeschäfts »Casa Beethoven« oben, das noch Jahre nach der Straßenschlacht als Papierlieferant für die Latrine ausgeschlachtet wird. Tische und Stühle aus verschiedenen Bars stehen oder liegen neben zerfetzten Sonnenschirmen herum. Die Gebäude sind hier trotz des dichten Naturdachs etwas besser zu sehen. Stoffbahnen ersetzen fehlende Fensterscheiben, die Häuser sind wild durcheinander mal rot, mal schwarz gestrichen. Unten an die Hausfassaden wurden Piratenflaggen geschmiert, Peace-Zeichen, umgedrehte Kreuze, gespreizte Mösen, Sperma spritzende Schwänze, Yin-und-Yang-Kreise, Regenbögen, gotische Zeichen, das Anarchisten-A und keltische Runen.

»Hier sind ganz offensichtlich die Systemfeinde zu Hause«, sagt Mam'zelle. »Wenn das die Kids aus dem Corona Australis sehen könnten.«

Zwei Männer in Mönchskutten sitzen an einem der Tische und reichen sich eine Flasche. Sie winken die Mädels zu sich, pfeifen, gestikulieren wild. Sie sind vollkommen besoffen.

»Ich glaube, es ist an der Zeit, uns ein bisschen besser zu tarnen«, sagt BB und mustert Mam'zelle von oben bis unten. »Irgendwie sind wir overdressed.«

Sie gehen zurück zu einem Brunnen, den sie eingangs der Portaferrissa gegenüber einer geplünderten Apotheke gesehen hatten. Einige Frauen waschen sich dort. Eine hockt vor einer Waschschüssel, die sie vor sich auf den Boden gestellt hat. Mit der Hand schöpft sie Wasser aus der Plastikschüssel und benetzt damit ihr Geschlecht. Mit einem feuchten Schwamm wird ein schreiendes Baby am ganzen Körper abgeschrubbt. Eine große Pampers-Packung liegt offen auf dem Boden neben einer Packung Binden von Dolce & Gabbana. Auf dem Brunnenbecken reihen sich Medikamente, Schminke, Desinfektionsmittel und luxuriöse Parfüms nebeneinander, die vermutlich aus geplünderten Geschäften stammen.

»Vor uns liegt offenbar das Boudoir des Anti-Systems«, sagt Mam'zelle.

»Nimm die Ohrringe raus«, sagt BB zu ihr.

»Wieso? Was ist mit meinen Ohrringen?«

»Mit ihnen siehst du noch mehr aus wie eine außerirdische Sexualingenieursstudentin.«

»Bin ich ja auch«, sagt Mam'zelle.

»Und genau das sollte man besser nicht schon auf hundert Meter Entfernung sehen.«

Mam'zelle gibt BB die Ohrringe. BB nimmt einen und steckt ihn sich in eine Augenbraue.

»Wie sieht das aus?«, fragt sie Mam'zelle.
»Eeey, die haben dreißig Eurodollar gekostet ...«
BB biegt den zweiten auch noch zurecht.
»Warte mal«, sagt sie. »Den hier stecken wir dir an die Nase.«

Das Atmen fällt Palaiopoulos immer schwerer. Er hat die Speicherkapsel deaktiviert, um die Informationen auf dem Bildschirm nicht länger ertragen zu müssen. Auf sein Klingeln hin erscheint der Pfleger.
»Ich muss ganz dringend«, sagt er zum ihm, »Leroy Torres sprechen, den Studentensprecher ... So schnell wie möglich, bitte.«
»Gut. Ich versuche, ihn zu erreichen. Geht es Ihnen nicht gut? Soll ich die Ingenieurin rufen?«
»Nein, alles okay. Ich muss unbedingt Leroy Torres sprechen ...«
Als der Pfleger das Krankenzimmer verlassen hat, verzieht Palaiopoulos das Gesicht vor Schmerzen. Atmen, eine Weile noch muss er weiter weiteratmen, ohne auf die stechenden Schmerzen in der Brust zu achten.
Er darf nicht sterben.
Noch nicht.

In dem finsteren Hauseingang beruhigt sich Marcuse wieder. Mit einem Ärmel wischt er sich die Tränen aus dem Gesicht. Nachdem seine Augen sich an die Dunkelheit gewöhnt haben und er wieder etwas Fassung zurückgewonnen hat, schaut er sich Ricks Aufmachung genauer an: das Hemd offen bis zum Bauchnabel, um den Hals baumelt ein großer schwarzer Mondstein.

»Sind Sie uns die ganze Zeit gefolgt?«, fragt er ihn.

»Ich war vor euch hier.«

»Aber wir sind doch auf dem schnellsten Weg mit dem Worm ...«

»Mit der Untergrundbahn ist man schneller.«

»Warum machen Sie das?«

»Weil ich keine Lust habe, aus den Nachrichten zu erfahren, wie eure Geschichte ausgeht.«

»Wie haben Sie es geschafft, in der kurzen Zeit so zuzunehmen?«

»Ist das hier ein Verhör, oder was ...?«

Marcuse wechselt das Thema.

»Ich mach mir Sorgen um die Mädels ...«

»Sie können noch nicht weit sein. Außerdem können sie besser auf sich aufpassen als du ... Konntest du vorher nicht wenigstens mal was Cooles mit deiner Frisur veranstalten?«

Marcuse streicht sich die seidigen, perfekt geschnittenen Haare nach hinten, die, bis auf eine reizende, ins Gesicht fallende Strähne, sofort wieder ihre vorherige Form annehmen.

»Was würden Sie denn an meiner Stelle mit ihnen veranstalten?«

»Egal, lass ruhig ...«

Rick öffnet das verrostete Tor zur Straße und späht hinaus. Dann dreht er sich zu Marcuse um, fordert ihn mit einer Handbewegung zum Gehen auf.

»Los, komm. Ich hab das Gefühl, die Brüder sind gerade auf einem niedrigen Adrenalin-Level unterwegs, nimm dich aber trotzdem in Acht. Sie sind richtig gefährlich.«

»Wer sind die Brüder?«

»Die in den Mönchskutten. Los, auf, wir müssen hier wieder verschwinden, bevor es dunkel wird.«

»Warum?«, fragt Marcuse.

»Musst du mir eigentlich immer widersprechen, bei allem, was ich vorschlage?«

Marcuse zögert einen Augenblick, bevor er den schützenden Eingang verlässt. Rick mustert ihn von oben bis unten:

»Los, komm jetzt, mein Junge ... auf ...«

Sie laufen an einigen Hauseingängen vorbei, nähern sich durch einen Bogengang wieder den Ramblas und finden sich neben einer alten Apotheke an der Fuente de Portaferrissa wieder. Marcuse steht plötzlich einem großen rothaarigen Mädchen gegenüber. Sie trägt einen Nasenring aus Aluminium. Ein Träger ihres Shirts ist so nach unten gerutscht, dass ihre linke Brust nackt ist.

»Mam'zelle ...«, sagt Marcuse.

»Wo zum Teufel warst du?«, fragt BB. An ihrer Augenbraue steckt der andere Ohrring. Ihre blonden Haare sind wild nach oben gegelt.

»Ich habe Rick getroffen«, sagt Marcuse und zeigt nach hinten.

Die Mädels schauen sich den Mann mit der grünen Kappe an, der hinter ihm steht.

»Rick ...«, sagt Mam'zelle, »du hast aber in der kurzen Zeit irre zugenommen ...«

»Und du solltest besser deinen Träger hochziehen,

wenn du nicht willst, dass irgendein Jongleur dich daran festbindet«, so Rick.
»Ich möchte nicht auffallen ...«
»Wo? Auf einer Party von Yves Saint Laurent?«
»Eigentlich hat er vollkommen recht«, sagt BB. »Vielleicht ist die ganze Aufmachung ein bisschen zu ... kunstvoll geraten.«
»Also«, sagt Rick, »wollt ihr diesen Franz von Assisi immer noch treffen? Oder reicht euch das für eure Anti-System-Erfahrung?«
»Wer ist Yves Saint Laurent?«, fragt Marcuse.
Durch den Pulk an Frauen, die sich rund um den Brunnen aufhalten, bahnen sich mit einem Mal die zwei in den Mönchskutten den Weg: die zwei Besoffenen, die Mam'zelle und BB vorhin am Tisch gesehen haben. Einer der beiden stellt sich hinter Mam'zelle. Er hat Segelohren. Mit einer Hand hebt er seine Kutte. Auf Unterwäsche hat er großzügig verzichtet.
»So etwas Geiles bekommst du wohl nicht auf deiner Raumstation zu sehen, hä?«
Der andere schmeißt sich fast weg vor Lachen.
»Eeey«, ruft Mam'zelle und teilt mit dem Ellbogen nach hinten aus.
Sie erwischt ihn an der Rippe. Er flucht heftig und hält sich mit einer Hand die Seite.
»Du schmierige Fotze ...«, zischt er. »Ich steck dir den Schwanz in die Schnauze, dass du erstickst.«
Jemand zieht geräuschvoll die Nase hoch. Es ist Rick. Er nimmt Mam'zelle zur Seite und rotzt der Mönchsrobe mitten ins Gesicht. Bevor der andere reagieren kann, packt ihn Rick an einem Ohr und dreht es so

lange, bis der Typ, dessen Freund unbemerkt verschwunden ist, vor ihm auf dem Boden kauert.
Rick beugt sich langsam zu ihm hinunter und zischt ihm ganz leise ins Ohr:
»Und jetzt zieh Leine, und zwar schnell, du miese kleine Laus.«
Danach zieht er ihn noch einmal heftig am Ohr und stößt ihn auf den Gehsteig. Die Mönchsrobe kriecht ein paar Meter rückwärts, steht dann auf, wischt sich mit dem Ärmel die Spucke aus dem Gesicht und hält sich das Ohr.
»Neofaschist«, brüllt er Rick an, während er sich davonmacht. »Hyperkapitalist ... Ey, aufgepasst, hier treibt sich ein arschgesichtiger Spekulant rum ...«
»Körperpflege beendet?«, fragt Rick die Kids.
Niemand antwortet.
»Dann wollen wir mal ...«
Rick geht der kleinen Delegation voran die Ramblas hinunter, wechselt die Straßenseite. Als sie am Feuerwehrwagen vorbeikommen, fragt Marcuse:
»War das nicht einer von den Gefährlichen?«
»Wer?«
»Die Laus mit den abstehenden Ohren.«
»Das war zum Glück einer, der nur so tut, als wäre er gefährlich.«
»Und ... wie kann man sie unterscheiden?«
»An ihrem Blick«, sagt Rick.
Sie gehen weiter.
»Hey, Rick.«
»Was?«
»Ich verspreche dir, dass ich nie wieder so ein Angsthase sein werde ...«

»Ich wünschte, ich könnte dasselbe von mir behaupten. Aber nett, dass du es sagst. Ich weiß ja, wie es gemeint ist.«

Nachdem Emily Deckard mit Palaiopoulos geredet und das Krankenzimmer verlassen hat, nimmt sie den Aufzug.
Ihr Puls ist beschleunigt.
Vielleicht hätte sie die Geschichte mit dem Alten ein für alle Mal beenden sollen, denkt sie. Die Maske wegnehmen und zuschauen, wie er verreckt.
Sie schaut sich im Spiegel an. Blauer Anzug, hochgesteckte Haare. So kennt alle Welt sie. Die Schlampe, die alle hassen.
Entspannung täte jetzt gut.
Sie drückt auf »–5« und fährt hinunter zu den Parkplätzen der Direktion.
In ihrem iCar verlässt sie den Huxley-Tower.
Sie räuspert sich.
»Sekretariat der Rektorin«, ruft sie.
Als ihr Sekretär antwortet, redet sie in dem für sie charakteristischen Tonfall, einem Tonfall, der keinen Widerspruch duldet.
»Ich muss ein paar Dinge erledigen und bin heute Vormittag außer Haus. Sagen Sie bitte alle Termine ab. Am Nachmittag bin ich wieder zurück.«
Sie deaktiviert die automatische Steuerung und biegt nach links auf eine zweite Nebenbahn ab. Mit einer Hand nimmt sie den Aluminiumstab heraus, der ihre Haare zusammengehalten hat. Sie lässt die Gegend mit

den Hotels und Boutiquen hinter sich, gleitet an Kaufhäusern, Werkstätten und billigen Wohnhäusern vorbei. In den Straßen hier wohnen überwiegend Hausmeister und Angestellte der Hausverwaltungen. Viele Warentransporter sind auf den Bahnen unterwegs, und die meisten Menschen auf der Straße tragen rote Overalls. In der Ferne zeichnen sich die funkelnden Lichter der Nachtseite ab.

Bevor sie über die Tag-Nacht-Grenze der Space-Station gleitet, ändert sie die iCar-Einstellungen. Die silberne Karosserie leuchtet mit einem Mal dunkelblau. An den Abzweigungen biegt sie auf immer schmalere Bahnen ab. Der Lichtschein der Magnetfackeln spiegelt sich in den Pfützen, die sich um die Gullys herum gebildet haben. Reinigungskräfte sind damit beschäftigt, die Abfälle der letzten illegalen Studentenpartys zu entsorgen. Wie immer türmen sich Speedy-Ragweed-Büchsen und kleingetretene Polyurethan-Tabletts. Frische Urinspuren sieht man an den Häuserecken, und Zigarettenkippen liegen herum.

Ihr iCar gleitet in die Sackgasse 56N 28E. Die heruntergelassenen Metallrollläden der Depots sind vollgeschmiert mit Schriftzügen in allen Farben.

Emily Deckard berührt den Bildschirm, gleich darauf öffnet sich ein Rollladen, auf dem steht:

»Erforsche systematisch den Zufall«.

Darunter ist ein unheimlich aussehendes, mehrpupilliges Auge gesprayt.

Emily gleitet mit ihrem iCar in die Garage, berührt den Bildschirm, der Rollladen schließt sich wieder.

Sie steigt aus. Öffnet den Kofferraum.

Als sie fünf Minuten später die Garage verlässt, sind

ihr blauer Anzug, die weiße Bluse und ihre hochhackigen Schuhe Geschichte. Sie trägt einen bis zum Knie reichenden kakifarbenen Mantel. Stiefeletten. Eine schwarze ägyptische Perücke. Eine große Sonnenbrille, obwohl es draußen dunkel ist. Lange Zickzack-Aluminium-Ohrringe.
Sie verlässt die Sackgasse. Die Nachtluft ist frisch. Deckard atmet tief ein. Der beißende Gestank von Urin und Kotze ist ihr egal. Ihre Hände stecken tief in den Manteltaschen. Eine randvoll mit Münzen gefüllte, pfirsichgroße From-Truck-Till-Bag-Börse hat sie in ihrer Tasche. Deckard geht zügig, erreicht schnell eine vertikale Bahn, die direkt hinunter zum Space-Port führt. Biegt rechts ab, wieder rechts, dann links. Am Eingang einer Bar, der White Hart Tavern, flimmert ein Filmchen auf einem Bildschirm. Ein Hirsch hüpft immer im Kreis. »Die Barrikade blockiert die Straße, aber weist den Weg« steht in einer leuchtenden Laufschrift darunter auf einem Display. Sie geht hinein und setzt sich an die Bar. »In Gold we trust« haben die Studenten unter ein Graffito gesprayt. Der Barbesitzer kennt die Frau mit der großen Sonnenbrille und den langen, zackigen Aluminium-Ohrringen vom Sehen. Sie taucht hier ab und zu auf. Mit ihr hatte er noch nie Probleme: zwei Shots hochprozentigen Alkohols bestellt sie in der Regel, manchmal auch drei. Um ihre Krankenversicherungskarte kann man sie nur beneiden. Eine anonyme Police ohne jegliche Beschränkung des Alkoholspiegels. In seinem ganzen Leben hat der Barbesitzer erst eine Hand voll solcher Karten gesehen. Sie zahlt immer in bar. Zehn oder fünfzehn Eurodollar in Münzen bekommt er meistens von ihr. Münzen,

die sich mit großem Gewinn weiterverkaufen lassen.
Emily Deckard trinkt zwei Shots, einen dritten, legt fünfzehn Eurodollar auf die Theke und verlässt das Lokal.
Zwei Häuser weiter liegt der Eingang zu billigen Kabinen virtueller Realität.
»Lust auf einen Tee mit Freundinnen deiner Mutter?«, steht auf einem Plakat. Das »Anal-Special der Woche« verspricht ein anderes.
»Sweet Dreams« heißen die Kabinen. Das dunkelrote Schild mit der Leuchtschrift hebt sich von der schwarzen Wand deutlich ab. Das Etablissement ist ultraviolett beleuchtet. Staub und abbröckelnder Putz strahlen in dem Licht wie weiße Sterne.
Emily drückt eine schwarze Tür auf und geht hinein.
Auch der Typ im »Sweet Dreams« kennt die Frau mit der großen Sonnenbrille und den langen, zackigen Ohrringen, den Aluminiumblitzen. Sie nimmt immer zwei Einmal-Hygiene-Tücher, die unter den hautengen Anzug gezogen werden. Aus dem Menü wählt sie nie etwas aus, sondern hat ihren Chip mit eigenen Virtual Experiences dabei. Der Mann weiß, dass es fünfstellige Beträge kostet, sich die personalisierte Virtual Experience zu programmieren, sogar sechsstellige. Und die Frau zahlt immer in bar, immer mit Münzen, die sie aus ihrem Beutel hervorzaubert. Warum eine solche Frau sich keine hochmodernen Luxuskabinen mit neurologischen Ultraschallschnittstellen und echten Ledersesseln leistet, hat er sich schon oft gefragt. Nun, es geht ihn ja nichts an. Er muss ihr lediglich die zwei Einmal-Hygiene-Tücher aushändigen,

zwanzig Eurodollar kassieren und ihr eine freie Kabine zeigen.
»Nice experience«, wünscht er.
Sie antwortet nie, lässt aber eigentlich immer eine Münze mehr auf dem Tresen liegen.
Nun stiefelt sie mit wehenden Perückenhaaren in die Kabine 7.
Emily Deckard zieht sich nackt aus, schlüpft in die Einmal-Hygiene-Tücher und steckt die aufblasbaren Nippel des hautengen Anzugs in ihre Körperöffnungen. Einen Nippel führt sie tief in die Vagina ein, den zweiten in den Anus und den Oralnippel behält sie im Mund. Sobald sie den Anzug fertig angezogen hat, steckt sie den Chip in den Immersionshelm, zieht ihn auf, legt die überkreuzten Gurte und Vorrichtungen an und steigt dann in den aufgehängten Sitz.
Das Menü poppt auf, das Hintergrundbild ist schwarz. Sie klickt einen Link an, auf dem sie schon ewig nicht mehr war. Nummer zwei: »Appartement«.
Die Experience beginnt vor einer grauen Tür. Der Code: V9 827. Emily Deckard in ihrem legendären blauen Anzug und ihren hochhackigen Schuhen.
»Ich bin's«, ruft sie. Das Display leuchtet auf.
Die graue Tür schnappt auf, öffnet sich. Der Flur liegt im Kerzenlicht. Emily läuft ihn rechts entlang. Die Wachsformationen unter den Kerzen sehen zum Teil skurril aus. Sie geht an einem kleinen dreieckigen Beistelltischchen von IKEA vorbei. Je näher sie dem Salon kommt, desto stärker riecht es nach Medikamenten, nach Apotheke, vor allem nach Eukalyptus.
»Du bist aber spät, Emily«, sagt Palaiopoulos zu ihr. Er

sitzt in einem karierten Bademantel mit schwarzen Strümpfen und Pantoffeln auf dem Sofa.

»Tut mir leid«, sagt sie. »Gleich bin ich ganz für dich da.«

Mit der Spitze ihres hochhackigen Schuhs hält sie den Absatz des anderen, sodass sie mit dem Fuß bequem herausschlüpfen kann. Den zweiten Schuh zieht sie sich mit einer Hand aus. Die Schuhe bleiben auf dem Boden gerade dort liegen, wo sie gelandet sind. Acht Zentimeter kleiner ist sie jetzt. Das Jackett des blauen Anzugs knöpft sie von unten nach oben auf. Neun Knöpfe. Ein Ärmel dreht sich beim Ausziehen um. Die Jacke fliegt achtlos auf einen Sessel. Den Kragen der weißen Bluse knöpft sie sich ein Stück auf, schlägt die Ärmel hoch. Zum Schluss lockert sie noch ihre blaue Krawatte, die sie dann auszieht, ohne den Krawattenknoten ganz zu lösen. Alles, was sie abstreift, landet achtlos auf dem Sessel. Zum Schluss zieht sie ihren Büstenhalter und ihren Slip aus. In Strapsen geht sie hinüber zum Sofa.

Palaiopoulos öffnet seinen Bademantel, lässt ihn von den Schultern hinabgleiten. Er steht nicht auf. Sein Brustkorb ist schmal, die Haut pergamentartig, seine Männerbrüste hängen an ihm herab wie kleine Säcke. Um die großflächigen Brustwarzen herum wachsen lange, dünne Haare. Emily setzt sich auf seine Knie. Mit seinen knochigen Händen und arthritischen Fingern streichelt Palaiopoulos ihre Arme. Er nimmt das Gebiss heraus, legt es auf eine Sitzgelegenheit und leckt Emilys Brüste. Er leckt sie, saugt sie, als wolle er aus ihnen trinken. Dann streicht er mit der Hand über ihre Scham, schnappt sich, während sie sich küssen, ein

paar Schamhaare und zieht sanft an ihnen. Seine Hand dreht sich, gleitet zwischen ihre Beine. Emily stöhnt leise auf und wird feucht. Sie kniet sich vor Palaiopoulos hin, der sein Becken nach vorne schiebt, damit sie besser an sein Geschlecht kommt. Emily nimmt es in die Hand und streichelt es. Lang und schmal ist sein Penis, schlaff und gelblich hängt er über dem großen Hodensack. Sie hebt den Schwanz hoch, umschließt ihn erst mit ihren Lippen und steckt ihn sich dann tief in den Mund. Palaiopoulos streichelt ihr dabei sanft über die Haare und die Schultern, er atmet gleichmäßig und ruhig.
»Braves Mädchen«, sagt er zu ihr. »Siehst du, wie sehr ich dich mag, wenn du ein gutes Mädchen bist?«, dabei lispelt er noch mehr als zuvor.
Sein Geschlecht wird in Emilys Mund größer und steifer. Sie holt es kurz heraus, um es sich anzuschauen, es mit ihrer Spucke feucht zu machen. Mit der Zunge streicht sie um die veilchenblaue Eichel, die in ihrer scharfen Kontur wie eine Pfeilspitze aussieht. Nahezu monströs findet sie es, sobald sie an den Kopf des Aliens denken muss, der aus John Hurts Brust herausgeplatzt ist.
Danach dreht sie sich auf den Zehenspitzen um, erhebt sich und setzt sich auf ihn, führt dabei sein Geschlecht mit der Hand, sodass er zwischen ihren sehr feuchten, klopfenden Schamlippen tief in sie eindringt.
»Oah«, sagt sie, als ihr zum zweiten Mal ein feuchter Strahl auf die Strapse spritzt.

Als Torres und Marsalis in der Krankenstation des Huxley-Towers ankommen, warnt sie die Ingenieurin, dass Palaiopoulos mit dem Tod ringt. Er sei so geschwächt, dass er den Schleim nicht mehr richtig abhusten könne. Die rasselnde Atmung komme daher. Gerade werde die Flüssigkeit im Rachen abgesaugt. Er werde in eine stabile Seitenlage gelegt und man injiziere ihm subkutan die pflanzliche Droge Scopolamin, die unter anderem auch die Speichelproduktion hemme. Gegen die Atemnot sei ihm Chlorpromazin intramuskulär gespritzt worden. Er befände sich in hyperaktivem, delirierendem Zustand, lalle zeitweise unzusammenhängend, habe aber keine starken Schmerzen, daher habe man mit Opiaten abgewartet. Es mache nämlich sehr den Eindruck, als wolle Palaiopoulos ihnen unbedingt noch etwas Wichtiges mitteilen.

Als die beiden jungen Männer das Krankenzimmer betreten, werden die glasigen Augen des Professors für einen Augenblick schärfer und wacher. Er ist schweißgebadet, die Atmung rasselt wie eine Kettensäge. Unter dem verknitterten nanotechnischen Hemdchen sind die gebrechlichen, hundertsechsundvierzig Jahre alten Beinchen zu sehen, an denen sich Beulen gebildet haben. Die arthritischen Fußknöchel wirken wie ausgerenkt. Die Füße sind von der Synovitis so deformiert, dass der linke Fuß aussieht, als wäre er der rechte und umgekehrt. Die Haut auf der Innenseite der Schenkel ist mit übel aussehenden Flecken übersät, die Schienbeine mit feuchten Ekzemen und die Zehenknochen mit dicht beieinanderliegenden Hautknötchen.

Seine knochige Hand umfasst das Handgelenk von Torres mit einer Kraft, die für einen im Sterben liegenden alten Mann überraschend ist.

SECHS

Rick lässt die Casa Beethoven und den Feuerwehrgleiter hinter sich. Die Kids folgen ihm dicht auf den Fersen. Am ehemaligen Großmarkt La Boquería kommen sie vorbei, in dem vor ein paar Jahren der Zirkus Antiglobal Alternativ auftrat und die zirkusanarchistischen Gruppierungen beim Festival untergebracht waren.
Die beiden Zugänge zur Untergrundbahn stehen unter Wasser, in einem der Eingänge planscht eine Entenfamilie im grünlichen Gewässer. Die Antigua Casa Figueras, ein Stückchen unterhalb, ist eines der wenigen Geschäfte, in dem auch nach der Besetzung Betrieb ist. Aus der ehemaligen Patisserie ist ein Tattoo-Studio geworden. Vor dem Eingang sitzt ein Meister mit grauem Bart auf einem Stuhl und verewigt mit seiner Tattoonadel einen großen Harlekin mit Vampirzähnen auf der Schulter seines Kunden. Durch das dichte Laubdach dringt schwaches Licht.
Sie überqueren die Hospital und kommen an dem Bodenmosaik Mirós vorbei, das in den Paseo Central eingelassen ist. Das Mosaik ist zur Feuerstelle der Community geworden. Jede Nacht werden hier mit dem schier unendlichen Reservoir an Holzmöbeln, die über die Balkons aus den Häusern hinausgeworfen werden,

riesige Lagerfeuer veranstaltet. Selbst jetzt, am späten Nachmittag, glimmt die Asche noch vom letzten Morgengrauen.

An der Straßenecke San Pablo bleibt Rick stehen:

»Ihr haltet jetzt besser den Mund«, sagt er.

Unter der durchscheinenden Markise des Gran Teatro del Liceo stehen einige der alten, herausgerissenen Parkettsitze wild durcheinander. Das rubinrote Polster hat all seinen Glanz verloren, es ist dreckig und rissig. Mehrere Fraticelli sitzen, in Mönchskutten gehüllt, auf einem der Sitze und platzieren die Füße auf einem anderen. Sie versperren den Weg durch die Bögen in die Vorhalle. Rick stellt sich vor einen mit übergezogener Kapuze, der dabei ist, ein Bier zu trinken.

»Verzeihung, Bruder, wir haben etwas für Franz von Assisi dabei«, sagt Rick in klassischem Englisch. Sein Tonfall ist ungezwungen, aber respektvoll.

Der Kapuzenträger starrt ihn an. Man hat das Gefühl, dass er auch die Kids mustert, seine Augen sind unter der Kapuze jedoch kaum zu erkennen.

»Hast du das Adrenalin dabei?«, raunt er.

»Verzeih, aber ich darf nur mit Franz von Assisi sprechen. Ich bin ein alter Bekannter von ihm. Wenn du gestattest, gehen wir hinein und reden mit dem zuständigen Fraticelli.«

Der Typ grunzt genervt. Er lässt sich erst in den Sitz zurückfallen, nimmt dann die Füße vom Stuhl und lässt sie durch.

Rick betritt das Vestibül, die Kids folgen ihm. Die Fenster sind zwar schmutzig, aber komplett erhalten. Zwischen zwei Bögen hängt das Plakat der letzten Oper, die hier aufgeführt wurde: *Els Segadors Blaugrana* von

Coldplay, vom 17. November 2078. Durch die schmierigen Scheiben erahnt man die vollkommene Dunkelheit im Foyer. Eine der Flügeltüren steht sperrangelweit auf.
Rick tritt mit den Kids über die Schwelle.
Alles, was früher in weißem Marmor erstrahlte, wirkt jetzt düster, alles ist schwarz angestrichen, die Wände und selbst die Pseudorenaissancesimse – nur der Boden hat sein Muster behalten. Die Säulen sind immerhin blutrot, hier und da schimmert noch ein wenig Gold durch. Das Licht kommt von den vielen über das ganze Foyer verteilten Paraffinkerzen. Einige von ihnen stehen in den alten Lampen, die erst in den vierziger Jahren in eine elektromagnetische Beleuchtung umgewandelt worden waren. Lange weiße Stalaktite aus Paraffin hängen an ihnen herunter.
So ähnlich muss es in den Kirchen des zwanzigsten Jahrhunderts gerochen haben.
»Gleich biegt Bela Lugosi um die Ecke und sagt uns Hallo«, sagt Mam'zelle.
»Pssst«, zischt Rick.
Sie gehen ins dunkle Foyer hinein. Niemand hält sie auf, nur Geflüster ist zu hören. Ihre Augen haben sich noch nicht gut genug ans Dunkel gewöhnt, um erkennen zu können, wie viele Fraticelli sich hier aufhalten. Um die fünfzig Kapuzenträger dürften es sein. Sie dösen vor sich hin, trinken Bier, rauchen Zigaretten, liegen auf Luftmatratzen auf dem Boden oder hocken auf den Treppenstufen. Rick und die Kids dagegen sind bestens zu erkennen, ihre Konturen zeichnen sich im Licht, das aus dem Vestibül hereindringt, deutlich ab.
Einer der Brüder steht auf und kommt auf sie zu.

»Habt ihr das Adrenalin dabei?«, fragt er mit leiser Stimme.
»Wir haben Franz von Assisi etwas mitgebracht«, sagt Rick. »Sag ihm, Adrián Alonso aus der alten Polytechnika würde ihn gern sprechen. Ich bin mir sicher, dass er uns sehen möchte.«
Der Fraticelli macht eine gelangweilte, ärgerliche Geste.
»Arme hoch«, befiehlt er. Danach tastet er sie oberflächlich ab. Jeden einzeln. Etwas in Marcuses Hosentasche interessiert ihn. Marcuse holt es heraus und gibt es ihm.
»Was ist das?«, fragt er.
»Eine Memory-Kapsel«, sagt Marcuse.
Der Fraticelli beschnuppert sie. Unabsichtlich kommt er auf einen Knopf und aktiviert sie. Ricks iWatch leuchtet auf, macht »Piep« und erhält die Anfrage, ob das Material abgespielt werden soll.
»Da wird irgendein Film drauf sein«, sagt Rick.
Der Fraticelli beobachtet ihn aus der Kapuze heraus und steckt die Memory-Kapsel in die Mitteltasche seiner Mönchsrobe.
»Ey, sag mal, spinnst du, die Kapsel haben wir für Franz von Assisi mitgebracht«, sagt BB.
Rick pufft sie in die Seite, um sie zur Räson zu bringen.
»Wartet hier«, befiehlt der Fraticelli.
Rick und die Kids setzen sich auf die unteren Stufen der Freitreppe, auf die er gezeigt hat. Der Fraticelli geht an ihnen vorbei die Treppe hinauf und verliert sich im Halbdunkel.
»So, so, Adrián Alonso also«, murmelt BB und schaut Rick an.

»Kann ich doch nichts dafür, den Namen habe ich mir schließlich nicht ausgesucht.«
In der Zwischenzeit versuchen sie genauer zu erkennen, wie viele Fraticelli sich in dem Raum aufhalten. Die dunkelbraunen Kutten heben sich jedoch kaum ab in der Dunkelheit. Das düstere Foyer schluckt das Kerzenlicht. Hier und da hüstelt jemand. Obwohl es zu keiner bedrohlichen Situation gekommen ist, haben sie ein ungutes Gefühl.
Nach zwei Minuten kommt der Fraticelli die Treppe wieder hinunter auf sie zu.
»Das kann dauern«, sagt er zu ihnen.
»Wie lange?«, fragt Rick.
»So lange wie nötig. Kommt mit.«
Das klang nach einem Befehl. Der Fraticelli führt sie zur Haupttreppe, die breiter ist als die beiden Seitentreppen. Einige Fraticelli sitzen auf den unteren Treppenstufen und rutschen zur Seite, um sie durchzulassen. Rick und die Kids gehen hinter ihm her.
Kerzen stehen auf dem Treppengeländer, unter ihnen bedecken Paraffintropfen den schwarz überstrichenen Marmor. Der rote Teppich auf den Treppenstufen dämpft das Geräusch ihrer Schritte. Nach einigen Stufen gehen sie durch einen Rundbogen hindurch, dann geht es weiter hinauf. Die Decke ist nun sehr hoch. Durch ein viereckiges Dachfenster dringt an der höchsten Stelle ein wenig Licht herein. So ein Treppenhaus mit diesen dicken Säulen lässt vermuten, dass es hier oben noch Räume gibt. Auf einer Statue von Murnaus Nosferatu sitzt der Kopf von Marilyn Manson. Sie steht genau dort, wo seit dem neunzehnten Jahrhundert die Muse der Musik den Blick auf sich gezogen hatte.

Sie gehen noch ein kleines Stück weiter, links hinauf, und kommen in den Spiegelsaal.
Die Spiegel hängen noch da, die Wände und Türen sind jedoch schwarz übermalt.
»Wartet hier, bis ich euch rufe«, sagt der Fraticelli.
Sie sind allein. Dutzende von Kerzen stehen auf den Vorsprüngen der Simse. In den Spiegeln sehen sie sich vervielfacht. In der Mitte steht ein Billardtisch mit dunklen Schmutzflecken. Kleine schwarze Sessel stehen entlang der Wände. Zigarettenkippen und verbeulte Bierbüchsen liegen überall herum. Es riecht nach kaltem Rauch und Schulumkleidekabinen.
»Da kann man mal sehen«, sagt Rick, »wie sehr die Paraffinkerzen in Mode gekommen sind.«
»Gibt es hier keine elektromagnetische Energie?«, fragt BB.
»Sie dürften noch den einen oder anderen Generator haben, aber die Stadt hat die Stromversorgung innerhalb der besetzten Zone unterbunden.«
»Dann können sie doch gar nicht sehen, was wir auf der Kapsel ...«
»Dafür brauchen sie bloß einen Bildschirm und einen Induktor.«
»Wäre es nicht effizienter gewesen, ihnen zusätzlich auch das Wasser abzudrehen?«, fragt Marcuse.
»Dann hätte sich die schöne Touristenmetropole einen Typhusherd mitten ins Nest gelegt ...«
»Wir müssen jetzt noch schnell einen Anruf machen, bevor wir mit Franz von Assisi sprechen«, sagt BB.
»Wen wollt ihr denn anrufen?«, fragt Rick.
»Wir müssen uns auf Oxford 7 melden. Dürften wir dafür kurz die iWatch benutzen? Verabredet ist, dass

wir noch einmal final besprechen, wie wir weiter vorgehen, ob nach Plan oder nicht.«
»Was?«, fragt Rick.
»Könnte ja sein, dass ein Gespräch mit Franz von Assisi gar nicht mehr nötig ist«, sagt BB. »Mal sehen, was Palaio sagt.«
»Bist du verrückt? Meinst du, wir können hier einfach so hereinspazieren und uns dann wieder verziehen?«, fragt Rick. »Wir sind hier nicht zu Besuch. Bevor wir nicht mit Franz von Assisi gesprochen haben und er uns wieder laufenlässt, betrachten sie uns hier als ihre Gefangenen ...«
»Wir dürfen mit niemandem reden, bevor Palaiopoulos uns nicht grünes Licht gegeben hat.«
Rick rauft sich die Haare.
»Ich glaube«, sagt er, »jetzt solltet ihr langsam mal die Karten auf den Tisch legen. Was habt ihr eigentlich vor? Warum ist die Polizei hinter euch her? Und was habt ihr angestellt?«
»Nichts«, sagt BB.
»Die Polizei gibt nicht einfach so einen Space-Haftbefehl heraus ...«
»Wir haben unsere subkutanen Chips zum Teufel gejagt und sind illegal aus Oxford 7 abgereist. Das ist alles.«
Rick schaut sie an:
»Und wozu das Ganze?«, fragt er. »Was hat Palaiopoulos damit zu tun? Wer ist diese Deckard? Warum wollt ihr überhaupt mit Franz von Assisi reden? Und was ist auf der Memory-Kapsel gespeichert ...?«
»Deckard ist die Rektorin von Oxford 7«, sagt Mam'zelle. »Palaiopoulos war lange Zeit der Vertreter der

Professoren. Deckard ließ ihn absetzen, angeblich aus medizinischen Gründen. Wegen seines schwachen Herzens ... Das war aber nur ein Vorwand: Palaio konnte es mit ihr aufnehmen. Seit es den neuen Professorenvertreter gibt, wurden die Immatrikulationsgebühren gleich um zwanzig Prozent angehoben ... Nicht einmal Musik dürfen wir jetzt noch in unseren Zimmern hören ...«

»Verstehe, verstehe: Diese Deckard geht euch gehörig auf den Sack und macht euch das Leben zur Hölle. Was noch ... ?«

»Na ja, Palaio kam da auf die Idee ... Marcuse hat bei Deckard studiert und arbeitete sogar mit ihr als Stipendiat zusammen. Daher hatte er Zugang zu gewissen Informationen.«

Rick schaut Marcuse an.

»Heißt: Ihr wisst etwas über Deckard, was Franz von Assisi auf den Gedanken bringen könnte, sie fertigzumachen, nicht wahr? Und Palaiopoulos setzt Deckard damit unter Druck, stimmt's?«

»So in etwa«, sagt Marcuse.

»Und was wisst ihr?«

»Deckard schrieb 2078 ein Gutachten, indem sie strikt davon abriet, Franz von Assisi eine Therapie zur Zellregeneration zugutekommen zu lassen. Auf der Basis des Gutachtens wurde 2079 dann das Gerichtsurteil gefällt. Die gesamte Dokumentation, die kinesische Analyse, der Bericht und alles andere sind auf der Memory-Kapsel gespeichert.«

Rick denkt kurz nach.

»Ihr meint das ernst?«

Die Kids nicken.

Rick schüttelt den Kopf, lässt sich aufs Sofa fallen und sinkt in sich zusammen.
»Ich weiß nicht, wen ich mehr bedauern soll. Euch oder eure arme Rektorin«, sagt er. »Sobald ihr erst einmal richtig begreift, was das für sie bedeutet, werdet ihr nie wieder glücklich in eurem Leben.«
Marcuse: »Wenn Palaio nicht möchte, dass wir Franz von Assisi einschalten, werden wir ihm von alledem einfach nichts sagen.«
Rick: »Du vergisst, dass Franz von Assisi die Memory-Kapsel bereits in seinen Händen hält.«
»Auf der Memory-Kapsel findet er nur Deckards Code als Sachverständige. Und wir müssen ihm den Code ja nicht entschlüsseln.«
»Oho, ihr wollt ihm den Namen nicht sagen«, sagt Rick. »Und habt ihr auch noch ein Zyankali-Käpselchen im Backenzahn, oder hat Palaiopoulos euch irgendeine Zen-Meditation für den Fall beigebracht, dass sie euch jedes Glied eures Körpers bei lebendigem Leibe einzeln ausreißen?«

Emily Deckard zieht sich an.
»Gehst du?«, fragt Palaiopoulos. Er sitzt mit offenem Morgenmantel auf dem Sofa, darunter ist er nackt.
»Ja.«
»Komm bald wieder. Lass nicht wieder so viel Zeit verstreichen.«
»Ja«, sagt Emily.
Als sie ihre Jacke bis auf den letzten Knopf zugeknöpft hat, rückt sie das Nachttischchen wieder an seinen Platz,

beugt sich vor und küsst Palaiopoulos auf die Stirn. Er tätschelt ihr die Wange.
Deckard geht durch die Wohnungstür und verlässt ihre Virtual Experience. Das Menü leuchtet auf und öffnet ihr die Optionen.
Deckard tippt auf »Exit experience«, setzt den Helm ab und zieht den Chip heraus.
In dem hautengen Anzug fühlt sie sich nun unangenehm schmierig.
Sie öffnet alle Vorrichtungen, steigt aus dem Sitz und den Gurten, zieht sich die Stöpsel aus ihren Körperöffnungen und wischt mit Feuchttüchern ihr Geschlecht ab, ihre Schenkel, die Achseln und auch das Gesicht.
Danach zieht sie sich wieder an, ihre Stiefeletten, setzt die Perücke mit der ägyptischen Frisur auf, streift sich den Mantel über, setzt die große, dunkle Sonnenbrille auf und fädelt die Ohrringe durch die Löcher in die Ohrläppchen.
Sie verlässt die Kabine, geht an der Rezeption vorbei und grüßt den Angestellten zum Abschied mit erhobenem Daumen.
Draußen spürt sie die frische Nachtluft der Space-Station.
Mit großen Schritten geht sie zurück zu der Stelle, an der sie ihr iCar geparkt hat. Als sie erneut an der White Hart Tavern vorbeikommt, bleibt sie stehen.
»Die Barrikade blockiert die Straße, aber weist den Weg«, liest sie.
Die Vorstellung, in den Huxley-Tower zurückzukehren, ist ihr ein Graus. Jetzt noch nicht.
Sie betritt das Lokal, setzt sich an die Bar.
Der Typ hinter der Theke wundert sich, dass er sie so

schnell wiedersieht. Diese Frau kam bisher noch nie zweimal hintereinander in die Bar.
Emily bestellt einen Shot mit hochprozentigem Alkohol. Der Bartender bringt ihn ihr. Ein Song von Bob Dylan läuft, einem Songwriter aus dem zwanzigsten Jahrhundert, der einmal den Nobelpreis gewann für seine Lieder über die Rebellion, den Widerstand und die Jugend:

Come senators, congressmen
Please heed the call
Don't stand in the doorway
Don't block up the hall ...

»Willkommen in der Realität«, denkt Emily Deckard. »Protestlieder, aufrührerische Studenten, Erpressungen, nur weil man seine Arbeit gut macht, Drohungen.«
Angst empfindet sie in diesem Moment keine. *High Noon*. Immerhin unterstehen ihr die Sicherheitskräfte und Sondereinsatzkommandos. Im Unterschied zu Gary Cooper sieht sie sich nicht allein der Gefahr gegenüber. Es ist eher Überdruss.
... For the times they are a-changin' ...

Sie mag nicht mehr länger gegen irgendwelche Unruhen ankämpfen, die Schlampe Deckard sein, das Ziel von Intrigen, übler Nachrede und Gerüchten wie denen, sie erteile mit kühlem Kalkül mehr Genehmigungen für Gleiter, als es legale Parkmöglichkeiten gebe. Wer wurde dafür beschimpft, dass die Studenten keine Präcomputermusik mehr laut in ihren Wohnungen hören dürfen? Obwohl das Gesetz von einem Minister der Westlichen Union durchgeboxt wurde, der früher selbst einmal Student auf Oxford 7 war. Ein arroganter Snob aus dem Corona Australis, der vor kurzem noch ebenso nonkonformistisch und großmäulig war wie die Studis von heute.

»We will fuck you, Deckard.«

Sie ist immer die Schlampe und Palaiopoulos der Held. Alle lieben den tollen, geistreichen und charismatischen Professor.

Niemand bemerkt offenbar, dass sie alle einen Fanatiker anhimmeln. Was fordert sie schon von ihnen? Lediglich Disziplin. Palaiopoulos dagegen usurpiert gleich ihr ganzes Denken. Ihr ist es ein Rätsel, dass den Studenten nicht bewusst wird, wie sehr er sie konditioniert. Mit seinen alten Filmen, seiner Jazz-Musik, seiner billigen Philosophie der Freiheit ... Sogar die begabtesten Emotionsingenieure hat er schnell am Haken.

Emily nimmt einen Schluck von ihrem Drink, spielt mit ihrer iWatch.

Wen könnte sie mal anrufen?

Sie geht die Liste mit den Privatnummern durch.

Drei Einträge.

»*Credit Suisse*«, liest sie, »*Kontoinformation*«.

Die Daten werden gesendet. Fünf Sekunden später piept es:

»Guthaben gesamt: 8.587.650 Schweizer Franken«, liest sie.

»Jährliche Rendite: 645.988 Franken.

Durchschnittlicher Steuersatz auf Alfa Zürich: 0,00%.«

Mit ihren sechsundsiebzig Jahren ist sie bereits eine reiche Frau.

Auf was wartet sie eigentlich noch?
Worauf?
Das Lied von Bob Dylan ist zu Ende. Das nächste Lied kommt, wieder ein Protestsong:

Imagine there's no heaven
It's easy if you try ...

»Ich hätte gern noch einen Drink«, sagt sie zum Barmann.
Der Bartender kommt mit der Flasche zu ihr herüber und schüttet ihr das Glas noch einmal voll.
»Könnten Sie mal andere Musik spielen?«, fragt Emily.
»Was für Musik?«
»Keine Ahnung ... Irgendein Lied, das zur Abwechslung mal kein messianisch veranlagter Nonkonformist komponiert hat.«
»Tut mir leid«, sagt der Barmann. »Bei uns läuft immer Präcomputermusik.«

Im Spiegelsaal des Gran Teatro del Liceo tippt BB die Nummer von Palaiopoulos in Ricks iWatch. Aus irgendeinem Grund nimmt nicht der Professor ab, sondern Leroy Torres.
»Endlich«, sagt Torres. »Wo seid ihr?«
»Na, wo wohl? In Barcelona«, sagt BB.
»Hört mal gut zu«, sagt Torres. »Lasst bloß diesen Franz von Assisi aus dem Spiel«, sagt er.
»Zu spät ... Wo ist denn Palaio?«
»Hier ... Er kann im Moment nicht sprechen ...«

»Was ist denn passiert?«
»Wir sind bei ihm auf der Krankenstation im Huxley-Tower. Wir haben uns das Polizeiarchiv von diesem Typen angesehen, der Typ ist gemeingefährlich, bleibt ja weg von dem, verstanden?«
»Zu spät«, sagt BB.
Palaiopoulos hat sich im Bett aufgesetzt und bittet Torres, ihm die iWatch zu geben. Sein Gesicht erscheint auf dem Bildschirm, den Ricks iWatch ausgefahren hat. Sie sieht die Sauerstoffmaske und hört, wie beschissen es klingt, wenn er atmet.
»Professor«, keucht sie.
»Ich kann nicht lange sprechen«, sagt Palaiopoulos. »Verratet ihm Deckards Namen nicht. Bitte ... Sie hätte mich fertigmachen können, und sie hat es nicht getan.«
»Er hat aber die Memory-Kapsel mit dem Gutachten bereits in seinen Händen«, sagt BB.
Rick will auch mit ihm reden. Er nimmt BB am Arm und dreht die iWatch so weit herum, dass er im Bildschirm erscheint und mit ihm reden kann.
»Hör mal, du alter Verrückter, du hattest noch etwas gut bei mir ... aber so hatten wir ja nicht gewettet ...«
»Alonso ... Ich schwöre dir, dass ich nicht wusste ...«, sagt Palaiopoulos.
Rick fällt ihm ins Wort.
»Wenn diese Kids hier diesem Psychopathen nicht geben, was er will, macht er sie fertig. Und ich halt mich da raus, verstanden?«
Eine der Flügeltüren des Spiegelsaals öffnet sich. Rick und die Kids schauen zur Tür.
Ein Kapuzenträger streckt den Kopf herein.

»Ey, ihr da, kommt mit«, knurrt er.
»Wir müssen aufhören«, sagt BB und schaut Palaio auf der iWatch fest in die Augen. »Wir versuchen es, versprochen.«
In dem Zimmer im Huxley-Tower sehen Leroy Torres, Karl Marsalis und Palaiopoulos, wie der Bildschirm wieder schwarz wird und sich auf die Größe einer Armbanduhr verkleinert. Die Atmung des Professors rasselt jetzt noch stärker.
»Was könnten wir bloß noch machen?«, fragt Torres.
»Wir müssen mit Deckard reden«, sagt Palaiopoulos. »Ich muss mit ihr reden.«

In der White Hart Tavern läuft ein Protestsong nach dem anderen. Über einen Screen an der Wand flimmern Bilder von Woody Guthrie.
»This machine kills fascists«, steht in großen Buchstaben auf dem Korpus seiner Präcomputergitarre.
Emily Deckard nippt an ihrem Drink, bevor sie die Message endgültig freigibt, die sie gerade auf ihre iWatch gesprochen hat.
»Als externe Kapsel speichern«, sagt sie mit lauter Stimme.
Das kleine Gerät piept und spuckt durch einen Ausgang an der Seite eine winzige Memory-Kapsel aus.
Emily gibt dem Barmann zu verstehen, dass sie bezahlen möchte, und legt ein paar Münzen auf die Theke.
Dann geht sie hinaus in die Nacht.
Langsam schlendert sie bis zur 56N 28E und steht wieder vor dem Rollladen.

»Erforsche systematisch den Zufall«, liest sie.
Der Kofferraum ihres iCars öffnet sich. Sorgfältig zusammengelegt liegt da ihr blauer Anzug, ihre blaue Krawatte, ihre glänzende Bluse aus nanotechnischem Stoff, ihre hochhackigen Schuhe.
Wie eine Uniform, wie die Uniform der verhassten Schlampe.
Sie macht den Kofferraum wieder zu und steigt in Mantel und Stiefeletten in ihr iCar.
Das Feature »Beauty« verwandelt ihre Windschutzscheibe in einen riesigen Spiegel. Sie schaut sich in aller Ruhe und gründlich an, während ihr iCar vollautomatisch dem Alltag auf der Space-Station entgegengleitet. Betrachtet auch ihre Ohrringe, die Aluminiumblitze, ihre dunkle Sonnenbrille, die Perücke mit der ägyptischen Frisur.
Kurz bevor sie am Huxley-Tower ankommt, bedient sie noch einmal das Feature, und die Windschutzscheibe bietet wieder klare Sicht. Gleißendes Licht blendet sie. Die Himmelspaneele sind sperrangelweit geöffnet. Auf der Kuppel ihres Appartements im obersten Stockwerk des Huxley-Towers tanzen die Lichtreflexe.

Vom Spiegelsaal aus gibt es einen Zugang zu einem oberen Rang des Opernsaals. Rick und die Kids folgen im Halbdunkel dem Kapuzenträger.
Als sie den Opernsaal des alten Teatro del Liceo betreten, staunen sie nicht schlecht. Bis auf die Beleuchtung ist alles weitgehend in dem Zustand erhalten, den der Saal bei der Rekonstruktion nach dem Brand von 1994

bekommen hat. Goldtöne dominieren im Zusammenspiel mit dem Dunkelrot der Wände und Sitze. Paraffin türmt sich unter den tropfenden Kerzen, die in den alten Lampen stehen. Die oberen Logen und die Decke mit den kleinen Rundfenstern sind in der Dunkelheit kaum zu erkennen, wodurch der Raum noch viel größer wirkt als ohnehin schon. Staubig ist es, und die Spinnweben verleihen der Grandezza einen dekadenten, maliziösen Touch. Ähnlich den Kulissen aus zweidimensionalen Filmen.

Der Vorhang ist hochgezogen, auf der Bühne stehen mehrere Kandelaber, die Kerzen brennen.

Es riecht nach verbranntem Kohlenwasserstoff.

Rick und die Kids gehen den Mittelgang entlang. Je dichter sie an die Bühne herankommen, desto besser können sie die Kulisse erkennen, die dort oben aus alten Möbeln zusammengestellt wurde, als hätte jemand das Bühnenbild für die erste stumme Oper der Welt entworfen.

Der Kapuzenträger geht ihnen voran, räuspert sich nun, um sich bemerkbar zu machen bei einer einsamen Gestalt, die den Raum dort oben zu bewohnen scheint. Sie bleiben am Rand des breiten Orchestergrabens stehen und warten. Vor ihnen gibt es einen Bühnenzugang. Sie hören einen wirren Singsang aus der Präcomputerzeit:

Das Ziel des Staates ist es zu kriminalisieren
Das Ziel der Medien ist es zu manipulieren
Das Ziel der Polizei ist es, dich zum Schweigen zu bringen
Das Ziel der Gerichte ist, dich bezahlen zu lassen ...

Die Gestalt dreht sich um und kommt ihnen auf der Bühne ein paar Schritte entgegen. Das Mönchsgewand ähnelt dem der Fraticelli, ist aber heller, fast knochenfarben. Die Kapuze bleibt aufgesetzt. Der Singsang verebbt, er hat die Arme verschränkt. Eine Hand ist zu erkennen. Sie schaut vorn aus dem weitgeschnittenen Ärmel der Mönchskutte hervor. Die andere Hand steckt in einem dünnen schwarzen Handschuh und hält eine glimmende Zigarette. Er hat einen Buckel. Vom Gesicht unter der Kapuze ist nichts zu sehen. Als flattere die Kapuze um eine schwarze Öffnung herum.
»Lange nicht gesehen, Alonso.«
Der Opernsaal hat eine so gute Akustik, dass die Stimme deutlich zu hören ist. Eine hohe, brüchige Männerstimme, die klingt wie ein verstimmtes Instrument.
»Du weißt ja, ich bin viel unterwegs ...«, sagt Rick.
Ricks Stimme scheint von den Polstern um ihn herum aufgesaugt zu werden. Die Akustik ist in der entgegengesetzten Schallrichtung weit weniger gut. Der Mann mit der Kapuze zeigt mit der Hand, in der er die Zigarette hält, auf die Treppenstufen und den Steg über dem Orchestergraben, über den man auf die Bühne gelangt.
»Wie läuft das Geschäft mit dem Tabak?«, fragt der Mann.
Rick überquert vorsichtig den schmalen Steg.
»Nun, zu einem privaten Opernpalast hat es bei mir noch nicht gereicht, aber ich will mich nicht beklagen.«
Rick ist auf der Bühne angekommen und schaut, ob die Kids hinter ihm herkommen.
»Du hast dich nicht schlecht gehalten«, sagt Franz von Assisi. »Bist du schon über hundert?«

»Da fehlen noch ein paar Jährchen.«
Die Kids überqueren im Unterschied zu Rick leichtfüßig den Graben.
»Ach, dieses jugendliche Feuer ...«, freut sich Franz von Assisi. »Stell mir deine Freunde doch mal vor. Haben sie mir diese nicht uninteressante kleine Kapsel mitgebracht?«, fragt er.
Rick umgeht die Antwort.
»Darf ich vorstellen: Tick, Trick und Track«, sagt er stattdessen und zeigt nacheinander auf sie. »Kids, das ist Onkel Dagobert.«
Franz von Assisi beugt sich leicht vor, als achte er gar nicht auf Ricks Worte.
»Verzeiht, dass ich euch nicht die Hand geben kann«, sagt er. »Meine Knochen sind nicht mehr die jüngsten. Seid mir herzlich willkommen in meinem bescheidenen Heim.«
Mit einer theatralischen Geste weist er auf den Raum hinter sich.
Von hier oben aus wirkt die Bühne wie die perfekt gestaltete Kulisse eines großen, viktorianischen Schlafgemachs. Drei Bahnen eines schweren, dunkel bedruckten Stoffs hängen von oben herunter und unterteilen die große Fläche. In der Mitte thront ein pflaumenfarbener Bergère-Sessel samt dazugehöriger Fußbank. An einem Tisch stehen sich eine lange Bank aus Walnusswurzelholz und eine granatfarbene auf der anderen Seite gegenüber. Es gibt ein Frisiertischchen mit Spiegel, auf dessen Marmorplatte Kerzen brennen. Die goldenen Beinchen sind verschnörkelt und haben mit Blumenmustern versehene Querstreben. Mit gelber Seide bezogene Mahagonistühle bieten mehr Sitzgelegenhei-

ten. Rechts hinten steht ein Himmelbett aus dunkelviolettem Damast. Zu dem Bett passen der Nachttisch und der Kleiderschrank.

Die andere Seite der Bühne ist weniger stimmig gestaltet. Ganz links steht ein High-Tech-Krankenhausbett, das hinter die Vorhänge geschoben ist. Daneben befinden sich ein Arztschrank und eine Vitrine mit medizinischen Instrumenten.

»Aha«, sagt Franz von Assisi, der ihren Blicken gefolgt ist. »Ihr interessiert euch wohl für meinen Hausfreund«, sagt er. »Kommt ruhig mit, du auch Alonso, ich bin mir sicher, dass du daran deinen Spaß haben wirst.«

Franz schlurft gemächlich hinüber zu dem Krankenbett, ein alter, gebrechlicher Mann. Noch bevor sich die Kids neben ihn stellen, zieht er das weiße Laken langsam zurück.

Auf dem Bett liegt ein Mann.

Der Mann ist nur noch Haut und Knochen, der Rücken ihnen zugewandt. Die dünne, pergamentene Haut klebt auf seinem Skelett. Von der Muskulatur ist kaum noch etwas übrig. An mehreren Stellen sind Schnitte und offene Wunden zu sehen. Seine Knie hat er fast bis zur Brust angezogen. Wie ein langer Lemurenschwanz steckt ihm eine Sonde mit grünbräunlicher Flüssigkeit im Anus. Die Hände sind am Kinn gefaltet wie die Pfötchen eines Plüschtiers, das auf den Hinterbeinen steht. Die wenigen Fingernägel, die ihm nicht herausgerissen wurden, sind lang und schwarz. Im Arm, im Rachen und irgendwo zwischen den Beinen stecken weitere Schläuche. Der Hals und der Rücken sind unnatürlich nach hinten gebogen, als hätte man ihn während eines Krampfs fixiert. Einzelne Haarsträhnen wachsen noch auf dem Schädel. Die Augen und die Nase sind verbunden. Der Gesichtsausdruck ein eingefrorenes Grinsen. Neben den einzigen zwei verbliebenen Zähnen im Oberkiefer klaffen schwarze Zahnlücken.

»Das ist Gonzalez von der Barceloner Polizei. Verzeiht, dass er euch nicht so begrüßen kann, wie es sich gehört. Dafür kann er uns gut hören. Er ist ein mutiger Junge. Stimmt's, Gonzalez? Er ist doch tatsächlich auf die Idee gekommen, sich als einer meiner Jungs auszugeben. Er konnte ja auch nicht wissen, wie weit meine Kontakte reichen ... Leider ist unser Arzt gerade nicht hier. Er könnte euch seinen aktuellen Gesundheitszustand genauer erklären. Das wäre sicher sehr interessant.«

Außer Rick hat nur BB sich nicht sofort weggedreht, als sie den Körper gesehen hat.

»Dekortikation und Dezerebration während eines Opisthotonus«, sagt sie, als gäbe sie eine Diagnose. »Das ist ein Zeichen für eine Verletzung der kortikospinalen Faszikel und für schwere Verletzungen des Hirns.«

Sie kneift ihm leicht in den einen Arm und holt ein Stück der gelblichen Haut herunter. Der Körper reagiert überhaupt nicht. »Was ist ihm passiert?«

»Ah, ich merke schon ... Du verstehst etwas von der modernen Gesundheitstechnik ... Der Arzt hatte alle Hände voll zu tun mit unserem Gonzalez. Unser Ziel war es, ihn dem Schottland-Koma so nah wie möglich zu bringen.«

»Glasgow-Koma«, sagt BB.

»Glasgow ... Ihr könnt euch sicher vorstellen, dass es nicht so geil ist, die Bühne mit jemandem zu teilen, der

die ganze Nacht wimmert und stöhnt. Wäre ich nicht auf die geniale Idee mit dem Koma gekommen, hätte ich ihn irgendwo im Keller wegschließen müssen. So aber habe ich ihn immer zur Hand.«
Er streift ihm zart mit seinen behandschuhten Fingern über den gelblichen, knochigen Arm. Bei jeder Berührung stellen sich nun bei Gonzalez die Härchen auf, und er bekommt Gänsehaut.
Rick schaut sich um. Der Fraticelli, der sie bis zur Bühne begleitet hat, sitzt jetzt etwa in der Mitte im Parkett. Er beobachtet gleichgültig, was sich auf der Bühne abspielt.
Franz von Assisi redet weiter mit BB:
»Erst wurde er mehrfach operiert, danach wurde sein Blutzucker gesenkt und ihm eine Säure oder so etwas Ähnliches gespritzt. Besonders schwierig war es, dafür zu sorgen, dass ihm nicht ein Fünkchen von seiner Sensibilität und Schmerzempfindlichkeit verlorengeht. Das war mir besonders wichtig. Aber ich glaube, alles in allem ist uns das ganz gut gelungen. Ich wüsste nur zu gern, ob er Träume hat. Und falls ja, wie er seine Realität von einem Alptraum unterscheiden kann. Das finde ich alles hochinteressant ... Leider ist unser Arzt ein besserer Neurologe als plastischer Chirurg.«
Franz von Assisi nimmt dem Polizisten vorsichtig den Verband über den Augen und der Nase ab.
An der Nase fehlt der ganze Knorpel und die Augenlider sind eingeschnitten. Der stiere schiefe Blick geht ins Leere. Das scheinbare, zahnlose Grinsen sieht mit einem Mal nach Entsetzen und Schrecken aus.
Rick wendet den Blick ab.
»Sehr hübsch, unser Gonzalez, aber auch sehr anfäl-

lig«, sagt Franz von Assisi und zieht an seiner Zigarette. Die Glut leuchtet an der Spitze auf. »Wir müssen ständig dafür sorgen, dass seine Augen feucht gehalten werden, damit sie nicht austrocknen, dann sind die Wunden zu versorgen, damit sie sich nicht infizieren. Auch das Serum und den Schlauch in der Luftröhre müssen wir regelmäßig kontrollieren ... Aber die viele Zeit ist sinnvoll investiert. Er leistet mir schön Gesellschaft.«

Er beugt sich fast feinfühlig über den auf dem Krankenbett zusammengerollten Körper, steckt ihm die brennende Zigarette ins Ohr und dreht sie dabei, als würde er seine Kippe in einem Aschenbecher ausdrücken.

»Seht ihr, wie sensibel er auf alles reagiert? Achtet mal auf seine Augen.«

In der Tat bildet sich eine Träne im rechten Auge, die ihm auf die Nasenspitze fällt. Die Haltung und der Gesichtsausdruck bleiben unverändert.

»Was machen Sie denn da?«, ruft BB und haut Franz von Assisi schroff auf die Finger.

Die ausgedrückte Kippe fällt auf den Boden. Der Fraticelli, der im Saal sitzt, erhebt sich. Rick wird es heiß und kalt, während er abwartend beobachtet, wie sich die Situation weiter entwickelt.

Franz von Assisi lacht. Ein anhaltendes, spitzes Lachen. Das Lachen einer Hyäne.

»Schon okay«, sagt er zu seinem Gorilla im Opernsaal. »Alonso und seine Freunde sind ein wenig überempfindlich, nicht wahr?« Er lacht weiter und verbindet dem Polizisten wieder die Augen. »Erinnerst du dich an diese drei Bullen, die wir bei den Architekten erwischt hatten? Das waren noch Zeiten ... Leider habt ihr ja da-

mals nicht auf mich gehört. Wir hätten so viel Spaß mit ihnen haben können …«
Das Lachen wird abgelöst von einem Husten. Das Männlein geht zu dem pflaumenfarbenen Sessel, stützt sich auf die Rückenlehne. Zum ersten Mal ist in dem Schein der Kerzen, die auf dem niedrigen Tisch stehen, unter der Kapuze etwas von seinem Gesicht zu erkennen. Die Partie zwischen Kinn und Nase. Seine Haut ist faltig und totenbleich. Der Mund ein schwarzer Strich. Lippen sind nicht zu erkennen.
»Na schön«, sagt er. »Nehmt Platz und lasst uns über die Memory-Kapsel reden, die ihr mir da mitgebracht habt.«

Im Huxley-Tower angekommen, setzt Emily Deckard die Perücke und die Brille ab, damit sie von den diensthabenden Polizisten am Eingang erkannt wird. Den langen Mantel trägt sie noch, auch die Blitze im Ohr. Als sie im 47. Stockwerk aus dem Aufzug tritt, sind ihre Schritte in den Schuhen mit den dicken Gummisohlen auf dem Natursteinboden kaum zu hören. Ihr Sekretär wirkt daher ein wenig überrascht, als er sie sieht.
»Rektorin Deckard«, sagt er. »Jede Menge Nachrichten sind für Sie gekommen.«
Emily geht auf ihn zu und legt ihm die Kapsel mit dem Hypertext auf den Arbeitstisch, den sie vorhin in ihre iWatch diktiert hatte. Dann dreht sie sich um und geht wieder zum Aufzug.
»Ich trete von allen Ämtern zurück«, sagt sie in ihrem üblichen entschlossenen Tonfall. »Seien Sie doch so

gut und leiten Sie die Nachricht an den Präsidenten der Aktionärsversammlung in London weiter.«
Der Sekretär versteht die Welt nicht mehr. Er schaut auf den Bildschirm und muss besonders laut sprechen, damit die Rektorin, die schon wieder auf dem Weg zum Aufzug ist, ihn gut hören kann:
»Der Chef der Space-Station sucht sie, der Schatzmeister, die Abgeordneten, der Sicherheitschef, Professor Palaiopoulos ...«
Emily Deckard verspürt den Impuls, augenblicklich stehen zu bleiben und sich zu ihrem Sekretär umzudrehen, macht aber nach allen Regeln des Trägheitsgesetzes erst zwei weitere Schritte.
»Sirhan Palaiopoulos?«, fragt sie.
»Ja ... er sagte ... Er hat gesagt, dass er im Sterben liegt ... hat er gesagt. Er müsse sie unbedingt sprechen. Er hat eine wichtige Nachricht für Sie aufgenommen ... hat er gesagt.«
Emily steckt die Hände in ihre Manteltaschen. Es dauert genau zwei Sekunden, bis sie antwortet:
»Leiten Sie mir die Nachricht bitte in mein Appartement weiter«, sagt sie und geht endgültig zum Aufzug.
Im 48. Stockwerk angekommen, entledigt sie sich ihres Mantels, den sie von ihren Schultern auf den Teppich im Salon gleiten lässt. Sie geht zum Bildschirm und aktiviert ihn mit ihrer Stimme. In ihrem Posteingang erkennt sie sofort die Nachricht von Palaiopoulos. Eine Datei ist angehängt.
»Abspielen«, sagt sie.
Ein Bild von Palaiopoulos im Krankenhaus wird auf dem Bildschirm hochgeladen. Sie sieht sein Gesicht und seinen Oberkörper auf dem Bett, auf dem sie selbst

noch vor wenigen Stunden gesessen hatte. Er ist allein. Das computerisierte Hemdchen trägt er offen, sein gelblicher, eingesunkener Brustkorb ist zu sehen. Trotz der Sauerstoffmaske rasselt seine Atmung stärker als am Vormittag.

»Das ist eine Nachricht für Emily Deckard«, sagt er.

Er hält inne, als würde ihm der Klang seiner eigenen Stimme gar nicht gefallen. Ihm ist offenbar bewusst, wie künstlich sie unter der Maske klingt. Er holt das Sauerstoffgerät unter dem Laken hervor und nimmt die Maske ab, bevor er weiterredet. Die Atmung ist leiser geworden, und die Stimme klingt natürlicher. Seine Augen sind glasig.

»Ich habe einen Fehler gemacht«, sagt er. »Du hattest recht.«

Zum allerersten Mal duzt er sie.

Emily setzt sich in den Sessel vor den Bildschirm und hört ihm weiter zu.

Drei volle Minuten reihen sich Geständnisse eines Todgeweihten aneinander, bevor er mit einer innigen Bitte schließt.

»Du allein kannst das«, sagt die schwache Stimme von Palaiopoulos. »Ich weiß, dass du das kannst«, sagt er. »Es ist meine Schuld, dass ich sie dorthin geschickt habe. Jetzt liegt ihr Leben in deiner Hand.«

Auf der Opernbühne wird der Singsang jetzt zwar leiser abgespielt, ist aber immer noch zu hören, wirr und monoton:

Bekämpfe das System
Bekämpfe das Kapital
Bekämpfe alles, was dich beherrschen möchte ...

Franz von Assisi steht noch hinter seinem Sessel. Die Kids haben sich auf die lange Bank gesetzt. Tick, Trick und Track. Rick bleibt hinter ihnen stehen.
»Nicht uninteressant, dieses Gutachten«, sagt Franz. »›Tabulose Heteroaggressivität‹, ›Sadist‹ und so weiter, sehr schmeichelhaft, das gebe ich zu. Aber mir fehlt etwas.«
Marcuse sitzt zwischen den beiden Mädels. Er hat das Gefühl, nun das Wort ergreifen zu müssen.
»Was?«, fragt er.
Franz von Assisi dreht die Handflächen hin und her, als wäre es ihm unangenehm, das Offensichtlichste der Welt aussprechen zu müssen.
»Der Name. Wer hat diese Laudatio verfasst?«, fragt er.
Marcuse zögert ein wenig mit der Antwort.
»Das wissen wir auch nicht genau«, sagt er.
Franz von Assisi schweigt einen Augenblick. Dann lacht er. Er klatscht in die Hände, auch wenn es wegen des einen Handschuhs kaum zu hören ist.
»Nein, wirklich nicht?«
Jetzt antwortet ihm niemand mehr. Franz von Assisi kommt hinter dem Sessel hervor und geht zu der Bank hinüber. Aus dem schwarzen Loch Kapuze heraus beobachtet er sie. Er macht eine Bewegung, als wolle er Marcuse übers Gesicht streicheln. Ohne ihn zu berühren.
»Wie jung ihr seid, in der Blüte des Lebens ... Wisst ihr,

was es heißt, zu altern? Ich bin mir sicher, dass ihr daran noch keinen Gedanken verschwendet habt.«
Die Kids sagen noch immer nichts.
»Unter normalen Umständen verliert die Haut beim Altern ihre Elastizität und turgesziert. Die Fettschicht dünnt aus, die Falten werden tiefer, die Knochen schrumpfen ...« Er hebt einen Zeigefinger. »Nach und nach, selbstverständlich. Jetzt zeige ich euch mal ein Beispiel dafür, was passiert, wenn bei einem Menschen über neunzig mit einem Mal die hormonelle Behandlung abgebrochen wird.«
Mit seinen Händen lässt er die Kapuze langsam nach hinten gleiten, während er weiterredet:
»Seht ihr? Das passiert, wenn das Steroidhormon Dehydroepiandrosteron von einem Tag auf den anderen abgesetzt wird und ein untalentierter plastischer Chirurg in den folgenden zehn Jahren versucht, den blanken Horror etwas aufzuhübschen.«
Die drei Kids gäben viel dafür, sich diese fiese Fratze nicht länger ansehen zu müssen, aber sie haben keine Wahl, denn diese Fratze redet munter auf sie ein. Die gespenstische Blässe ist schlimm, die Schwellungen, die Knochen, Asymmetrien, Falten und Narben, aber viel abstoßender noch ist dieser menschenunwürdige, in gewisser Hinsicht übernatürliche Ausdruck im Gesicht.
Franz von Assisi beugt sich leicht nach vorn und starrt Marcuse mit seinen ungleichen Augen an, während er weiterredet:
»Und jetzt willst du mir weismachen, dass ihr zweihunderttausend Kilometer zurückgelegt habt, um mir ein Gutachten zu bringen, ohne zu wissen, wer es geschrieben hat ...?«

Marcuse muss schlucken.
»Ja ... nein ...«, sagt er.
Franz von Assisi richtet sich wieder auf und schaut Rick an. Er lacht, bevor er weiterredet. Seine spitze, trockene Zunge kommt zum Vorschein.
»Hast du deinen Freunden erzählt, ich wäre ein armer Irrer oder was?«
»Ich fürchte, die drei haben ihren eigenen Kopf«, antwortet Rick spontan und bedauert schlagartig, was er gesagt hat. Er wechselt den Tonfall. »Das ist eine lange Geschichte. Ich weiß, wer dieses Gutachten geschrieben hat. Wenn du es unbedingt wissen willst, kann ich dir alle nötigen Informationen zukommen lassen.«
»Das stimmt doch gar nicht«, sagt BB. »Der Typ hat keinen blassen Schimmer. Er ist lediglich unser Chauffeur.«
Als sie Rick ins Gesicht schaut und im selben Augenblick wahrnimmt, dass sie seine Pläne durchkreuzt hat, ist es bereits zu spät.
»Der Emotionsingenieur, der für dieses Gutachten verantwortlich ist, heißt Business«, sagt Rick, »Jordi Business. Er arbeitet für die Polizei und ...«
»Es reicht«, sagt Franz von Assisi. In seiner Stimme liegt erstmals Ungeduld. Er hebt einen Arm und gibt damit dem Fraticelli, der im Parkett sitzt, etwas zu verstehen. Rick beobachtet, dass der Typ augenblicklich aufspringt und auf die Stüfchen zugeht, die zu ihnen hinauf auf die Bühne führen.
Franz von Assisi wendet sich wieder Marcuse zu und tippt ihm mit der Fingerspitze, die im Handschuh steckt, auf die Nase. Er grinst. Es stört ihn nicht einmal, dass seine Zungenspitze wieder zum Vorschein

kommt. Seine Zunge ist trocken wie die eines Papageis. Er spricht nun wieder bedächtig:
»Weißt du, was ich am allermeisten hasse auf dieser Welt?«, fragt er. »Ich hasse es, wenn man mich anlügt. Lügen ist etwas sehr Hässliches. Habt ihr schon mal davon gehört, was mit Pinocchio passiert ist, nachdem er gelogen hat?«
Mit dem Zeige- und dem Mittelfinger kneift er Marcuses Nase und zieht sie lang.
Der Fraticelli ist mittlerweile oben bei ihnen auf der Bühne angelangt. Franz von Assisi flüstert ihm etwas ins Ohr und zeigt dabei auf die Türen auf der Rückseite des Opernsaales. Der Fraticelli nickt. Er macht sich sofort auf den Weg, geht über den Orchestergraben zurück bis nach hinten zu den Saaltüren.
»Hör mal«, sagt Rick. »Die Kids sind ein bisschen nervös, sie wollten dich nicht beleidigen ...«
Franz von Assisi hält sich seinen Zeigefinger auf die Lippen, um ihn aufzufordern, still zu sein.
»Mein Lieblingslied«, sagt er und macht ein Zeichen, lauter zu stellen:

Kochendes Wasser verbrüht ein Baby
Kochendes Wasser verbrüht ein Baby ...

SIEBEN

Emily Deckard sichtet die komplette verfügbare Information über Franz von Assisi. Die Polizeiakte, Berichte aus der Forensik, Vernehmungsprotokolle, Aussagen, Interviews von Zeugen, alles, wozu ihr der Code als Sachverständige in den Archiven Zugang verschafft.

Sie muss den Knackpunkt finden.

Typische Kindheit, das Familienumfeld, das man vermuten würde. Kaum Fürsorge, Zuwendung, signifikante Defizite et cetera. Eigentlich kein kaltblütiger Psychopath. Sexueller Missbrauch nur in vereinzelten Fällen, wenn, dann im Rahmen von Demütigungsritualen. Perverse Moral und der Wille zur Macht. Immerhin: besser als ein echter Psychopath. Einiges deutet sogar auf ein gewisses Maß an Empathiefähigkeit hin. Beispielsweise lockt ihn das Böse nur in seiner phantasievollen, kunstvollen Form. Keine plumpe Gewalt. Zynisch ist er aber. Für das Schöne und das Gute hat er nur Spott übrig. Brutal ist er auch, und wie – vermutlich muss er, um seine Hybris zu pushen, mit dem niedrigen Selbstwertgefühl seiner Opfer spielen. Narzissmus, Hybris ... eine defensiv neurotische Ätiologie. Ein Aspekt am Namen, Franz von Assisi, spricht für seinen Drang zur Überhöhung, gefakte Vorfahren passen zu einem brüchigen Über-Ich. Bei dem Image als Outlaw, als Rebell, als Systemfeind, das er pflegt, überrascht der Name trotzdem. Vielleicht hat er ihn sich gar nicht selbst zugelegt. Könnte sein, dass er in den Medien oder bei der Polizei als Franz von Assisi bekannt wurde. Auch egal. Jedenfalls denkt man bei dem Namen an einen gutherzigen, altruistischen Menschen. Vielleicht gefällt es ihm, diesen Eindruck permanent zu brechen, in dem er sich eine bis zum äußersten Extrem heftige Gegenwelt aufbaut.

Auch wenn der Gedanke erst mal abwegig klingt, könnte da etwas Wahres dran sein: Die Sehnsucht, ein Engel zu werden, führte zu großem Frust, daher drängt es ihn ins andere Extrem, sich als übler Fürst des Bösen zu inszenieren. Höllenhund statt Heiliger. Dann müsste man einen Schwachpunkt finden, der ihn in dieser Gegenwelt diskreditiert. Damit könnte man ihn packen. Das Muster ist nicht ungewöhnlich, lediglich verdreht: Statt, wie die meisten Menschen, den eigenen Egoismus zu bemänteln, die abgründigen, obszönen Facetten des Ich, vertuscht er alles Anständige, Liebevolle und Großzügige.

Hmm, bloß was bringt bei einem solchen perfekten Monster nette Dispositionen zum Schwingen? Und was dürfte in seinen Augen niemand über ihn erfahren? Was bedroht seinen Willen, diesen dunklen Größenwahn unentwegt stabil zu halten?

Die Zeit drängt. Was bringt sein Kartenhaus in wenigen Minuten zum Einstürzen?

Emily steht vom Schreibtisch auf und holt sich eine Zigarette. Das Holzkistchen, in dem sie ihre Rauchwaren aufbewahrt, steht auf dem großen Tisch neben dem

Screener. Der Bildschirm leuchtet auf. Ihr Blick fällt auf das Icon einer Datei. »Robin Redbreast II: Protokoll der Gespräche«. Emily bleibt kurz stehen, schaut auf den Bildschirm. Sie klickt die Datei an. Ein Doppelklick, und dann hört sie sich das Material noch einmal an.

»Was waren das für Dokumente?«

Das ist die Stimme von Mijaíl Marcuse. Sie erkennt sie sofort.

»Keine Ahnung. Palaiopoulos wusste das sicher selbst nicht ... Er setzte lediglich voraus, dass der Kanzler einer öffentlichen Universität damals bis über beide Ohren korrupt gewesen sein muss. Da hatte er keinen Zweifel.«

Die Stimme eines erwachsenen Mannes. Das muss dieser Alonso sein, von dem Palaiopoulos in der Videobotschaft geredet hat. Aber Emily sucht eigentlich eine andere Stelle.

Sie spult ein bisschen weiter vor.

»Gute Geschichte.«

Die Stimme einer jungen Frau.

»Vor allem wenn du die Logik dahinter verstehst.«

Alonsos Stimme.

»Die wäre?«

Da ist wieder Marcuse.

»Jeder hat etwas zu verbergen. Es reicht schon, jemandem das Gefühl zu vermitteln, davon zu wissen, um die Person in der Hand zu haben. Das habe ich in jener Februarnacht 2013 von Palaiopoulos gelernt ...«

Emily Deckard stoppt die Wiedergabe.

Sie zündet sich eine Zigarette an. Nimmt einen kräftigen Zug.

Warum nicht?
Sie zieht noch einmal an der Zigarette und schmeißt sie dann ins Feuer.
Geht ins Bad.
Schaut sich im Spiegel an.
Eine reife Frau sieht sie, die versucht, jung zu wirken.
Ihre Haare fallen locker auf die Schultern, im Ohrläppchen stecken die Blitze.
Im Ankleideraum sucht sie sich eine nanotechnische, weiß schimmernde Bluse aus, nimmt einen ihrer blauen Anzüge vom Bügel und zieht hochhackige Schuhe an.
Im Outfit der vor Selbstbewusstsein strotzenden Rektorin kehrt sie ins Bad zurück, um sich die Haare vor dem Spiegel hochzustecken.
Jetzt sieht sie wieder aus wie die Schlampe Deckard.
»Parfüm«, ruft sie. »Individuelle Zusammenstellung. Entschlossenheit, Macht, Intelligenz. Mittlere Dosierung. Keine weiteren Kriterien.«
Ihre individuelle Komposition wird gemischt. Drei Sekunden später rieselt der Duft aus einem Zerstäuber an der Decke auf sie herab. Die Rektorin hebt schnuppernd die Arme.
Es riecht nach Eichenmoos, Tabak und Knoblauch.

Rick erwägt ihre Optionen. Zehn bis zwölf Fraticelli sind in den Theatersaal hereingekommen und bewegen sich zielstrebig auf die Bühne zu. Er hat keine Wahl. So wie die Situation sich darstellt, muss er Franz von Assisi in seine Gewalt bringen und die Fraticelli erpressen. Gegenwehr ist von Franz von Assisi nicht zu erwarten.

Dafür wirkt er viel zu gebrechlich, seine Kraft und Dynamik ist erloschen. Die Kunst wird darin bestehen, hier mit der Geisel wieder heil herauszukommen. Eine Waffe wäre gut, zumindest irgendein spitzer Gegenstand. Oder etwas Scharfes. Oder etwas, womit man tödlich zuschlagen kann. Auf BB kann er sicher zählen, auf Mam'zelle und Marcuse wohl eher nicht. Sie sind völlig eingeschüchtert.

Auf jeden Fall müssen wir sie überraschen, denkt Rick. Am besten packe ich Franz von Assisi am Hals und tue so, als könnte ich ihn mit einer Bewegung umbringen ...

Unauffällig bringt er sich hinter ihm in Position. Da klingelt überraschend seine iWatch.

Blimb, blimb, blimb ...

Franz von Assisi dreht sich zu ihm um, sobald er den Klingelton hört.

»Emily Deckard@Oxford7«, steht auf dem Bildschirm.

»Sieht so aus, als wollte dich jemand anrufen«, sagt Franz von Assisi. »Willst du nicht rangehen?«

Rick ist durcheinander. Die letzten zwei Sekunden haben seinen Plan komplett über den Haufen geworfen. Er klickt auf den Bildschirm, nimmt den Anruf an und achtet darauf, dass der Screen sich nicht ausfährt.

»Hallo?«, sagt er.

»Sind Sie Alonso?«, fragt eine Stimme. Auf dem Bildschirm ist eine strenge, attraktive Frau zu sehen, die um die siebzig Jahre alt sein dürfte. Sie trägt einen überaus seriös wirkenden Anzug und hat ihre Haare am Hinterkopf zu einem Knoten hochgesteckt.

»Ja, der bin ich«, sagt Rick.

Er schaut sich um. Die Fraticelli sind unten vor den

Treppenstufen stehen geblieben und warten auf weitere Instruktionen. Franz von Assisi interessiert sich mehr für den Anruf als für sie.
»Professor Palaiopoulos hat mir Ihren Code gegeben«, sagt die Frauenstimme. »Soweit ich weiß, sind drei meiner Studenten bei Ihnen. Geht es ihnen gut?«
»Ja ... Bis jetzt jedenfalls schon«, sagt Rick.
Deckard spürt die emotionale Anspannung, mit der Rick antwortet.
»Beruhigen Sie die Kids, und machen Sie nichts«, sagt sie. »Kann ich Franz von Assisi sprechen?«
Die Situation wird immer absurder. Rick versteht nun gar nichts mehr. Franz von Assisi geht es ähnlich. Das kann er an dieser monströsen Fratze ablesen, die ihn neugierig und fragend anschaut. Rick streift sich die iWatch vom Handgelenk und fährt den Bildschirm zu einer Kugel aus. Dann gibt er sie an Franz von Assisi weiter.
»Ist für dich«, sagt er zu ihm.
Er schaut gespannt auf das 3-D-Bild, das auf dem Bildschirm auftaucht.
Die Rektorin Deckard sitzt an einem Tisch, der Bildschirm hängt vor ihr an der Wand. Auf die verschlagene, grausame Visage, die sie aus den Polizeivideos kennt, hat sie sich mental eingestellt. Mit der Fratze, die sie jetzt auf ihrem Bildschirm zu sehen bekommt, hat sie jedoch nicht gerechnet. Ihren spontanen Schreck versucht sie, so gut es geht, mit einem Husten zu überspielen. Gleichzeitig bestärkt das grauenerregende Antlitz sie in ihren Überlegungen.
Sie stützt die Unterarme auf den Tisch und legt die Fingerkuppen aneinander.

»Ich habe Lust, Sie kennenzulernen«, sagt sie.
»Ach, du Scheiße, wer bist du denn?«, fragt Franz von Assisi in die Bildschirmkugel hinein.
»Ich bin die Frau, die für Ihr Aussehen und Ihr aktuelles Befinden verantwortlich ist. Und ich rate Ihnen, mir zukünftig mehr Respekt entgegenzubringen, sonst könnte sich Ihre Lage noch einmal erheblich verschlechtern«, sagt Deckard.
Franz von Assisi gluckst vor Lachen.
»Wie bitte?«, sagt er.
»Sie haben mich schon richtig verstanden.«
»Hör mal gut zu, Fräulein Rottenmeier, oder wie auch immer du heißt, ich könnte dich ...«
Deckard unterbricht ihn erfolgreich mit einer knappen Bewegung, ohne die Hände auseinanderzunehmen:
»Verzeihung«, sagt sie, »ich habe Sie angerufen, um Ihnen etwas Wichtiges mitzuteilen, nicht um mir anzuhören, wie Sie Ihre Unsicherheit damit kompensieren, wilde Drohungen auszustoßen.«
Die Kids und Rick können die Deckard ebenso gut sehen wie Franz von Assisi. Sie schauen sich an.
»Gut«, fährt Deckard fort, »können wir ungestört miteinander reden? Ich bin mir sicher, dass Sie nicht wollen, dass irgendjemand hört, was ich Ihnen zu sagen habe.«
Franz von Assisi ist für einen Augenblick still. Danach lacht er noch einmal kurz auf.
»Das kann ja sehr vergnüglich werden«, sagt er. »Könnt ihr kurz auf mich verzichten?«
Franz von Assisi geht hinüber zum Ende der Bühne. Dorthin, wo sein Bett steht. Mit einer Hand zieht er den schweren Vorhang zu. Rick und die Kids bleiben

allein auf der offenen Bühne zurück. Die Fraticelli hängen unten im Theatersaal ab. Sie lümmeln sich in die Sitze und achten kaum auf das, was sich oben auf den Brettern, die einst die Welt bewegten, abspielt.
»Los, komm schnell, die Chance müssen wir nutzen«, sagt Rick leise zu BB. »Ihr bleibt einfach hier stehen und verhaltet euch ruhig«, sagt er zu Mam'zelle und Marcuse.
Rick geht zum anderen Ende der Bühne und stellt sich neben das Krankenbett.
BB folgt ihm auf dem Fuße.
»Was passiert, wenn wir ihm das Ding da rausziehen?«, Rick zeigt auf einen Schlauch, der ihm direkt in der Kehle liegt.
»Dann erstickt er«, sagt BB.
»Hast du eine bessere Idee?«
BB geht zu dem Schränkchen mit den Medikamenten. Sie öffnet es und schaut die Ampullen mit den Injektionsmitteln durch.
»Thiopental«, sagt sie, »ist eine Barbitursäure, die sehr schnell wirkt.«
»Kann er damit ... du weißt schon.«
»Nicht unbedingt. Der Hirndruck wird gesenkt, und ein Status epilepticus indiziert. Wenn ich ihm hundert Milligramm intravenös spritze, bekommen wir etwa eine Viertelstunde, in der er in Vollnarkose liegt. Das wiederum dürfte mehr als genug Zeit sein, um ihm die Luftröhrensonde zu ziehen, ohne dass er etwas davon spürt. Und dieses arschgesichtige Schwein da drüben wird auch nichts mitbekommen.«
»Kannst du das übernehmen? Ich habe keine Ahnung, wie man das macht«, sagt Rick.

BB nickt. Rick legt dem Polizisten, der gekrümmt auf dem Bett liegt, eine Hand auf die Schulter.
»Ganz ruhig«, sagt er mit sanfter Stimme zu Gonzalez. »Der Alptraum hat gleich ein Ende.«
Er deckt ihn mit dem Laken bis zur Brust gut zu und geht hinüber zu dem Schränkchen mit den Arzneimitteln. Er sucht nach einem spitzen oder scharfen Gegenstand. Oder etwas zum Zuschlagen.

Jenseits des Vorhangs befinden sich die alten Depots der Oper, in denen sich die Reste mehrerer Bühnendekorationen stapeln. Beleuchtet wird die Kammer gerade nur von dem ausgefahrenen Bildschirm der iWatch, die Franz von Assisi in der Hand hält. In dem spärlichen Licht erkennt man den Schreibtisch, der einst im ersten Akt von *Boris Godunow* auf der Bühne stand.
Er stellt die iWatch auf den Tisch und setzt sich auf den Thron von König Ödipus.
Emily Deckard staunt nicht schlecht über das, was sie da plötzlich in ihrem 48. Stockwerk des Huxley-Towers zu Gesicht bekommt. Im schwachen bläulichen Licht stehen die Palmen aus der Ouvertüre von *Aida* vor der verschneiten Kulisse aus dem dritten Akt von *La Bohème*. Die Ecke eines Schwans aus dem *Lohengrin* ragt ins Bild, japanische Lampions aus *Madame Butterfly*, die Voliere aus der *Zauberflöte*, zwei Fässer aus *Fausts* Gaststube sowie die mit Blut befleckte Schatztruhe aus *Blaubart*. Und direkt vor ihr sitzt einer auf dem pompösen Thron von Theben, der sich sehr gut zum Phantom der Oper eignen würde.

Franz von Assisi dagegen bekommt auf seinem Bildschirm im Hintergrund die Kuppel mit den Himmelspaneelen von Oxford 7 zu sehen. Diese Kulisse wirkt auf ihn ebenso befremdlich. Sie erinnert ihn irgendwie an die Büroräume der Tyrell Corporation.

»Kommen wir zur Sache. Ich habe nicht viel Zeit«, sagt Deckard. »Wenn ich recht verstanden habe, sind Sie daran interessiert, zu erfahren, wer das Gutachten damals geschrieben hat. Mittlerweile befindet es sich ja in Ihren Händen.«

»Gut möglich«, sagt Franz von Assisi.

»Verantwortlich dafür bin ich. Emily Deckard. Superdoktorin Emily Deckard. Eine Zeit lang habe ich als Sachverständige Gutachten für die Sicherheitskräfte erstellt. Mittlerweile bin ich Rektorin der Universität auf Oxford 7, auf dem akademischen Space-Ring der Westlichen Union.«

Franz von Assisi schweigt einige Sekunden lang. Er versucht, sich bequemer auf dem Thron einzurichten. Mit dem Hintern rutscht er hin und her, auch die Hände legt er auf immer neue Weise auf die Armlehnen.

»Warum?«, fragt er.

Deckard versteht nicht, worauf er mit der Frage hinauswill, nimmt aber wahr, dass sich ihr Gesprächspartner nicht wohl fühlt auf seinem Thron. Er ist misstrauisch. Offenbar hat ihn das Gefühl beschlichen, er müsse aufpassen, nicht in eine Falle zu tappen. Das ist nicht unvorteilhaft. Im besten Fall bedeutet es, dass er verwundbar ist. Es hat aber auch Nachteile. Mit etwas Pech versucht er, als Schutzreaktion intuitiv noch mehr Stärke und Souveränität zu zeigen.

»Wie darf ich Ihre Frage verstehen?«, sagt Deckard.

»Warum«, wiederholt Franz von Assisi, »taucht hier plötzlich ein Typ auf, den ich seit fünfzig Jahren nicht mehr gesehen habe? Warum schleppt er mir ein paar außerirdische Rotzlöffel an, die mir ein altes Polizeigutachten in die Hände spielen? Warum spielen sie mir erst das Gutachten zu und wollen mir dann unter keinen Umständen verraten, wer es erstellt hat? Und warum rede ich jetzt mit einem Mal mit einer Frau, die behauptet, sie sei für das Gutachten verantwortlich?«
»Das hat mit Ihnen gar nichts zu tun. Jemand hat eine Rechnung mit mir offen, und diese Person schickte deshalb die Kids mit einem Guide zu Ihnen, um Sie dazuzubringen, sich an mir zu rächen. Sie hätten die Arbeit für ihn erledigt.«
»Und warum rufen Sie mich jetzt an, um sich selbst zu erkennen zu geben?«
»Ich bin mir ziemlich sicher, dass Sie sich die Antwort denken können«, sagt Deckard.
»Ja, um Ihre schützenden Hände über diese drei außerirdischen Hosenscheißer zu halten«, sagt Franz von Assisi.
»Die Kids haben mit der Geschichte nichts zu tun. Wenn Sie sich für das Gutachten rächen wollen, wissen Sie jetzt, wer ich bin und wo Sie mich finden können.«
Franz von Assisi lacht.
»Glauben Sie etwa, dass ich die Rotzgören deswegen laufenlasse? Bloß weil sich eine x-beliebige Frau in die Uniform der Heilsarmee zwängt und mir einen Namen nennt ...«
»Wenn Sie möchten, können Sie auch meinen Sachverständigencode haben. Er ist nach einem bestimmten Sicherheitsalgorithmus verschlüsselt. Sie werden sehen,

dass er mit dem übereinstimmt, der vor dem Gutachten steht, sowie mit den Zugangscodes für die Polizeiarchive.«

»Um diesen Code zu kennen, muss man bloß einmal einen Blick auf die Memory-Kapsel geworfen haben.«

Deckard lässt die Fingerkuppen gegeneinanderprallen. »Andersherum gefragt: Welchen guten Grund sollte ich haben, Sie anzurufen, wenn ich nicht die Autorin des Gutachtens wäre?«

»Keine Ahnung. Wahrscheinlich sind Sie ja auch überhaupt nicht die Emily ... Wieauchimmer.«

»Deckard.«

»Deckard.«

»Geben Sie den Namen in irgendeine Suchmaschine ein, und Sie werden mein Gesicht sehen, meinen Namen lesen und meine berufliche Position.«

Franz von Assisi muss wieder lachen.

»Okay. Gehen wir davon aus, dass all das stimmt. Sie heißen Deckard und haben vor zehn Jahren dieses Gutachten geschrieben ... Warum sollte ich die Kids jetzt laufenlassen, wo ich spüre, wie viel Ihnen an den Rotznasen gelegen ist? Ich freue mich schon darauf, mich ein wenig mit ihnen zu vergnügen. Fügten es die glücklichen Umstände etwa so, dass eines dieser drei Küken auch noch ein Kind von Ihnen ist ... Vielleicht der hübsche kleine Junge?«

»Sie haben da etwas vergessen«, sagt Deckard. »Ohne ein weiteres Puzzleteilchen hätte ich Sie nicht angerufen. Sie werden schon ahnen, was ich meine. Sonst hätten Sie das Gespräch vermutlich entweder nie geführt oder schon längst beendet. Ich weiß viel über Sie. Ohne

gewisse Informationen wäre ich das Risiko nicht eingegangen, bei Ihnen anzurufen und Ihnen meinen Namen zu nennen. Schon Ihre ganze Körpersprache erzählt von der Angst, dass ich diese gewissen Dinge über Sie weiß. Vor ein paar Jahren habe ich Ihnen schon einmal empfindlich wehgetan. Und ich könnte Sie noch einmal treffen, und zwar diesmal vernichtend.«
Franz von Assisi denkt kurz nach.
Deckard schaut ihm vom Bildschirm fest in die Augen.
»Ich mache mir vor Angst gleich in die Hose. Ich tue alles, was Sie von mir verlangen«, kichert Franz von Assisi. »Sie glauben doch wohl nicht im Ernst, dass Sie mit Ihren Schulmädchentricks aus der alten Klamottenkiste der Emotionstechniken weit bei mir kommen, oder etwa doch?«
»Erst wenn ich Ihnen dieses eine weitere Puzzleteil liefere. Ihre emotionale Intelligenz spürt es längst. Nur Ihr Verstand ist noch nicht so weit. Ich werde Ihnen eine Anregung zum Nachdenken geben, damit Sie Ihre Situation besser erfassen können. Denken Sie mal nach. Glauben Sie wirklich, ich wüsste lediglich so viel über Sie, wie in dem Gutachten steht? Wir Sachverständige wissen alles über die Personen, die wir begutachten. Wir kennen ihr Leben in und auswendig. Und mit den neuen Methoden der Verhaltensanalyse kommen mittlerweile wirklich alle verborgenen Geheimnisse ans Licht. Auch viele Dinge, die einen Ermittlungsrichter oder die Polizei in Hinsicht auf einen konkreten Fall nicht interessieren.«
Franz von Assisi lacht kurz auf, hüstelt dann.
»Seit Jahren traut sich kein Polizist mehr in mein Revier. Der letzte, der versucht hat, hier herumzu-

schnüffeln, bereut es schon sechs Monate lang wahrlich heftig. Glauben Sie wirklich, ich hätte Angst vor Sicherheitskräften oder irgendwelchen Ermittlungsrichtern?« Er öffnet den Mund. Seine trockene Zunge schlüpft heraus. »Angst davor, dass Sie mir eine hormonelle Therapie vorenthalten könnten, brauche ich ja nicht mehr zu haben ...«

»Sie haben mich falsch verstanden. Vom System haben Sie weniger zu befürchten. Es ist Ihnen gelungen, ein beeindruckendes Anti-System aufzubauen. Um mit einer Metapher zu sprechen: In Ihrer belagerten Festung fühlen Sie sich vermutlich sicher. Wären da nicht die Gefahren aus den eigenen Reihen – vor ihnen war noch nie ein Herrscher sicher. Sie wissen schon: der heimliche Konkurrent, der mit Ihnen das Bett teilt, der Bruder, den Sie in Ihrem Rücken haben ...«

»Bei uns gibt es keine Verräter. Ich dulde nur treue Anhänger.«

»Wären da nicht so ein paar Informationen, die dafür sorgen könnten, dass Ihre treuen Anhänger dies nicht mehr länger sein wollen ...«

Franz von Assisi legt den Kopf zur Seite. Er würde sich gern unangreifbar zeigen, die aufgedunsenen Gesichtszüge drücken jedoch mehr aus, als ihm lieb ist.

»Was für Informationen?«, fragt er.

Diesmal schmunzelt Deckard.

»Möchten Sie wirklich, dass ich Ihnen das auf diesem Weg verrate? Wie Sie sich vorstellen können, wird unser Gespräch von der Barceloner Polizei abgehört. Was glauben Sie, würde passieren, wenn gewisse Leute dort Dinge in Erfahrung bringen könnten, die Ihre Bastion zu Fall bringen?«

»Es gibt rein gar nichts, was mir gefährlich werden könnte.«
»Oh, da würde ich Ihnen empfehlen, Ihre Hirnzellen ein wenig anzustrengen«, sagt Deckard, »und zwar schnell. Ich mache Ihnen einen Vorschlag. In einer halben Stunde rufe ich wieder unter dieser Nummer an. Wenn die Kids sich dann an einem sicheren Ort befinden, vergesse ich diese ganze Geschichte erst einmal. Im anderen Fall werde ich umgehend mit aller Macht gegen Sie vorgehen.«
Deckard schaut auf ihre iWatch.
»Und jetzt entschuldigen Sie mich bitte«, sagt sie. »Ich bin eine beschäftigte Frau.«
Das letzte, was Franz von Assisi auf dem Bildschirm sieht, ist die Bewegung, mit der sie die Verbindung beendet.
Der ausgefahrene Bildschirm wird dunkelgrau, rund um Boris Godunows Schreibtisch wird es dunkel. Und das Gesicht des Phantoms verfinstert sich ebenfalls zunehmend auf König Ödipus' Thron.

Nachdem sie die Verbindung beendet hat, knöpft Emily Deckard sich die Bluse auf und zieht sich das Jackett aus.
»Verbinden Sie mich bitte«, ruft sie, »mit dem New Dolder Grand Hotel, Alfa Zürich, Auswärtige Schweizer Konföderation.«
Eine Durchsage aus dem Sicherheitsdepartment ertönt:
»Wir möchten Sie darauf aufmerksam machen, dass

dieses Gespräch als ›öffentlich‹ eingestuft wird. Es kann daher im Zusammenhang von Steuerfragen ausgewertet werden wie auch zur Wahrung der öffentlichen Sicherheit oder für Werbezwecke.«

Emily entledigt sich ihrer Garderobe auf dem Weg zum Ankleideraum.

Nach dem Hinweis sagt ein Mann mit deutschem Akzent:

»New Dolder in Alfa Zürich. Womit kann ich Ihnen behilflich sein?«

»Emily Deckard, Superdoktorin, ich habe einen Stammkundenchip bei Ihnen und würde gern eine Seniorsuite ab heute Abend bei Ihnen buchen. Mit Blick on Earth, bitte.«

»Einen Augenblick, bitte.«

Während im Hotel die Verfügbarkeit geprüft wird, öffnet Emily auf dem Bett ihren magnetischen Koffer.

In Slip und BH geht sie zurück in den Ankleideraum und schaut sich im begehbaren Schrank um. Auf keinen Fall einen ihrer blauen Anzüge. Sie legt sich eine Auswahl an Casual-Klamotten über den Unterarm, stapelt Unterwäsche darauf und sucht sich Schuhe aus. Zurück im Schlafzimmer legt sie den Stapel aufs Bett.

»Beide variabel ausrichtbaren Appartements wären noch frei, Superdoktorin. In einem davon residierten Sie bei Ihrem letzten Aufenthalt.«

»Sehr gut, das gefällt mir, reservieren Sie das Appartement mindestens für eine Woche, bitte.«

»Ich freue mich schon sehr darauf, Sie wiederzusehen, Superdoktorin. Dürfen wir den Betrag über Ihr Konto bei der Credit Suisse einziehen?«

Der Kleiderstapel, der sich auf ihrem Bett türmt, ist zu

groß geworden. Emily entscheidet sich für die Teile, die sie wirklich mitnehmen möchte, schließt dann den Koffer.
Aus einer Schublade ihres Thompson-Schreibtischs holt sie den kleinen Reisebildschirm hervor.
Mitten auf dem Teppich bleibt sie unvermittelt stehen und schaut sich um.
Eigentlich bedeuten ihr nur wenige Sachen hier in der Wohnung etwas. Sie nimmt die kleine Anubis-Statue in die Hand, die auf dem Kamin steht.
Im Bad sucht sie sich einige Kosmetika zusammen und packt sie in ihr Necessaire.
»Habe ich alles?«, fragt sie sich.
Ihr iCar. Sie hat ihr iCar ganz vergessen. Wenn sie es mitnehmen will, wird sie die Fähre nehmen müssen.
»Verbinden Sie mich bitte«, ruft sie, »mit einer Fähr-Vermietung am Space-Port.«
»Wir möchten Sie darauf aufmerksam machen, dass dieses Gespräch als ›öffentlich‹ eingestuft wird. Es kann daher im Zusammenhang von Steuerfragen ausgewertet werden wie auch zur Wahrung der öffentlichen Sicherheit oder für Werbezwecke«, quäkt eine artifiziell klingende Stimme.

Franz von Assisi bleibt im Dunkeln ein paar Minuten sitzen.
Eigentlich undenkbar, dass diese Deckard etwas von dem Pakt mit der Partei wissen kann.
Nur der Bürgermeister, der Präsident und der Innenminister der autonomen Regionalregierung sind einge-

weiht. Das Gespräch fand in einem ihrer abgeschotteten Sicherheitsbüros direkt im Nou Camp Nou statt. Unwahrscheinlich, dass einer von ihnen irgendwelche Gerüchte verbreitet hat. Sie dürften keinerlei Interesse daran haben, dass die Absprachen an die Öffentlichkeit dringen. Immerhin ist das der Deal, der Scheinkrieg gegen den Bürgermeister und die Regionalregierung. Ihr Kuhhandel, eine Win-win-Situation, ein Geben und Nehmen. Käme die Wahrheit ans Licht, verlöre der Bürgermeister sein Amt, und die jetzige Regionalregierung Kataloniens wäre auf der Stelle weg vom Fenster. Vielleicht glitte ihnen sogar die Kontrolle über das einträgliche FC-Barcelona-Imperium aus den Händen. Der Druck aus Madrid, aus Brüssel und Washington dürfte enorm groß werden. Die Clubmitglieder würden ein solches Debakel nicht mittragen.

Alle Anti-System-Bewegungen Europas würden ihm zusetzen, wenn herauskäme, dass er mit einem hyperkapitalistischen Regime paktiert, er hätte die gesamte ökolibertäre und anarchoakrobatische Bewegung mit all ihrer scheußlichen Propaganda gegen sich. Dann würden sie ihm als Erstes die Adrenalin-Lieferung streichen. Schon jetzt bringen ihn die verspäteten Lieferungen in eine unbequeme Situation.

Allerdings ist es fast ausgeschlossen, dass diese Deckard von dem Deal etwas weiß.

Der Gedanke daran ist so wenig naheliegend, dass er vermutlich außerhalb des Spielraums der für sie überhaupt denkbaren Erwägungen liegt.

Ihre Drohung in den Wind schlagen?

Da sie bloß die üblichen Emotionstechniken angewendet hat?

Eine halbe Stunde bleibt ihm noch.
Eine halbe Stunde reicht nicht, um sich mit dem Präsidenten zu treffen. Noch nicht einmal mit dem Bürgermeister.
Oder jegliches Risiko vermeiden?
Nummer sicher ... Die Rechnung mit dieser Schlampe kann er später noch begleichen.
Deckard.
Emily Deckard.

Die private Space-Fähre steht bereit, um pünktlich um 22:00 Uhr Ortszeit von Oxford 7 abzuheben.
Den ersten Zwischenstopp legt Emily Deckard im 47. Stockwerk des Huxley-Towers ein. Ihr Koffer schwebt einen Meter hinter ihr. Sie trägt wieder ihren Mantel und die Schuhe mit den dicken Sohlen. Der Sekretär macht es ihr nicht leicht, er kann einfach nicht glauben, dass sie wirklich die Universität verlässt und er dem Schatzmeister und Vizerektor ihre Karte aushändigen soll ...
»Der Sicherheitschef hat schon wieder angerufen ...«, sagt der Sekretär.
»Richten Sie ihm aus, dass der letzte Such- und Haftbefehl sowie die Strafgebühren von der letzten Demonstration aufgehoben werden. Wenn die eigenen Studenten ihre Universität zugrunde richten wollen, dann sollen sie das doch bitte tun.«
Im Aufzug schaut sie auf ihre iWatch. Die halbe Stunde, die sie Franz von Assisi eingeräumt hat, ist fast vergangen. Sie drückt auf den Knopf mit der Nummer zwei,

um jemandem auf der Krankenstation einen letzten Besuch abzustatten.

Das Herz des Polizisten schlägt nicht mehr. BB hat den Puls sorgfältig überprüft, bevor sie den Sauerstoffschlauch wieder in der Öffnung im Hals fixiert hat. Auf den ersten Blick erkennt man keine Veränderung. Noch immer liegt dort ein Skelett mit schlaffer, gelblicher Haut zusammengekrümmt auf dem Bett.

Als Franz von Assisi die Vorhänge zurückschiebt und mit der Kapuze auf dem Kopf wieder auftaucht, sitzen die Kids auf der Bank. Rick steht neben dem Tisch und stützt sich auf die Tischplatte. Im Schaft seines Stiefels steckt ein Skalpell. Sie versuchen alle, entspannt und gelassen zu wirken. Dies gelingt aber nur Rick und BB. Mam'zelle und Marcuse sitzen sichtlich nervös auf der vordersten Kante der Bank. Die Fraticelli hängen noch immer unbeteiligt unten im Parkett auf den Opernsitzen ab.

»Da habt ihr ja noch mal Glück gehabt«, sagt Franz von Assisi. »Eure Rektorin Deckard hat mich davon überzeugt, dass sie das Gutachten erstellt hat. Ihr könnt verschwinden. Und zwar so schnell wie möglich, bevor ich es mir noch mal anders überlege.«

Rick und die Kids schauen sich an.

»Das ist mal eine gute Nachricht«, sagt Rick und hält die Hand auf, um seine iWatch in Empfang zu nehmen. »Dann bin ich wenigstens zum Abendessen wieder zu Hause.«

»Es würde dir guttun, mal eine Mahlzeit auszulassen. Du könntest ruhig ein bisschen abspecken«, sagt Franz von Assisi zu ihm.
»Verstanden, gleich morgen melde ich mich im Wasserballverein zum Einzeltraining an.«
Keiner von ihnen legt Wert auf eine längere Abschiedsarie. Aus unterschiedlichen Gründen wünschen alle, sich so schnell wie möglich aus den Augen zu verlieren.
Die Kids stehen auf und überqueren hinter Rick den Orchestergraben. Diesmal laufen sie so dicht hinter ihm, dass sich das Brett unter ihnen bedrohlich biegt.
Im Theatersaal räkeln sich einige Fraticelli, die vor sich hindösen.
»Ihr müsst uns nicht hinausbegleiten. Wir kennen den Weg«, sagt Rick zu ihnen.
Sie gehen durch den Mittelgang auf die Ausgangstüren zu. Rick öffnet sie. Für einen Augenblick sind sie wieder allein. Sich im Opernhaus zu orientieren fällt ihnen nicht schwer.
»So ein mieses Arschloch habe ich ja noch nie erlebt«, sagt BB, während sie alle dem Ausgang entgegenstreben. »Der Typ ist gemeingefährlich, diesen ganzen Laden hier müsste man auseinandernehmen.«
»Ich dachte, ihr wäret Systemfeinde wie die Jungs hier und wie er«, sagt Rick.
»Was sie mit dem Polizisten gemacht haben ... Eigentlich kann man jetzt hier nicht abhauen und sie einfach so weitermachen lassen.«
»Doch«, sagt Mam'zelle. »Und je schneller wir uns in Luft auflösen, desto besser.«
Marcuse sagt nichts, geht aber so schnell, dass er der Gruppe leicht voraus ist.

Auf der Treppe hinunter zum Entree schnappt Rick ihn am Pullover und hält ihn fest. Die Mädels stolpern ihnen fast von hinten in die Hacken.
»Wartet mal. Ich habe eine Idee. Mit etwas Glück setzen wir dem Spuk hier ein Ende. Es ist nicht einmal gefährlich«, sagt er.
»Wie sollen wir denn hier etwas ausrichten?«, sagt Marcuse. »Hier wimmelt's ja nur so von ... Wie heißen die Kapuzentypen noch mal? Wir müssen zusehen, dass wir hier rauskommen ...«
»Was sollen wir tun?«, fragt BB Rick.
»Hmmm, tanzen?«
»Tanzen?«, fragt Mam'zelle.
»Tanzen, hüpfen, springen ...«, sagt Rick. »Es muss nur so aussehen, als wären wir übelst gut drauf und würden vor Energie fast platzen.«

Ihr zweiter Zwischenstopp führt Emily zu Palaiopoulos. Vor der Tür warten nicht nur die Polizisten, sondern auch Torres und Marsalis.
Alle mustern die Rektorin von Kopf bis Fuß – es ist das erste Mal, dass sie sie so ohne Uniform und hochgesteckte Haare sehen.
»Wie geht es ihm?«, fragt sie.
Torres schüttelt den Kopf.
»Er hat starke Schmerzen. Sie haben ihm ein Beruhigungsmittel gegeben, hätten ihm auch Opiate gespritzt, aber das will er nicht. Er meint, noch bei klarem Verstand bleiben zu müssen. Jetzt ist gerade die Ingenieurin bei ihm, um ihn zu überzeugen.«

Emily stoppt ihren Koffer mit einer kurzen Bewegung und klopft an die Tür.
Drinnen schaut die Ingenieurin überrascht zur Tür.
»Kann ich bitte einen Augenblick ungestört mit dem Professor reden?«, fragt Emily.
Noch immer strahlt sie die Bestimmtheit aus, die für sie als Rektorin von Oxford 7 so charakteristisch war.
Die Ingenieurin verlässt, ohne eine Frage zu stellen, sogleich den Raum.
Palaiopoulos' Atmung klingt mittlerweile besorgniserregender als in dem Video. Jedes Mal, wenn er einatmet, verzieht sich sein Gesicht vor Schmerzen. Sein Krankenhemd ist durchgeschwitzt. Im Raum stinkt es nach Zwiebeln.
Emily und er schauen sich an.
»Ich habe Ihre Nachricht erhalten und alles unternommen, was in meiner Macht steht«, sagt sie dem Professor. »Wollen wir hoffen, dass es gereicht hat.«
Sie setzt sich ans Fußende und schaut auf ihre iWatch.
Dreiunddreißig Minuten sind vergangen, seit sie das Gespräch mit Franz von Assisi beendet hat.
Sie berührt den Bildschirm, um den angekündigten Anruf zu tätigen.

Rick hüpft die Treppen des Opernhauses hinunter ins Entree wie ein echter Freak Dancer. Der Tanz schlug zu seiner Studentenzeit wie eine Bombe in den Clubs ein. Mam'zelle verinnerlicht die Erotik seiner Choreographie augenblicklich. Sie tanzt mit ihm zusammen die letzten Treppenstufen hinunter. Ihren Hintern bewegt sie dabei freizügig, während ihr ungleicher Tanzpartner ihr Becken mitreißt. Grunzen, rhythmische, spitze Schreie und Stöhnen begleiten vor den Augen der Fraticelli, die im Entree müde herumhängen, ihren wilden Tanz. BB ist weniger begabt, aber besser in Form als ihre Freunde. Sie nimmt Marcuse auf ihre Schultern, hüpft mit ihm die Treppenstufen hinunter und schnaubt dabei übermütig, als wäre sie mitten im Training eines American-Football-Teams.

Im Foyer angekommen, packt Rick vor den Augen des zahlreich versammelten und schläfrigen Publikums Mam'zelle an der Schulter.

»Wow«, schreit er. »War das ein geiles Zeug.«

Dann ruft er in den Raum hinein, als wäre er ziemlich breit:

»Ey, was ist denn mit euch los? Seid ihr verreckt, oder was? Ihr müsst euch unbedingt schnell noch was von dem geilen Adrenalin sichern, das Franz von Assisi gerade bekommen hat, bevor es alle ist.«

Mit einem Mal schwillt das Gemurmel in der Dunkelheit an und zahlreiche Kapuzenträger heben die Köpfe, als hätte bei ihnen gerade der Wecker geklingelt. BB hüpft mit Marcuse auf der Schulter zum Ausgang. Mam'zelle und Rick wiegen als ungleiches Pärchen ihre Hüften, umarmen sich und tanzen hinter ihnen her. Fast schneller noch als ihre Köpfe erheben sich alle Fraticelli vom Boden und flitzen die Treppe hinauf in Richtung Opernsaal.

»Eh, was macht ihr denn noch hier?«, fragt Rick die Fraticelli, die vor dem Opernhaus den Eingang versperren. »Wollt ihr nicht was von dem Adrenalin abhaben? Wer weiß, ob sie euch was übrig lassen ...«

Die Türsteher reagieren nicht anders als die Fraticelli im Foyer. Wie aufgezogen stürzen sie im Bruchteil einer Sekunde in die Oper hinein.
Draußen auf den Ramblas wird es langsam dunkel.
Die frische Luft ist köstlich.
Es riecht nach echtem Frühling.
»Ich wüsste ja zu gern mal, wie unser lieber Systemfeind jetzt mit diesem Ansturm klarkommt ...«, sagt Rick.
Sie sind bereits an der Ecke der San Pablo angekommen.
»Los, kommt, wir müssen uns beeilen.«
Auf Mirós Mosaik ist ein fünf Meter hoher Scheiterhaufen errichtet worden. Das nächste nächtliche Lagerfeuer wird gerade angezündet.
Sie laufen flink daran vorbei die Ramblas hinauf, als Ricks iWatch aufleuchtet.
»Emily Deckard@Oxford7«
Rick berührt, ohne stehen zu bleiben, den Bildschirm.
»Hallo«, sagt er.
»Wo seid ihr?«, fragt Emily.
»Draußen auf den Ramblas.«
»Seid ihr alle zusammen?«
»Ja.«
»Seid ihr frei?«
»Noch laufen wir durch die besetzten Straßen, aber gleich müssten wir es geschafft haben. Aber verraten Sie, was haben Sie diesem alten Sack gesagt, dass er uns freilässt, ohne uns ein Härchen zu krümmen?«
»Ach, da habe ich von Ihnen etwas gelernt, was Sie sich wiederum in einer Februarnacht im Jahr 2013 von Palaiopoulos abgeschaut haben«, sagt Deckard.

»Okay, verstehe, das klingt gut«, sagt Rick. »Eine ganz andere Frage hätte ich noch: An wen schicke ich die Rechnung, falls ich auf die abenteuerliche Idee kommen sollte, diese Rotzlöffel wieder zurück an Ihre Universität zu bringen?«
»Geben Sie mir die Kids mal kurz. Ich will sehen, ob sie aus dem ganzen Vorfall etwas gelernt haben.«

Als Emily die Verbindung beendet, tastet Palaiopoulos auf dem Bett nach ihrer Hand, während sie gleichzeitig seine Hand sucht.
»Danke«, sagt Palaio mit dünner Stimme.
»Es war mir ein Vergnügen. Um die Wahrheit zu sagen: auch ich habe in den letzten Tagen eine Menge gelernt.«
»Und was?«, fragt Palaio mit geschlossenen Augen.
»Welche intelligente, attraktive und stinkreiche Frau möchte schon ewig die Rolle der alten Deckard spielen?«
»Machst du Schluss damit?«, fragt Palaiopoulos.
»Im Space-Port wartet bereits eine Fähre auf mich.«
»Bei mir ist auch Schluss, endgültig. *Time to die.*«
Emily hält die knochige Hand mit den von der Arthritis gekrümmten Fingern fest in ihrer Hand.
»Bist du sicher?«
Palaiopoulos nickt.
Emily beugt sich vor und küsst ihn auf die Stirn. Er tätschelt ihr die Wange.
Emily schließt die Tür hinter sich und geht auf den Flur hinaus. Plötzlich hat sie ein Déjà-vu.
»Exit experience«, ruft sie laut und vernehmlich.

»Wie bitte?«, fragt die Ingenieurin, die draußen gewartet hat.
»Egal ... Ich glaube der Professor ist jetzt so weit ... Wir können mit der Euthanasie beginnen. Seien Sie so nett, gehen Sie hinein und fragen Sie ihn. Wenn es nach mir ginge, würden wir so schnell wie möglich damit beginnen«, sagt sie.
Emily geht zwischen Torres und Marsalis hindurch, der Koffer schwebt hinter ihr her.
»Und ihr seid bitte nett zum nächsten Rektor«, sagt sie zu ihnen.
Beide murmeln verunsichert »Auf Wiedersehen« und schauen sich danach fragend an.
Emily steht vor dem Aufzug. Während sie wartet, tastet sie die Innentasche ihres Mantels ab. Sie holt den Chip heraus, auf den sie ihre virtuellen Realitäten programmiert hat, dreht ihn hin und her, als wolle sie ihn sich noch einmal genau ansehen.
Die Türen öffnen sich, sie schmeißt den Chip in den Mülleimer, der vor dem Aufzug steht.
Emily steht mit ihrem Koffer im Aufzug.

Rick und die Kids sind in einen der Touristen-Worms gestiegen, die an der Plaza de Cataluña halten. Das Dach ist offen.
Mittlerweile ist es dunkel.
Der Worm ist überfüllt mit Touristen. Nur wenige Plätze sind frei. Die Mädchen sitzen nebeneinander in einer der vorderen Reihen. Rick und Marcuse sitzen gemeinsam ein Stück weiter hinten.

Marcuse schaut in den Himmel. Ein breiter Ausschnitt des Firmaments ist von seinem Sitzplatz aus gut zu sehen, dagegen nur eine bescheidene Menge an Sternen. Das Universum wirkt dunkel und eintönig. Keine der Space-Stations liegt nah genug, als dass man ihre Lichter erkennen könnte. Geübte Himmelsgucker würden auf den ersten Blick den Mars und den Jupiter erkennen. Ein unerfahrener Student von einer Space-Station jedoch nicht. Auch Wega, Arktur, Castor und Pollux stehen am Himmel. Aber alle diese Sternbilder sind neu für Marcuse, der daran gewöhnt ist, die Sterne von seiner Space-Station aus zu beobachten. Sie kommen ihm vor wie funkelnde Punkte, eine nanotechnische Laune. Ihre griechischen oder lateinischen Namen dagegen haben irgendwelchen Universitätsinstituten sicher ihren Namen gegeben. Wunderschön ist der zunehmende Moon am Himmel, der von der Erde aus jedoch viel kleiner wirkt als vom akademischen Space-Ring. Auf Earth, dem schönsten Himmelskörper des gesamten Sonnensystems, sitzen sie ja gewissermaßen gerade drauf. Sun ist in der Nacht verschwunden, und zwar voll und ganz.

»Ich verstehe gar nichts mehr«, sagt Marcuse.

»Welcome to the club«, sagt Rick.

»Welche Erklärung könnte es dafür geben, dass Deckard sich selbst in Gefahr bringt, bloß um uns zu retten? Immerhin sind wir illegal von der Space-Station abgehauen, um sie fertigzumachen ...«

»In ihr habt ihr euch ganz schon getäuscht, was?«

»Deckard steht für das System, für die Gesetze, für die Normen ... Wir alle rebellieren gegen sie. Auch ein Tabakhändler rebelliert gegen sie und führt in gewissem Sinn das Leben eines Outlaws.«

»System ist ein großes schwammiges Wort ...«, sagt Rick. »Sich gegen das System aufzulehnen wäre letztlich Teil des Systems.«

Marcuse denkt nach.

»Manchmal habe ich schon ganz ähnliche Sätze gesagt. In Wirklichkeit verstehe ich aber gar nicht genau, was sie bedeuten«, sagt er.

»Weil du dich dagegen sträubst, das große Spiel mitzumachen. Du würdest wahrscheinlich gern mit dem weißen Läufer und dem schwarzen Turm gleichzeitig ziehen. Halb für Palaiopoulos bist du und halb für Deckard. Die schwarzen und die weißen Figuren stehen jedoch auf ein und demselben Brett. Einen guten Zug kannst du nur machen, wenn du auf einer der beiden Seiten stehst. Streng genommen kannst du dieses Spiel sonst nicht einmal spielen.«

»Wieso ändern wir dann die Regeln nicht so, dass es drei Spieler gibt oder fünf oder sieben?«

»Weil ein Wettkampf zwischen sieben Spielern ein instabileres Gebilde ist, das zudem dazu neigt, sich zu vereinfachen.«

»Und was macht man, wenn man von keiner der beiden Parteien vollständig überzeugt ist oder von beiden Parteien gleichermaßen?«

»Dann hat man ein Problem.«

»Und wie sähe die Lösung aus?«, fragt er.

Rick zuckt mit den Achseln.

»Wenn du mich fragst: weder noch«, sagt er. »Sollen sie sich doch gegenseitig die Köpfe einschlagen. Auf gute Argumente werden sie sowieso nicht hören, und selbst wenn sie dazu bereit wären, sind sie in der Hitze des Gefechts für andere Perspektiven wohl kaum offen.«

»Heißt ...?«
»Leb dein Leben und versuch, glücklich zu werden«, sagt er. »Steck deine Energie in Beziehungen und Aufgaben, die dir wirklich etwas bedeuten. Versuch dagegen erst gar nicht, dir die ganze Welt auf die Schultern zu laden. Eigentlich läuft es auf unserer Welt doch gar nicht mal so schlecht. Mal besser, mal schlechter, meist durchwachsen, von allem etwas, so ist es nun mal.«
»Ist das nicht eine zu billige Devise für ein erwachsenes Leben? Einzig und allein um sein eigenes Glück zu kreisen?«
»Du kannst es ja mal ausprobieren. Ich finde es ziemlich spannend.«
»Hm, was ist wichtig für das eigene Glück?«
Rick gähnt.
»Mein lieber Adson, wenn ich auf alles eine Antwort wüsste, wäre ich Rektor auf Oxford 7 und würde bei den Emotionsingenieuren Vorlesungen halten.«
Marcuse schaut wieder in den Himmel.
Wenn er in seinem Zimmer auf Oxford 7 aus dem Fenster schaut, leuchten die Sportplätze von New Berkeley grün in der Ferne. Vor dem Schlafengehen raucht er häufig noch eine letzte Zigarette am Fenster und beobachtet die orangefarbene Beleuchtung irgendeines Space-Moduls, das vorbeifliegt, die Blinklichter der Fracht-Shuttles, die Lichter der Touristen-Space-Ships, die aus allen Ecken und Enden des Sonnensystems heranrauschen und wieder verschwinden.
In den letzten Stunden ist so viel passiert. Wochen, Monate dürfte es dauern, bis die Erlebnisse verarbeitet sind und sich das Gefühl herausbildet, wichtige Erfah-

rungen gesammelt zu haben. Eins aber meint er genau zu wissen: An dem Tag, an dem er seinen Abschluss in der Tasche hat und die Universität verlässt, wird er sich auf einer Space-Station eine Arbeit suchen. Auf den Space-Stations geht es unendlich viel menschlicher zu als on Earth. Eine kleine Hütte ist ja auch schon menschlicher als eine Höhle. Orte, die Menschen sich nach ihren Bedürfnissen schaffen, sind ihm lieber. Eigentlich haben Space-Stations bloß einen winzigen Nachteil: Man findet auf ihnen so schwer einen Parkplatz.

»Scheiße«, flucht er laut, »ich muss ja noch die dreimonatliche Kraftfahrzeugsteuer zahlen.«